鄰居
火の粉

雫井脩介
Shusuke Shizukui

王蘊潔 譯

1 判決

「紀藤，你昨晚不是加班到很晚嗎？」

梶間勳走出刑事一庭的法官辦公室，不經意地低頭看著判決草稿，小聲問身旁的右陪席法官紀藤。

「對，差不多十點左右吧。」從紀藤語尾的聲調，可以感受到他的一絲緊張，「因為有一份記錄，我無論如何希望可以在昨天看完。」

「沒想到你這麼晚離開，理髮店竟然還有營業。」

紀藤聽了這句話，嘴裡發出無力的嘆息聲，靦腆地摸著腦後。

「這是我老婆幫我剪的，脖頸左右髮際長短不一樣，看鏡子時很火大。」

「反正拍不到脖頸，沒關係，只會拍到正面而已。這樣啊，原來是你太太剪的……太好了，你看起來比昨天年輕了五歲。」

紀藤輕輕聳肩，試圖掩飾自己的害羞。

「會播出嗎？」

候補法官中西鎖好法官辦公室的門之後插嘴問。他的頭髮鬈得很整齊，發出亮麗的光澤。

「會播出吧，」勳回答說，「搞不好會是頭條。」

「應該會播出。」紀藤也點點頭，「因為前所未有。」

「是啊。」中西也跟著點頭。

「那就出發吧。」

他們打開了茶水室旁的鐵門，走向通往法庭的專用通道。通道上只有法袍摩擦的聲音，和皮鞋鞋底踩在地上的清脆腳步聲。雖然並不是為了增加威嚴，但動努力放慢腳步，其他人也都配合他的步伐。以前他走得比現在快，只不過覺得氣喘吁吁走進法庭開庭有點不像話，五十多歲之後，就自然放慢了腳步。

一行人從通道走進法庭後方的小合議室，沒有停下腳步，直接打開了法庭的門。

不出動所料，東方地方法院八王子分院第二〇五法庭的旁聽席座無虛席。一排四個座位，三排為一區，三區總共有三十六個座位。大型報社和電視台的媒體記者坐在最前排的媒體席上，但當然並非只有這些媒體記者而已，似乎也來了不少週刊雜誌和獨立記者。

從動和其他兩名法官走進法庭的那一瞬間開始，設置在旁聽席後方的ＮＨＫ攝影機就開始拍攝。這是代表各家媒體進行拍攝，法庭管理官一手拿著馬錶站在那裡，計算規定的兩分鐘拍攝時間。

動聽著法庭內輕微的呼吸聲和有人吸鼻子的聲音，在法官席中央的椅子上坐下。

他抬起頭，視線看向正前方。最先看到一群身穿喪服的人坐在旁聽席右側前排，那是並未套上代表媒體席的白色椅套的區域。

一名四十多歲的男人把被害人的遺照放在腿上，這個人——池本亨是受害家庭妻子的場久美子的親哥哥，有一張像獸面瓦般的臉，身體的骨架很大，他整個人散發出一種不祥的感覺。頭髮凌亂，完全沒有梳理，和動等幾名法官形成了明顯的對比。

動曾經在他作為檢方的證人，以及接受電視採訪時，多次看到他悲痛的身影。他的遭遇固然令人深表同情，只不過今天……他穿著喪服，以頭髮凌亂得令人心痛的模樣來聽取判決，顯然是為了預定在閉庭後舉行的記者會……說得難聽一點，動可以從中嗅到表演的味道。

綁著黑帶的相框中是的場夫妻，和六歲的兒子健太一家三口面帶笑容的合影。第一次開庭時，他分別帶了三個人的巨大遺照來旁聽，似乎有工作人員要求他克制，第二次開庭之後，他就把三個人的合影放大，放在相框內，自己拿在手上。在持續一年多的審判期間，他自始至終都沒有改變。

只不過無論見到多少次，都覺得池本的雙眼——充滿怨念的雙眼和肅穆的法庭很不相稱……這是動內心率直的想法。不光是池本，動在將近四十年的法官生涯中，曾經看過許多雙因為各種不同的事件而充滿怨念的雙眼，每次都有一種格格不入的感覺。只要翻幾頁卷宗，就能夠輕易想像被害人及其家屬遭遇的悲劇，但是，動根據自己的經驗體會到，司法人員不能特別感受其中的憤怒和憎恨。

必須特別注意的是媒體營造的非理性正義。數千萬日本國民不曾見過被害人和加害人，藉由媒體，用輿論這把凶器指向被告的喉嚨。不，正確地說，也許是指向法官的喉嚨，用這種方式告訴法官「送他上西天」。

這起事件的確很凶殘，根據檢方的指控，被告武內真伍的犯罪手法甚至堪稱卑劣。他在被害人家中殺害了包括年幼的孩子在內的一家三口，而且還說自己也遭到暴徒施暴，偽裝成被害人。

因為始終無法掌握從現場逃離的凶手的足跡，警方將懷疑的矛頭指向他這個唯一倖存的被害人，他立刻供認不諱，但在開始審判之後，態度一百八十度轉彎，全面否認犯案。

面對這種人，也許任何人都理所當然會產生憎惡，希望他被判處極刑。只要生活在當今的社會，沒有人能夠擺脫媒體的影響，瞭解輿論的趨勢，法官也不例外。

然而，即使輿論看似站在正義的一方，司法之手都不能被這種輿論吞噬。因為會導致誤判重要真相的危險。

越是充滿悲劇性的事件，勳越是刻意平靜而肅穆地進行審判。

勳以前擔任右陪審法官時，曾經兩次經歷死刑的判決。他無法忘記在大阪地方法院刑事庭時，審理那起女中學生綁架殺害事件時的情況。凶手是欠了一屁股債務的四十歲男人，為了勒索而綁架女中學生，但在打電話去女學生家中勒索之前，因為女學生抵抗而情緒失控，失手殺害了她。歹徒雖然問到女學生家中的電話，但不小心將寫了電話的紙遺失，他撥打隱約記得的電話號碼，發現打錯了，於是他就把屍體遺棄在山林中。女學生離奇失蹤後，曾經接到疑似打給被害人家屬勒索電話的民眾向警方報案，媒體開始大肆報導，擔心少女的安危。警方根據有人目擊車輛等線索，循線找到凶手，在三個月之後才終於讓凶手招供，然後發現了少女已經變成白骨的屍體。當時由大阪地方法院審理這起事件。

合議庭在死刑和無期徒刑之間舉棋不定。通常綁架勒索未成年人，最後殺害和棄屍，都是無法免除極刑的重罪，但在這起事件中，有許多細節都顯示難以斷定為計畫性犯案，而是凶手臨時起意的行為。雖然因為事態的發展變成了令人遺憾的結局，但凶手很早就放棄勒索的念頭，而且被告在審理期間，也表示道歉和悔恨。

然而，即使如此，勳仍然認為不得不判死刑。媒體大聲譴責被告，表達女學生的死不瞑目。回想起來，勳認為當時自己受到輿論的影響而心生憎恨，而且並沒有切身體會到做出死刑判決有多麼沉重。左陪席的候補法官也和他一樣。只有審判長在結審之前，始終沒有明確表達態度。勳很尊敬那位審判長，認為他是一位溫厚的人，但當時對他沒有明確表達態度的言行感到不滿。

但是，在針對判決進行多次合議的過程中，勳從這位審判長身上瞭解到，做出死刑判決對法官來說，尤其是對審判長來說是多麼重大的決定。那位審判長陷入天人交戰，幾乎不茶不飯，在合議時也經常陷入沉默。

如果是任何人都認為該判死刑的事件，審判長應該不至於如此煩惱，那起案子也可以判無期徒刑，這件事加深審判長的舉棋不定。有輿論的壓力，法院院長也很關切，而他最後做出了死刑判決。勳不知道關鍵因素是什麼，也不知道他經歷怎樣的過程才做出了這樣的決定，但總覺得審判長在做出結論時，內心仍然搖擺不定。

宣判當天。審判長坐在法官辦公室自己的座位上，小聲練習朗讀判決書。

「主文。判處被告死刑……」

他一次又一次練習這個部分，臉頰的肌肉抽搐，嘴巴似乎有點僵硬。

開庭審判的時間到了。被告臉色鐵青，審判長蒼白的臉色有過之而無不及。

「首先朗讀判決理由。」

審判長宣布。先朗讀判決理由，再宣布主文，等於在暗示很有可能做出死刑的判決。被告起初好像中邪似地愣在那裡，中途不顧審判長還在朗讀判決理由，發出了嗚咽。比起嗚咽，那更像是痛哭。整個法庭內都可以聽到他的痛哭聲。

審判長聽到他的哭聲之後，朗讀就頻頻卡住。聲音發抖，不時停頓，臉色更加蒼白，呼吸像喘息般急促。

「主文。判處被告死刑……」

審判長讀到這裡時，幾乎已經語不成聲。勳在法官生涯中從來沒有看過這麼離譜的宣判。他不由得感到害怕，然後發現自己在顫抖。

那位審判長不久之後就辭職了。無論是殺人凶手還是其他罪犯，自己已經無法再審判任何人。審判長這麼嘀咕，然後說自己也是殺人凶手。

其實也可以判決無期徒刑……勳開始這麼認為，而且認為這樣的判斷更妥當。事實上，那起案子在高院被改判為無期徒刑。那位審判長被輿論吞噬了，被死刑這個怪物吞噬，然後被壓垮了。

口頭上說嚴懲罪犯輕而易舉。

然而，審判他人這件事並沒有說的那麼容易。法官經常會為了增加或減少一年刑期傷透腦筋。

那次之後，勳還曾經參與了另一起死刑的判決。當時在判決書上簽名和蓋章時，都覺得玷污了自己的手。雖然是不可動搖的判決，但內心還是感到痛苦不已。

他覺得法官是一個不幸的職業。

但法庭基本上由審判長主導，即使做出同樣的判決，審判長和之前擔任左陪席或右陪席法官時的壓力完全不同。他認為自己在擔任審判長之後，一路走來都沒有參與過任何死刑審判的事件是莫大的幸運。

「還有三十秒。」

看著馬錶的法庭管理官毫無情感地說。

勳的思考被這個聲音打斷，無意識地巡視整個旁聽席。

他發現在旁聽席後方有一張熟面孔。喔，好懷念的老面孔……勳產生了有點不合時宜的感想。

那個人——野見山司在兩年前還是東京地方檢察廳八王子分廳公訴部的檢察官，目前轉到八王子分廳的刑事部，負責偵查工作。

公訴部的檢察官和法院各部門打交道時都會安排固定的人選，所以法官和檢察官之間會經常遇到老面孔。野見山負責勳帶領的刑事一庭，當時頻繁打交道，簡直到了有點對看兩相厭的程度。

好一陣子不見，野見山已經不見往日的青澀，如今看起來頗有氣勢。他已經三十過半，是以優異成績通過司法考試的正檢察官，在偵查案子時，自我主張強烈的工作態度引人注目。挑釁的姿態和富攻擊性的訊問，言語之間的冷嘲熱諷……他在法庭上經常故意運用這些會引起風波的戰術。

站在審判的角度看這個人，勳經常忍不住皺眉頭，但反過來說，也許可以說他這是一種能幹檢察官的典型形象。事實上，負責這次公訴的女檢察官三原也是年輕的正檢察官，但也因為年輕，和野見山相比，的確缺乏震撼力。

檢方的公訴人員通常由年輕的正檢察官或年長的助理檢察官擔任。年輕的正檢察官在法庭上累積經驗後，調到其他部門……像是負責偵查辦案的刑事部。野見山也很順利地走在這條升遷的路上。

勳想起野見山負責這起事件的起訴工作，起訴書上有他的名字，他應該很關心判決的結果，所以來旁聽。從檢察官訊問筆錄和其他相關卷宗中，都可以感受到偵辦這起事件過程中的牽強和倉促，如今看到野見山的臉，又想起這件事，有一種恍然大悟的感覺。

「好，結束。」

法庭管理官一聲令下，攝影人員完成拍攝工作，匆匆收起機器離開法庭。

平時被告都會在法官出現之前就進入法庭，但在開庭前進行攝影時，就會在法院內的臨時拘留室內待命，在拍攝工作結束的同時，由法警去帶人。

勳利用這段時間再度觀察位在旁聽席上的野見山。兩人視線再度交會，野見山比點頭更小幅度地動了一下脖子。

野見山挺著胸膛靠在椅背上，傲慢地抱著雙臂。深藍色的三件式西裝是他的招牌打扮，柿子色領帶結大得有點不自然。他的臉是下巴很尖的倒三角形，一雙眼睛一如往常充滿自信，單側嘴角上揚，好像隨時會吐出尖酸刻薄話語的兩片薄唇也依然如舊。

不知道他聽到今天的判決之後，臉上盛氣凌人的表情會如何變化。雖然很想見識一下……但這麼做有失厚道。

勳斜後方的門打開了，戴著手銬、腰間綁了繩子的被告武內真伍被兩名監所管理員押進來。五十一歲的被告一走進法庭就行了一禮。他身穿灰色西裝，裡面是件白色扣領型襯衫，沒有繫領帶。

他中等身材，不胖也不瘦。聽說繫上腰繩，就會讓人覺得抬不起頭。他微微低頭駝背，駝著的整個背上都是在案發當時受的重擊傷痕……檢方認為是他用金屬球棒自戕留下的傷痕……就像一輩子都無法消除的結痂，讓他的皮膚變了形。

從他西裝腰圍鬆了不少，就知道這一年的羈押生活的確讓他身心俱疲。那身西裝一看就是高級名牌，或是由一流裁縫師量身訂做的。武內真伍是個圓臉大眼的男子，不光是外形，他的言談舉止在整個審判過程中，自始至終維持著紳士的態度。

據說他變賣祖先留下來的山林，有四億多資產。目前單身，也沒有近親。未來的日子根本不需要思考要怎麼活下去這種人生規劃的問題。

在這次的審判中，檢方主張他在朋友家中殺害了朋友夫妻，甚至勒死朋友的小孩。

衝動殺人。這是檢方主張的殺人動機。因為他用殘酷的手法殺害了根本沒有金錢借貸等糾紛的朋友夫婦，所以就只能認為是這樣的動機。但是，既然這樣，檢方就應該傾全力證明，武內的內心隱藏了會導致他產生這種殺人動機的黑暗。

「因為遭到背叛。」

武內曾經在供詞中如此說明。當問他如何遭到背叛時，他回答說：「我送給的場一條領帶，但他一次也沒繫過。」

這種動機有辦法成立嗎？動無意否認這種無足輕重的事的確可能引發犯罪行為。既然送了對方領帶，對方完全沒有使用，可能真的會很不爽。然而對方在領帶上有自己的喜好，即使基於好意送給對方，如果對方不喜歡，當然就不會使用。這種送禮者和收禮者之間的想法落差完全可能成為糾紛的原因。

然而，觀察武內這個人在法庭上所表現出的平靜態度，就會不禁納悶，他會因為領帶這種事就……難以想像，而且似乎也不符合這個人的行為。更何況武內在審判期間全面否認供詞，就覺得那些筆錄淪為淺薄的假證詞。

當的場夫婦的兒子聽到父母慘遭殺害的聲響，從二樓下來時，那條領帶也成為勒死他的凶器，這是本事件的關鍵之一。偵辦這起案子的檢警也提出了這個關鍵，牽強地用來證明武內的殺人動機。但辯方認為是被告在連續多日遭到疲勞式轟炸的偵訊，精疲力盡的情況下一再遭到誘導，說出了這樣的供詞，這也是讓動認為不無可能的理由之一。

不僅如此，這起事件中還留下了被告後背傷痕這個匪夷所思的謎團。無論檢方和辯方的鑑定人都一致認為是遭到金屬球棒毆打造成，在凶器認定上雙方的意見一致。而且被告襯衫後背上沾到了的場夫婦的血跡，可以證明凶手先用金屬球棒毆打的場夫婦之後，再毆打被告。留在現場的球棒是的場洋輔所持有的，可以確定凶器就是球棒。

問題在於誰用球棒打了被告武內的後背？

根據記錄顯示，武內從肩膀到腰部的整個後背幾乎都遭到用力毆打，除了肩胛骨有兩處龜裂骨折，和左手背的龜裂骨折以外，還出現了頸部扭挫傷、嘔吐、發燒等症狀。

檢方認為武內受的傷是他自己故布疑陣的偽裝加工。的場夫婦的傷勢主要集中在頭部，但武內後頸部等沒有明顯的外傷，都集中在後背。

辯方則認為，那是因為武內用雙手抱住了頭，所以避免了頭部遭到攻擊，最好的證明就是他雙手手背都有挨打的痕跡，左手手背還發生龜裂骨折。辯方的鑑定人還具體說明，被告後背的挫傷是正常大人揮起金屬球棒，以相當強的力道至少打了二十次造成的結果。也就是說，自導自演無法造成這樣的挫傷。

檢方的鑑定人認為，只要是身體健康的男性，反手拿著球棒打向自己後背，也可以造成相當強的威力，只要重複多次，就可以製造出被告身上的傷痕。檢方的鑑定人當然不可能主張被告無法做到，所以在這一點上，檢辯雙方的見解不同。然而，勳自己試著用金屬球棒打向後背時，認為應該不可能製造出證據照片中的嚴重傷勢。

命案現場的場家是位在東京調布市的兩層樓房子，命案發生在八月二十七日傍晚五點半。屋內並沒有看起來像是竊賊犯案留下亂翻東西的痕跡，在犯案時間前後，左鄰右舍也沒有看到可疑人物出入。玄關的門沒有鎖，所以竊賊有可能潛入，但屋內並沒有外人穿鞋進入的腳印，沒有找到指紋等有力的線索。金屬球棒握把上的指紋也被擦掉了。

辯方主張……武內在招供之前，都一直如此供稱……他和的場夫婦在一樓的客廳內聊天時，有一個用絲襪套在頭上的男人突然闖了進來。那個男人中等身材，不胖也不瘦，穿著深色襯衫和牛仔褲，手上拿著的場家放在玄關的金屬球棒，不發一語，將金屬球棒打向離他最近的武內肩膀。武內立刻縮成一團，男人走到客廳中央，輪流毆打的場夫婦。

池本家就在的場家隔壁。當時，池本亨的妻子杏子正在院子裡為盆栽澆水，聽到了像是慘叫聲般的吵鬧聲和動靜，但聲音並沒有很大，而且也沒有持續很久，所以她當時並沒有太在意。

當武內反守為攻，準備撲向暴徒時，暴徒對的場夫妻的攻擊幾乎已經結束。暴徒推開武內，拚命毆打他的後背。

如果凶手闖入的目的是為了施暴行凶，不是應該自備凶器嗎？為什麼的場家的球棒會成為凶器？檢方提出了這個疑問，但要武內回答這個問題顯然是強人所難。因為這種事只有真凶才知道。即使原本帶了凶器，結果發現球棒更有效，然後就用球棒也沒有任何不自然。

武內最先向警方報案。一一〇留下了他在五點五十八分的報案記錄。距離命案發生已經三十分鐘，但武內說是因為受傷嚴重，以及他太震驚，需要時間平靜心情。而且凶手可能還在屋內，他擔心輕舉妄動，會再度遭到凶手攻擊。他因為這種恐懼和後背的疼痛，所以無法立刻採取行動。

凶手在這段期間，拿起放在客廳桌子上的領帶，在樓梯上勒死了的場夫婦的兒子的場健太，然後順利逃走了。檢方認為武內是在這空白的三十分鐘內故布疑陣，擾亂偵查方向。

這起事件沒有任何關鍵的線索。空白的時間、找不到凶手，還有唯一倖存的男人……偵查工作陷入了瓶頸，檢警很理所當然地試圖在最先報案的人身上尋找突破口。然而，他們苦心製造出武內是真凶的故事，完全沒有任何不自然和扭曲嗎？犯下衝動殺人的凶手這麼冷靜地故布疑陣，似乎有點不太合理。

即使如此，檢方仍然堅持起訴。一旦把案子放上司法的傳輸帶，就可以百分之九十九點九的精確度被判處有罪，只有千分之一的不良品。雖然不知道檢方是否信奉了這樣的神話，但至少他們天真地認為，船到橋頭自然直。

「起立！」

法警喊了口令，聚集在法庭內的所有人都站起來行了一禮。

「開庭。」

勳坐回椅子後，努力用柔和的語氣宣布。

「本庭將宣判，被告請站到前面來。」

武內被鬆開手銬和腰繩後，動作僵硬地走向前方的被告席面對勳。微微低頭的臉上沒有表情，嘴唇沒有血色。

「好，現在進行宣判。」勳說話的速度有點快，淡然地動著嘴巴，「關於被告的殺人命案，先朗讀主文，請聽清楚了。」

先朗讀主文，就代表不是死刑……在場的人還來不及理解這件事，勳就立刻開始朗讀主文。

「嗯，主文。被告無罪。」

法庭內鴉雀無聲，好像沒有人聽到勳的聲音。

「接下來是事實認定和判決理由，因為內容比較長，被告請坐下聽。」

武內僵硬的嘴唇吐出沙啞的聲音說：「是。」然後鞠了躬。

武內就像傀儡一樣，動作笨拙地坐在被告席時，旁聽席後方終於有了反應。

「無罪，無罪……」

雖然很小聲，但興奮的聲音立刻傳遍旁聽席，有幾個人衝出了法庭。動沒有看家屬，也沒有看野見山檢察官的臉。

他只是淡然、嚴肅地開始朗讀判決草稿。

「三原檢察官臉色蒼白，我還以為她會昏倒。」

走在通往法官辦公室的專用通道時，中西候補法官開口。雖然他說話時降低了音量，但語氣中難掩興奮。左陪席和右陪席法官在朗讀判決書時都無所事事，所以可以仔細觀察法庭內的狀況。

「如果她昏倒的話，真想衝過去照顧她。」

紀藤法官開玩笑說道，司法實習生都輕輕笑了。

「野見山檢察官也來了，真難得。」

「是喔？」中西聽了動的話，表情驚訝。他似乎並沒有看到野見山。

「有，我有看到。」紀藤得意地笑著，「但他的臉漲得通紅，看他的樣子，之後應該會來抗議。我猜想他八成會來。」

「他來向我們抗議也很傷腦筋啊。」

雖然動沒有明說是自作自受，但他想要表達的就是這個意思。

「說實話，原本還有點擔心，現在終於順利結束了……」

紀藤說，勳面帶笑容點點頭。聽到這麼震撼的判決，在場的所有相關人員都會基於各自的立場有不同的想法，但在法庭上都很平靜。

「只要淡然地、嚴肅地進行，事情就會很順利。」勳在說話時，巡視著司法實習生的年輕臉龐說，「今天的經驗很寶貴，因為法官的獨立性得到保護，才有辦法做到今天這種情況，所以必須相信自己，鼓起勇氣做出決斷。如果你們日後當法官，也許一輩子會遇到一起這種案子，你們必須培養能夠分辨的能力。」

勳面帶笑容地看著四名實習生，他們心服口服地點頭。

說得意或許有點誇張，但他很滿意這次的判決。以法律界的常識來說，對被迫招供的被告做出無罪判決，幾乎是一種奇蹟。勳之前也不曾做出這麼有勇氣的判斷，他終於用嚴肅的態度完成這場審判，這個判決也算是對漫長法官生涯的總結。

離開專用道路，走進刑事一庭所在的北棟大樓。法官辦公室通常都位在書記官室後方，但在刑事一庭，書記官室和法官室分別位在中央通道的兩側。

「怎麼樣？懸案的判決終於結束了，今天要不要在立川找個地方喝一杯？」

紀藤性急地解開法袍的釦子，看著勳和中西問。

「原來你是因為早有這個打算，所以昨天才留下來加班嗎？」

中西開玩笑問紀藤，其他人都笑了。

他們正在聊天時，突然聽到通道上傳來有人跑過來的急切腳步聲。

「喂！審判長！喂！」

勳聽到叫聲，停下腳步轉過頭。一個身穿黑色西裝，腋下夾著相框的男人猛然跑了過來。他是池本亨，勳一眼就看到他怒氣沖沖的表情。

「喂！你在想什麼！」

池本喘著氣咆哮著，衝過來一把抓住了勳的法袍，像石頭般堅硬的拳頭打在勳的手臂上。

「別這樣，別這樣。」勳身旁的其他人忍不住叫起來，紛紛上前阻擋。

「王八蛋，放開我！你這個恐龍法官！竟然閉著眼睛亂判決！」

周圍人的反應似乎讓池本更加激動，他一臉憤怒地破口大罵。

「太危險了。」勳努力假裝冷靜，把自己的法袍從對方的手上拉回來。

「喂，等一下！你別逃走！」

「別這樣，別這樣。」

周圍的年輕人慌忙拉住了想要再度撲向勳的池本，池本仍然想要往前衝，腳下一滑，一屁股坐在地上。

聽到玻璃碎裂的聲音，在場的所有人都愣在那裡。

遺照的相框玻璃碎了一地，照片掉落在地上，池本的手上滲著血。

池本看了看掉在地上的照片和自己的手，然後抬頭看著勳。

勳看著池本不同尋常的眼神感到不寒而慄，但嘴上仍然淡淡地重複著相同的話。

「太危險了。」

池本沒有馬上站起來，他撿起照片，放在已經沒有玻璃的相框內，不停地眨著眼睛看著勳。

他喘著粗氣，只是望著勳。

「幫忙他把玻璃撿起來。」

勳指示著書記官和實習生，看到他們開始撿玻璃後轉身離開。中西打開法官室的門鎖。

「真是太危險了。」

勳最後又對池本重複一次，然後在紀藤等人的保護下走進法官室。

「喔喔，好可怕。」

中西故意抖一下身體，關上門，好像要趕走沉重的氣氛。

雖然總有不少和案件直接相關的人想要衝進法官室，但遇到這麼氣勢洶洶的人，還是會讓人感到不寒而慄。勳當了這麼多年法官，也是第一次被人抓住法袍。考慮到最低限度的安全，法官室並沒有掛牌子，法院示意圖上也沒有標識，但在通道上遇到就沒辦法了。

「來向我抗議也沒用啊。」

勳又嘀咕著剛才的話，緩緩深呼吸。他脫下法袍，放進置物櫃，拿了咖啡杯盤，倒一杯咖啡機裡的咖啡，走回自己的座位，辦公桌上堆著大量卷宗。

他鬆開領帶，放鬆心情，從抽屜裡拿出餅乾，拿出一塊在手上，聽到輕輕的敲門聲，事務官探頭進來。

「庭長，野見山檢察官——」

事務官的話還沒說完，身後有一隻手用力把門推開。野見山板著臉走進來，居心叵測的雙眼看著勳。

勳正打算站起來，野見山伸手制止他。

「在這裡說話就好。」

抽到了千分之一下下籤的檢察官雙手插在深色長褲口袋裡，在勳辦公桌前那片狹小的空間，毫無意義地從右側走到左側。

「你跟我有仇嗎？」

他板著臉問。

「怎麼可能？」勳一笑置之。

「是你一個人決定的嗎？」

「當然是合議庭做出的決定。」

雖然這次由勳強勢主導判決，但他對判決有相當的自信。當庭長在合議庭上表現得很有自信時，左右陪席法官不可能持續表示反對。紀藤和中西在這方面也和其他法官一樣。

「這個案子會在高院翻盤，到時候會在你的經歷上留下污點。」

「高院？所以你們打算上訴嗎？」

野見山露出不屑回答這個問題的表情。

雖然要不要上訴是檢方和辯方的自由，但即使在第二審時，也會相當重視第一審的判決。因為第一審才是在事件尚未被淡忘之前所進行的審判。在第二審時，或許會稍微改變量刑，但幾乎都會駁回上訴。無論第一審的判決看起來再怎麼不合理，都無法指望在第二審時將原本有罪改判無罪，或是無罪改判有罪這種極端的改變。因為通常認為判決大幅搖擺，有損於審判機制整體的信賴度。也因為這個原因，導致因為冤獄而欲哭無淚的死刑囚陷入苦戰。如果可能蒙受不白之冤，就必須在第一審解決。

「雖然我知道這是關心過度，但我勸你最好還是放棄上訴。希望你也可以向高檢的人如此建議，以目前的狀況很難改變什麼，刑事部的偵查工作必須做得更紮實，否則三原檢察官孤立無援，未免太可憐了。」

野見山把手放在勳的辦公桌上，探出身體說：

「那是武內幹的，是他自行招供的。」

「我知道檢方如此主張。」

「你對殺人凶手沒有做出任何制裁，就縱虎歸山，讓他就這樣回到社會。」

「野見山檢察官，」勳起身，從自己的置物櫃中拿出金屬球棒，「你要不要用這個打自己的後背試試？根本打不出那樣的傷痕。你不應該遷怒於我，而是該激勵警方，找出逃走的真凶，否則的場一家人也會死不瞑目。」

野見山銳利的視線看向球棒，又看了看勳的臉，但沒有說任何話。

「話說回來，」勳把球棒放回置物櫃，化解緊張的氣氛，「也許我們以後也沒機會在這裡見面了。」

「你要輪調了嗎？」野見山以黯然的眼神冷靜地問，「我記得你也負責三鷹那起保險金連續殺人案，在那起案子結束之前，應該不會調職吧。」

在三鷹市發生的那起保險金連續殺人案是有超過四名被害人的重大事件，從三個月前就開始開庭審理。

「我沒想到那起事件會分到我手上……雖然有點猶豫，但如果這樣下去，就會沒完沒了，我在心情上已經做出了決定。」

「你的意思是？」野見山挑了挑眉毛。

「我要退休了。」

「是喔。」野見山用沒有感情的聲音感嘆著。

「因為家庭因素，雖然我不知道你能不能理解，我年邁的母親臥床不起，很擔心我之後會輪調去其他地方。家裡也缺人手照顧，所以就趁這個機會下定了決心。」

其實有一所大學找他去當老師，這也是他決定退休的原因之一，但他認為沒必要現在提這種事，所以就沒有繼續說下去。

「啊呀啊呀，那就請你多保重了。」野見山的神情意味深長，但仍然撇著嘴角，「我不知道梶間庭長這麼孝順，應該不是為了逃避穩判死刑的三鷹事件吧？」

說完，他就轉身準備離開。勳根本懶得回答，只是看著這個討厭的男人留下不愉快氣氛離開的身影。

「恕我可能無法參加你的歡送會，因為我也很忙。」

野見山準備開門時，還特地叮嚀了這句沒必要的話。

「不必擔心，我不會邀請你。」

勳對著他的背影說道。

2 重逢

勳退休的兩年後。

位在東京日野市的多摩文化大學利用黃金週期間，針對社會人士和考生舉辦了校園說明會，有一系列免費講座和校園導覽。

多摩文化大學是一所只有文科系所的小型大學，該校的法律系每年包括校友在內，有超過十名以上的畢業生通過司法考試，以法律系為中心的教育品質深受好評。位在丘陵地深處的校園綠意盎然，有一種遠離都市喧囂的清新。

今天是勳擔任法律系教授後第一次舉辦「校園說明會」的講座，講座的主題是「日本審判制度的問題」，但在這種場合，他不會談論艱澀的學術問題，而是以分享經驗談為主。比方說，法官過著怎樣的日常生活。

「開庭都是從上午十點開始，所以通常都是上午九點半左右到法院上班，雖然沒有規定上班時間，但每個人都會斟酌各自的狀況後決定。

經常有人問我平時通勤的方式，這也各不相同，會視各地的交通情況而定。有些地方會由名為技官的職員開黑頭車或是小巴士接送，也會有法官每天早上騎腳踏車到法院上班。

常常有人問法官住在哪裡這個問題。法官每隔三、四年，就要在全國各地輪調，所以無法買自己的房子，毫無例外地都住在宿舍。在像是公宅的公務員宿舍，會有專門是法官家庭居住的樓房。宿舍通常都是很老舊的房子，而且想要動內部的裝潢，都必須事先申請，很多地方無法通融，還會安排拔雜草的值日生。法官都會在假日戴上草帽拚命拔草。」

可以容納兩百人的大階梯教室內，聽眾之間都保持了適當的間隔，幾乎坐滿人。京王線電車的中吊廣告效果似乎不錯。

來聽講座的幾乎都是假日無所事事的年長男子，站在講台上大致觀察，發現和平時的學生不一樣，可以感受到他們身上散發出一種帶著滄桑的穩重。教室內只有動透過領夾式麥克風傳出去的聲音。

「有些家庭夫妻兩人都是法官，尤其很多女法官都嫁給法官。可能是在司法實習生時代建立了感情，這種家庭就會夫妻一起輪調，人事方面也會在這方面提供方便。」

在大致介紹完法官也生活在普通的家庭，同樣是人生父母養，在工作時會為每一起案子煩惱後，動用剩餘的時間接受聽眾的提問。

零零星星有幾個人輕輕舉起手，教務課的職員遞上麥克風。

一個看起來在公司擔任要職的老人接過麥克風後鞠躬。

「謝謝教授和我們分享了這麼有趣的內容，」老人用低沉的聲音彬彬有禮地說了起來，「你剛才提到，法官手上會同時有好幾個案子一起進行，在閱卷的過程中，會不會將事件混淆，或是資料看不完的情況？很希望可以和我們分享一下像超人一樣完成工作的訣竅。」

動露出從容的笑容點頭。

「正如你所說，刑事庭的法官每個人手上隨時會有一百起案子，如果是民事庭，手上會有兩百起案子，光是掌握每一起案子的情況就很耗神。很可惜，法官並不是超人，所以如果不加以整理，腦袋就會陷入混亂。至於如何整理，其實也不是做什麼特別的事，就是寫下重點，必須能夠馬上掌握案子的主要爭點、原告的主張、被告的主張。在召開合議庭，也就是法官之間進行討論時，會有人記錄要點，在審案過程中，隨時看這些記錄的要點，有必要時翻開筆錄確認。雖然是很踏實的方法，但我相信養成這種習慣，對各位的工作也會有正面幫助，各位不妨可以試試。」

下一個接過麥克風的是一個二十歲左右，戴著眼鏡的男生。不知道是本校的學生，還是附近中央大學的學生。

他用緊張的高亢聲音說起來。

「我認為日本的司法對罪犯的刑罰太輕了，即使明顯是故意殺人事件，只是殺死一兩個人也不會被判死刑，除非另有強盜或強暴行為，才會被判處無期徒刑或是死刑。如果被判無期徒刑，十年左右就可以假釋，老實說，這個國家對罪犯太寬容了。如果真的想減少犯罪，就應該下定決心，每年對一百個殺人犯判處死刑。請問教授對這個問題有什麼看法？」

「你的意見很偏激啊。」

勳苦笑著說，聽眾席上響起一片笑聲，那個年輕人也笑了。

「專家之間對於死刑是否能夠有效遏止犯罪這個問題有不同的意見，因為罪犯通常在鑽進牛角尖的情況下犯行，進退不得，寸步難行，或是惱羞成怒，失去理智而行凶。在這種情況下，很難瞭解這個國家的死刑執行數能夠發揮多大的遏止作用。或許有某種程度的遏止力，或者應該說對某些案例或許可以發揮遏止作用，但也可以輕易想像，對有些案例完全無法發揮任何遏止力。

我並不是廢死論者，但也不認為應該增加死刑。對法官來說，死刑判決是很沉重的決定，而且還有冤案問題。你現在在這裡問這個問題，明天可能就會在完全沒有做過任何事的情況下被警方逮捕，送上法庭求處死刑，事實上也的確發生過這種情況。很遺憾，司法並不完美。

你剛才提到，無期徒刑會在十年左右假釋。在服刑十年後，立刻可以提出假釋，但實際上無期徒刑的平均服刑時間為二十年左右，因為這是比二十年有期徒刑更重的刑責，應該沒有人服刑十年就出獄。

我很同意你指出如今的社會讓被害人無法得到救贖這個現實問題，但這不光是司法的問題，而是社會整體的問題，我認為該和刑罰問題分開考慮。

如果將社會整體視為一個大生命體，即使切除壞的部分，也無法成為強壯健康的生命體。生命力最重要，生命力具有自淨能力和再生能力。罪犯的更生就是如此，並不是只要加以摒除，就可以成為一個理想的社會。從某種意義上來說，這樣的社會並不健康。」

相信那個學生應該能夠接受這樣的回答。動對自己的回答感到滿意，拿起桌上的杯子，喝了一口水潤喉。

職員走到聽眾席正中央，尋找下一個發問者。

動的目光停在一個舉手的人身上。

他覺得那張臉似曾相識。因為距離有點遠，再加上認為不可能，所以花了一點時間，才想起那個名字。

但職員走過那個男人身旁，把麥克風交給一個穿白襯衫的中年男子。那名中年男子雖然一臉嚴肅的表情，說話的聲音倒是很輕鬆。

「不好意思，我想問的並不是什麼嚴肅的問題，只是基於好奇問一下。請問你是否曾經在路上遇過審判的當事人，或是對方懷恨在心，導致你遭遇危險？」

勳不禁看向坐在發問者前排的那個男人，即使眼神交會，那個男人也若無其事，以聽眾的身分等待勳的回答。

「嗯，」勳一時不知如何回答，所以遲疑一下，很快就恢復了平靜，「雖然很少遇到可以稱為懷恨在心的情況，但偶爾會遭到抗議，或是收到抗議信。不瞞你說，曾經有一個案子的關係人跑過來抓住我，當時有點害怕。在外地的地方法院工作時，經常會在路上遇到當事人，像是在居酒屋之類的地方，但對方落落大方，我反而覺得很不自在。的確發生過這種情況。」

當他回答完畢後，又有幾個人舉起了手。

「呃，接下來是最後一個問題……」

勳說完後，職員把麥克風交給了坐在後排的一名年輕女子。

「請問當法官需要具備什麼資質？」

她一臉嚴肅的表情問，以後可能想要當法官。

「必須能夠愛人，因為這是和人打交道的工作。」

勳簡潔地回答，結束提問時間，職員簡單說了幾句話作為總結，勳的講座順利結束。聽眾同時站起來，從四道門紛紛走出去。

但是，坐在正中央的男人沒有離開，他緩緩走向講台。

果然是他。

他似乎察覺到勳已經確認，露出平靜的笑容。

武內真伍。

在審判時和媒體報導時曾經多次看到他，但這是第一次看到他的笑容。勳沒有想到他的臉上會出現這麼柔和的表情。

他今天也穿著顏色明亮、做工考究的西裝，裡面穿著Polo衫。花白的乾爽頭髮三七分，看起來很灑脫。

「審判長……不，教授，」他主動打招呼，「我是武內，之前承蒙你的關照，好久不見。」

武內放鬆圓臉上的表情，緩緩鞠躬。

「喔……真是、真是……」

勳不知道該怎麼向他打招呼，只能含糊其詞。

「託你的福，一切終於恢復了平靜。」

高院在半年前對的場滅門案做出判決。駁回上訴。檢方並沒有提出新的有力證據，高院也支持勳在第一審做出的判決。將武內視為凶手時，無法解決他背上毆打傷痕的合理懷疑，檢方必須充分舉證消除這個懷疑，卻無法做到。

檢方非但無法雪恥，還二度蒙羞，必定恨得牙癢癢，但最後放棄了向最高法院上訴。電視新聞曾經播出武內在確定無罪時，在記者會上流下感慨的眼淚。

「因為你是有救命之恩的恩人，所以我一直想當面道謝。偶然在電車廣告中看到有這個講座，也才第一次知道你離開了法官的工作。」

「這樣啊。」

武內的臉比之前審判時更加豐腴了些，黑色的雙眼有點濕潤，一雙細長的眼睛炯炯有神。突然被奪走平凡簡單的生活，為了找回這種生活而不得不孤獨奮鬥的男人此刻就站在眼前，對自己露出笑容。

勳充分感受到這一點，不由得感慨不已。

自己為武內孤獨的奮鬥助了一臂之力，也讓一名紳士起死回生。雖然對方說自己是救命恩人有點言過其實，但勳感到很高興。

「武內先生，你的努力終於有了成果。」

勳這麼說完，向他伸出手。武內說不出話，熱淚盈眶，大滴的淚水終於流了下來。原本的笑容稍微帶著淚水。他雙手握住了勳的手，連連鞠躬。

勳用另一隻手拍拍他的肩膀。

現場已經沒有其他聽眾，職員收拾完也會離開，勳決定走出教室。

武內拿出手帕跟了上來。

「你還住在以前的房子嗎？」勳邊走邊問。

武內就住在離的場家和池本家走路五、六分鐘的地方，走在路上時可能會遇到池本亨等人，彼此心裡應該都有疙瘩，生活應該很不方便。

「我還住在那裡。」武內微微低著頭回答，「但媒體和其他人不分白天晚上，經常會上門。

有些人會守在家門口，有些人甚至會闖進院子，所以我只能一直關著遮雨窗。現在和左鄰右舍也不來往，幾乎足不出戶。」

「那可真辛苦啊，工作怎麼辦？」

「目前沒有工作，也不想工作。」

武內在事件發生之前，從事進口雜貨的生意，但他並沒有積極擴大經營，感覺只是玩票性質。因為他資產豐厚，工不工作並不重要，只不過在人生意義方面一定覺得很空虛。

「身體方面呢？看起來比兩年前氣色好多了。」

「身體倒是慢慢好了起來，因為目前的生活都在療養。」

「嗯，這樣啊。雖然這種事不該由我一個外人說一些不負責任的話，但我認為徹底改變一下生活環境也不失為一種方法，因為整天關在家裡終究不太好。」

「是……」武內一臉愁容點頭，「雖然我也想過乾脆搬家，但這麼一來，別人會覺得我做了虧心事逃走……」

「不會啦，」勳聽了武內的苦惱，輕輕笑了，「不需要連這種事也在意別人的眼光，應該選擇自己想要的生活，不是嗎？」

「是啊，你說的對。」武內的聲音稍微開朗了一些，「聽到教授這樣支持我的人這麼說，激發了我很大的勇氣，我今天來對了。」

「過獎了，我並沒有做什麼。」勳苦笑著搖搖頭。

「教授，你退休之後住在哪裡？」武內反過來問他。

「我嗎？剛退休時租了房子，今年春天才終於在多摩野的高地買了一棟透天的房子，總算安定下來了。到了這個年紀，才終於有了自己的家。」

「是嗎？真是太羨慕了。」

「沒有沒有，只是買現成的建案，以前好像是老舊的集合住宅，改建成幾棟透天的房子。」

雖然勳謙虛地這麼說，但他購買的是那片住宅區中最大的五房兩廳的透天厝，和兒子、媳婦同住，再加上老母親也住在同一個屋簷下，所以並不覺得屋大人少。

今年三十歲的兒子俊郎在大學畢業之後，就一直是自由業。勳有點搞不懂兒子在想什麼，兒子在三、四年前終於產生了想要挑戰司法考試的意願，說想要當律師。只不過他開始以此為藉口不再打工，整天向家裡要錢，讓勳不知如何是好，所以就乾脆邀他一起入住新居。母親越來越需要人照顧，媳婦雪見也會一起幫忙，從這個角度來說，並不全都是壞事。

「對了，」勳結束談論自己的事，「我指導的研討課中，有幾個學生在研究冤案問題，我自己也對這個問題很有興趣，想作為研究的主題之一。如果你方便的話，希望可以邀請你和他們分享一下自己的經驗，啊，如果你覺得為難，那就不勉強了……」

雖然感覺好像是在利用他的不幸，但勳覺得也許可以協助他走出悶悶不樂的生活，讓他有機會將內心的鬱悶一吐為快，所以自認是不錯的提議。

武內眨眨眼睛，有點誠惶誠恐地說：「雖然我不知道我這種人能夠分享什麼，但如果能夠幫上教授的忙，我樂意之至。」言語中透露出他的喜悅。

動在黃金週後的第一堂研討課時邀請了武內。

武內面對二十幾名學生，靜靜地談論了自己走過的那一段路。學生都以同情的眼神看著認真訴說往事的他。

「因為在案發當時後背受了重傷，我發高燒，在醫院的病床上躺了三天，做了三天的惡夢。因為我的脖子也受了傷，所以身體完全無法動彈。

在我住院期間，刑警每天都來問案，從我退燒的第五天開始，他們的態度開始發生變化。之前都對我說『希望你早日康復』、『我們會努力找到凶手』，但之後就不再對我說這些話，看我的眼神也變得很凶，可以隱約感覺到他們的不悅，然後還對我說什麼『武內先生，你要不要對我們說實話？』我之前即使發高燒，也配合他們說明案情，所以我當時以為之前說了什麼奇怪的話，於是就回答說：『好。』刑警說：『你告訴我們，遭到凶手攻擊的時間是五點四十五分，這似乎不太對』，還說『鄰居太太說，五點半就聽到了慘叫聲』。他們告訴我說，我是在六點左右打電話到一一〇報警，命案應該在我報警的十分鐘還是二十分鐘前發生。我不太記得詳細的時間，於是就回答是五點四十五分。當時我並沒有看時間，只是憑這樣的感覺回答，所以他們說是五點半，我就覺得既然他們這麼說，應該就是這樣，也許當時過了三十分鐘。我回答說：『可能是這樣。』在我更正之後，刑警的語氣立刻變得嚴厲起來，開始說我『說謊』，說什麼『你常常說謊』，質問我『怎麼可以說謊』……

在案發兩個星期後，我終於出院了。當我回到家時，有大批媒體記者聚集在我家門口。他們未經我的同意就用攝影機拍攝，閃光燈閃個不停。他們並不只是問我案發當時的情況和傷勢，雖然他們沒有明說，但我從當時就隱約感覺到，他們好像懷疑我是凶手。我認為是警方這麼暗示媒體，用這種方式向我施加壓力，讓我在壓力面前屈服。

出院後不久，就每天被找去調布分局。雖然就是所謂的主動到案說明案情，聽說我其實可以拒絕，只是當時我並不知道，因為刑警每天早上都會開車來接我，我就坐他們的車子去了調布分局。當時覺得如果拒絕，警方會越來越懷疑我，而且那種氣氛也讓我不敢皺一下眉頭。起初我想得很簡單，反正人不是我殺的，以為很快就可以證明我的清白。

但是，一到警察局，完全就是接受偵訊的狀態。一整天都在狹小的房間內面對刑警，他們都重複問相同的問題，而且一副高高在上的態度，問話時好像在罵人。我努力想要澄清，但他們完全聽不進去，已經認定我就是凶手，不願聽我說分明，根本無法溝通。每一天都是這種情況，真的讓人痛苦不已，除了吃飯時間以外，從早到晚都是這樣疲勞轟炸。

回到家時已經精疲力竭，卻遲遲無法入睡。我也是受害者之一，被捲入了悽慘的事件，精神上受到的創傷還沒有平復，就受到這種待遇，當然無法安睡。那時候找律師已經有點太遲了，而且我從早到晚都在警局，根本沒有時間，也不知道去哪裡找專門負責這種案子的律師。再加上我孤家寡人，所以也沒有家人可以幫我。

不久之後，我的精神終於漸漸崩潰。其中一個和我接觸最久的刑警突然對我和顏悅色，表現出努力想要理解我的態度。這其實也是他們的一種戰術，他告訴我，我目前所處的立場有多麼不利，告訴我說『鄰居太太說，聽到你大聲咆哮的聲音』、『的場夫婦對住在隔壁的哥哥說，覺得你去他們家作客很煩』。

說聽到我大聲咆哮的證詞根本是胡說八道，鄰居太太只說聽到動靜和像是慘叫的聲音，但並沒有說聽到我的咆哮聲。即使這樣，刑警也可以睜眼說瞎話。的場夫婦住在隔壁的哥哥在法庭上說，的場先生覺得我很煩，但沒有人知道的場先生是不是真的說過這種話。而且聽說住在隔壁的哥哥原本也沒有認為我是凶手，真是太奇怪了，但我覺得和的場先生的關係很好，聽刑警這麼說之後，內心很受傷，覺得自己真的孤獨無助。

那個對我和顏悅色的刑警用站在第三者的角度對我說，只要在法庭上把所有的事說清楚就好，現在警方已經無路可退，不如由我先退一步，到時候再去法庭上證明自己的清白。他還說警方會用盡各種方式起訴我，如果我再堅持下去，即使現在願意聽我說話的人也會撒手，到時候就要做好最壞的打算，暗示我會被判死刑。聽起來好像只要按照他說的去做，就可以避免這種情況發生，但現實完全不是這麼一回事，他只是用威脅的方式讓我鬆口承認。

然而，當時聽他這麼說，我漸漸覺得這是唯一的解決之道。當時忍不住想，如果有機會和律師討論，至少可以擺脫目前這種窮途末路的狀況。但是，在我主動配合到案說明的第五天，有些刑警開始對我說，事情沒這麼單純，太奇怪了。開什麼玩笑！然後就持續了超過五十個小時，幾乎像拷問般的痛苦。如果我不屈服，還不知道什麼時候是終點。那些刑警憑著靠柔道練出來的無窮體力，卯足全力來對付我，有時候還會有體力充沛的幫手來助陣，我單槍匹馬，根本不是他們的對手。我已經撐不下去了，只要可以讓我輕鬆，我會毫不猶豫地選擇輕鬆的方式尋求解脫。

刑警開始用拜託的方式說什麼『你就承認是你做的』，於是我終於點頭說『對』。即使我是在他們的誘供之下這麼說，但還是很不甘願說這種謊，當時不禁流下了眼淚。不知道刑警怎麼解讀我的眼淚，他抱著我的肩膀說『原來是這樣』。

接著就被逮捕了……但事情並沒有結束，而是才正式開始。也就是說，既然我承認是自己幹的，就必須招供自己根本沒做過的事。雖然我當時在現場，但對很多情況並不瞭解，必須編故事配合警方勘驗現場的結果。

比方說，我聽說的場健太是在樓梯上被勒死，但並不知道是被什麼勒死。這是只有凶手知道的答案。警方要從我嘴裡問出答案，但我並不知道。我只好編故事說，因為健太看到我行凶殺人，所以我追了上去，從背後掐住他的脖子把他勒死。刑警聽了大發脾氣說『不要說謊』，然後說著『你再仔細想一想』，意味深長地摸摸自己的領帶。在那之前，他們給我看了領帶的照片好幾次，問我『你有沒有看過這條領帶』。因為我搞不清楚狀況，就回答說『那是我送的場先生的領帶』，刑警很不留情面地說『這條領帶還真難看，對方收到這種禮物也很傷腦筋吧。』因為曾經有過這樣的對話，所以我就想到……啊啊，原來是那條領帶。這就像是在有提示的情況下猜謎，一旦答錯了，就會遭到痛斥。如果答對了，就不會挨罵，老實說我當時鬆了一口氣。

問到犯案動機時，也是以這種方式進行，最後說是因為的場先生說不喜歡這條領帶，讓我感到很生氣。因為是用這種方式回答，所以行凶動機聽起來很可笑。警方從精神鑑定中，挑出我有衝動的一面這個見解，以此作為動機的依據，但我覺得實在太牽強附會。

在製作筆錄期間，我一直被關在調布分局的拘留室。偵訊就在拘留室前的一間小型會見室進行，三餐都只有兩三口，我整天感到飢腸轆轆，渾身沒有力氣。照理說我應該被送去看守所，在那裡至少可以得到最低限度的待遇，但警方以偵訊方便為由，一直把我關在拘留室。那是毫無自由的拘禁生活。只不過也並非全都是壞事，一起被關在拘留室的人告訴了我幾個在這方面知名的律師。

警方終於完成了筆錄，移送檢方，我被移往看守所。檢察官也做了筆錄，最後決定起訴我。因為刑警個個都像凶神惡煞，氣勢洶洶，原本以為檢察官可能願意相信我是清白的，沒想到檢察官也一樣。虛構的故事在某種程度上有模有樣，就會讓人覺得不忍心破壞。檢察官根本不想破壞，只是努力補強看起來脆弱的部分。

令人難以置信的是，檢察官的筆錄上出現了我根本沒說過的話。檢察官問『為什麼毆打了十幾下？』我回答說『我也不清楚』，結果筆錄變成『在用力揮打球棒時，覺得一切都無所謂了』。在問我『你對的場一家人有什麼看法？』時，我回答說『他們看起來是幸福的理想家庭』，筆錄上扭曲成『的場的家庭看起來很幸福，覺得很不公平，想要破壞他們的幸福』。檢察官最後在我面前朗讀了筆錄的內容，但是以很公事化的口吻，而且讀得很快，我完全聽不清楚朗讀的內容。檢察官根本不顧這些，讀完以後問我『這樣沒錯吧？』就要求我簽名。在開庭之後我才發現很多地方與事實不符，這根本就像詐欺。

聽我的律師關律師說，我第一步就走錯了。在這種情況下，不能夠主動配合到案說明，即使遭到逮捕，也不能說任何話，必須保持緘默。如果各位以後遇到這種悲劇，千萬不要開口說任何話。即使反駁，警察也不會聽，反而會被找出語病，所以還是不要開口為妙。

關律師說，這場官司會打得很吃力，幸好審判長……梶間教授並不是和檢方稱兄道弟的人，所以並不是完全沒有逆轉的可能性，最後事實也證明的確如此。聽說普通的律師即使來面會，也只是討論一些事務性的事，根據經驗應付審判。一旦發現像我當時那樣處於不利狀況時，只會爭取酌情減輕量刑，不會浪費力氣做無謂的抵抗。我當時覺得即使耗盡家財，也無論如何要打贏這場官司，所以請關律師全力以赴。關律師聽了我的要求之後，挑選了比檢方更知名、更有權威的人擔任我的鑑定人。

打官司的費用並不是只有一兩百萬的小數目，為了證明自己沒有行凶，也是受害人之一，需要在精神上和經濟上付出這麼大的代價。沒有任何方法可以避免，然而，即使打贏了官司，也沒有人會賠償我。如果想要請求賠償，還要再打很多莫名其妙的官司，簡直是勞民傷財。

雖然地方法院和高等法院都做出了無罪判決，證明我的清白，但警方完全沒有向我道歉，一副『雖然法院這麼判，但你真的沒有殺人嗎？』的態度。我到底要被懷疑到什麼時候？媒體也一樣，完全沒有發現對我造成了多大的壓力，也從來沒有為當時受到警方不確定消息的影響而反省，現在又置身事外地開始想把我塑造成悲劇人物，我真是受夠了那些人。

回到家之後，我現在不吃安眠藥就無法入睡，每天晚上都為自己的人生就這樣平白無故地遭到摧毀感到很不甘心。我無法原諒警方認定我就是凶手，至今仍然沒有抓到真正的犯人。有人躲在角落偷笑，我也經常擔心凶手有一天會找上門殺人滅口。

對於慘遭毒手的的場一家人……我真的不知道該說什麼。我因為工作的關係，搭機前往歐洲時，在飛機上認識他們一家人，之後的場太太經常向我購買我公司進口的雜貨，是很有品味的客人。的場先生從事歐美書籍的翻譯工作，是一個開朗健康的人，他太太很漂亮、很時尚。兩個人雖然年輕，但很善解人意，也很爽朗，把我當家人一樣。健太每次見面，都很有精神地向我打招呼……沒想到他們一家人就這樣遭到殺害……每次越想越生氣，忍不住淚流不止。只有我一個人活下來，我覺得很對不起他們。雖然我活下來，卻無法為他們做任何事，有時候覺得為什麼只有自己得救。雖然這個問題沒有答案，但我無法不去想這個問題。在那起事件發生之前，我也和大家一樣，過著平凡的生活……」

武內說到最後，不禁哽咽起來。看到他努力克制內心的情緒，學生既沒有鼓掌，也沒有向他發問，只是面色凝重，靜靜地坐在那裡，有幾個女學生忍不住啜泣起來。

研討課結束後，勳向武內表達感謝。

「謝謝你言無不盡地說出了心裡話，學生們都深受感動。讓他們聽到過來人說明司法的現實是這麼一回事，我相信對他們來說，是一次很好的學習機會。」

「不，我不知道說這些有沒有幫助……」

武內低頭鞠躬，謙虛地表示。

「不不不，真的是很寶貴的分享。怎麼樣？要不要一起去車站前吃頓飯？雖然談不上是酬謝，但我請客。」

勳輕鬆地開口邀約，武內用力搖著頭說：

「不敢當，請不必費心，能夠幫上你的忙，我就心滿意足了。我先告辭了，以後會默默支持你在教學上充分發揮。那我今天就先告辭，失陪了。」

武內頻頻鞠躬，走出研討室時露出笑容。勳只是帶著輕鬆的心情邀約，所以並沒有慰留他。

武內這個人似乎不願給別人添麻煩，而且太為別人著想，在他身上完全感受不到絲毫的犯罪可能，即使是那樣的人也是會突然被捲入悲劇。勳再度回想起他曾經遭遇的事，對他的不幸感同身受。

研討課結束後，勳整理了兩三份資料後離開大學，開著停在教職員停車場的Cedric，在傍晚之前就提早回家了。

勳的新居所在的新興住宅區有十五棟左右的新房子，全是外牆色彩明亮的歐式建築，每棟房子的車庫可以停兩輛車，庭院也都很寬敞，有一種小豪宅的感覺，屋主都是和勳差不多年紀的人，最年輕的也有四十多歲，將近五十歲。位在高地的住宅區鬧中取靜，住起來很舒服，勳很喜歡新的居住環境。

這片新興住宅區還有兩三戶房子尚未出售，因為經濟不景氣的關係，似乎有人在簽約之後毀約取消。

勳住家左側的那棟房子也還沒賣出去。

3 鄰居

「……惠……惠……」

梶間尋惠聽到這個聲音時，以為自己產生幻聽。因為丈夫勳坐在餐桌旁繼續看報紙，完全沒有任何反應。

尋惠想到自己竟然出現幻聽，心情不禁感到鬱悶，繼續用吸塵器吸著客廳的地板，再度隱約聽到了叫聲。

「尋惠……尋惠……」

她關掉吸塵器的開關，終於清楚聽到了，但這也讓她忍不住想要嘆氣。

「在叫妳。」

勳這才提醒她，卻仍然低頭看著報紙，連頭沒有抬一下。尋惠沒有吭氣，藉此表示自己早就聽到了。

「尋惠……尋惠……」

在沒有雜音干擾的情況下，尋惠很佩服婆婆矮小的身體竟然可以發出這麼響亮的聲音。她會一直不停地叫，直到尋惠走去她房間，所以這個聲音整天在耳邊打轉，隨時可能會變成幻聽。

尋惠打開了婆婆臥室的門。

「尋惠……」

「來了來了，有什麼事？」

「喔，這個。」

婆婆曜子前一刻還用急切的聲音叫著尋惠，此時躺在床上看到尋惠，盛氣凌人，用滿是皺紋的手指指向天花板。

尋惠不知道是什麼意思，抬頭一看，發現燈暗了，但立刻又亮了起來。

日光燈的大燈管快壞了。

「很不吉利，趕快換掉。」

雖然她的認知功能時好時壞，但聽她說話的語氣，顯然這幾天的頭腦很清楚。

「我等等來換，現在先忍耐一下。」

尋惠拉了一次日光燈的繩子，切換成小燈。現在還不是晚上，這樣的亮度沒有問題。

「幫我開電視。」

尋惠用遙控器打開了衣櫃上的小電視，走出房間。

不吉利嗎？她很意外從婆婆嘴裡聽到這幾個字，原來婆婆腦袋裡在想這些事。她有一種好像發現新大陸的感覺。婆婆可能看到日光燈閃爍，想到了自己像風中殘燭般的生命。聽說人死的時候會有一些預兆，婆婆可能產生了這樣的聯想。

她用吸塵器打掃完走廊和客廳後收起來，只是這樣稍微彎腰吸了一下地，就覺得後背繃得很緊。

她伸直了身體，吐一口氣，從樓梯旁的儲藏庫拿了一根之前多買的32W日光燈管，再次走進婆婆的房間。

婆婆可能睡著了，閉著眼睛，微微張著嘴。尋惠關上電視，突然想到「預兆」這兩個字。雖然明知道不可能，但還是不禁觀察婆婆，婆婆的胸口隨著呼吸微微起伏。

醫生說她的心臟大不如前，一旦感冒就可能有生命危險，所以房間內始終維持適宜的溫度。自從婆婆腦中風病倒至今，每到冬季都忍不住擔心能不能撐過去，今年也總算又捱過了。之前在即將邁入四月，天氣變暖和時果斷決定搬家，至今已經兩個月了。原本擔心新的環境會影響婆婆的身體狀況，但顯然是杞人憂天，反而是尋惠最近身體狀況不太理想。

她拉了繩子，關了所有的燈。雖然不會碰到小燈管，但開著燈換燈管總有點提心吊膽。太陽還沒有完全下山，房間內光線稍微暗了些，但戶外的陽光可以照進來。

她踮著腳，伸出手，先換了啟動器，很順利地換好了。

接著，她準備拆下舊的日光燈。這是從舊房子的和室帶來的燈，早知道不必這麼節省，該換的時候就要汰舊換新。

她拔下連結啟動器的電線，逐一拆下三個扣環。扣環很緊，遲遲扳不開。她繼續用力扳，幾乎快把扣環扳斷了才終於鬆開。手心不小心碰到了小燈管，被燙了一下，慌忙縮手。

結果扣環又恢復原狀。

她放鬆肩膀、重重地喘了一口氣後再次挑戰，逐一拆開每一個扣環。啪答一聲，隨著一陣她以為燈管會被打破的衝擊，扣環鬆開了。日光燈罩用力搖晃起來。第二個……為什麼這麼緊？第三個……她發現自己臉上冒汗，立刻用袖子擦了擦。因為一直抬頭看著上方，突然低下頭，感覺眼前發黑。

她滿身大汗，把拆下的舊燈管放在地上，拿起新的燈管，裝在小燈管的外側，然後把啟動器的電線插進去，再用力扳開扣環，把白色燈管扣住。

好不容易扣好兩個扣環時，才發現開燈的開關繩沒有穿過新的燈管。

「唉……」尋惠不禁想把燈管摔在地上。她當然不可能這麼做，最後還是再次扳開扣環，把繩子穿過去，再從頭開始重新裝上去。裝到一半時想到，其實不必重裝，只要在燈管裝好之後，再把繩子拉出來就好，但這發現反而讓她更加心浮氣躁。

終於換好燈管之後，她癱坐在地上，脖頸被汗水濕透了。腦袋好像中暑一樣昏沉，但手腳冰冷發麻。

她用力喘息著，納悶為什麼才換個燈管就這麼喘。身體不聽使喚。這幾年經常發生這種情況。那種像情緒失控的焦躁感，和好像泡完澡後的倦怠感同時襲來，讓她無法控制自己的身體。

她是在照顧婆婆之後，才出現這種不適症狀。之前雖然一直和婆婆同住在一個屋簷下，但尋惠的身體並沒有什麼問題，在找到每天工作五個小時的打工之後，也每天都去上班。雖然動說家裡並不缺錢，對她外出打工面露不悅，但一整天都在家裡和婆婆大眼瞪小眼壓力太大了。婆婆在病倒之前看起來身體健康，而且始終展現出自己永遠是一家之主的氣勢，所以更覺得她看起來精神抖擻。

婆婆病倒之後，為了照顧她，尋惠只好辭去打工。當時並沒有感覺到像現在這樣的鬱悶和疲累。婆婆最初只是手腳輕微麻痺，只要稍微協助一下，她可以自行上廁所，也可以下床吃飯。為了避免褥瘡，她也會自己挪動身體。相反地，以前向來很毒舌的婆婆不再對尋惠惡言惡語，一下子變得很病弱，沒有尋惠的協助，就什麼事也做不了。尋惠覺得自己漸漸掌握了這個家的主導權，內心也慢慢安定下來。

尋惠因為這種微不足道的事而感到的安心並沒有持續太久。婆婆的照護看不到終點，這是一場完全無法預料未來的戰役，而且每況愈下。在開始照護婆婆的一年後，發生巨大的變化。婆婆又發作新的腦梗塞，身體麻痺的情況比之前更加嚴重。她不顧身體不再靈活，想要去拿銀行存摺……硬撐著走路，結果導致手臂和大腿骨折。

住在川越的大姑相田滿喜子接到通知後立刻趕來。

「尋惠，妳不是在家嗎？怎麼會發生這種事？」她故意在動面前露出困惑的表情，然後一直摸著婆婆的手說：「真是的……媽媽真的太可憐了。」

那天之後，滿喜子每逢週五和週六晚上就來家裡住，把被子鋪在婆婆的床邊睡覺。梶間家照護戰爭的局勢一下子繃緊，尋惠在照護時必須比滿喜子更加盡心盡力，幾乎無法再申請照護喘息服務。除了入浴服務以外，其他所有的照護服務都由這個家中的女人一手包辦。姑嫂兩人可說是相互較勁，尋惠不希望自己在婆婆和大姑眼中是個不稱職的媳婦。因為她覺得自己嫁進這個家至今，完全沒有受到她們良好的對待。

婆婆以前身體好的時候對尋惠這個媳婦很冷淡，甚至不讓尋惠回去照顧娘家的媽媽，也不讓她回去為媽媽送終，她無法忘記那天晚上在搭列車回去參加守靈夜時，還為不知道能不能趕上淚流不已。而且無論她為婆婆做什麼，婆婆從來不說一個謝字。因為婆婆以前是個千金小姐，從來沒有照護的經驗，根本不知道這是一件多麼辛苦的事。

尋惠明知道婆婆是這種人，仍然把她當成自己的親生母親般全心照護。她告訴自己，無論照護和家事都要做得完美無缺，讓人挑不出任何毛病，心安理得地送婆婆走完最後一程，讓婆婆即使再不甘願，也不得不在最後吐出一句「謝謝」。雖然賭這種氣很無聊，但尋惠發自內心這麼想。

滿喜子起初充滿雄心壯志，但不久之後就覺得週五、週六連住兩晚太累，很快就改成只在週六晚上留宿，接著又變成一個月只住兩三次。但滿喜子每次來家裡，婆婆就眉開眼笑地說：「滿喜子，謝謝妳，妳最孝順了。」而且每次都要拿五千圓給六十二歲的女兒當車錢。婆婆從來不曾從自己的戶頭領錢，所以只能由尋惠掏錢。尋惠覺得就當作謝禮，拿這點錢出來也沒什麼，而且也不想欠滿喜子的情，每次都默默從自己的皮夾裡拿錢給大姑。婆婆雖然每天都看著自己的存摺，知道自己的戶頭裡沒有少一分錢，但也從來沒有對尋惠說過「謝謝」這兩個字。

「尋惠。」

婆婆不知道什麼時候醒了，大聲叫了起來。

尋惠的呼吸還沒有平靜下來，硬撐著起身，探頭看著婆婆的臉。即使尋惠的臉突然出現在眼前，婆婆也沒有感到驚訝，一副裝糊塗的樣子，盛氣凌人地動動嘴巴說：

「幫我換尿布。」

尋惠把差一點吐出來的嘆息吞回去，說了聲「等我一下」，拿著舊燈管走出去。她把舊燈管放在後門，洗完手之後，回到婆婆的房間。

掀開婆婆的被子，拉起她的睡衣下襬，把她的腳豎起之後，脫下紙尿布。一陣臭味立刻撲鼻而來，尋惠用嘴巴呼吸，呼吸變得更加急促。

婆婆並沒有排便。她拿下已經髒掉的尿用護墊，放在地上的報紙上。拿起嬰兒用濕紙巾擦拭了大腿周圍，放在髒了的尿用護墊上。她聽著自己喘著粗氣的聲音，心想著換好尿布之後，要為婆婆翻身。先換上新的尿用護墊……她看向房間角落，想起尿用護墊用完了，好不容易克制下去的煩躁再度席捲而來。

真是……她忍不住咂著嘴。

算了，就只包尿布吧。

雖然這種事根本無關緊要，但她不禁生氣。只不過浪費一塊尿布而已，但她為自己無法完美地做好家庭主婦的工作感到心浮氣躁。

這時，門打開了，有人走進來。尋惠嚇了一跳，回頭看向門口。

「我買了這個回來……」

是媳婦雪見。她手上抱著尿用護墊。

「啊啊……剛好。」

「媽，妳怎麼了？怎麼渾身是汗？臉上的表情也很可怕。」

聽到媳婦說自己的表情很可怕，尋惠內心有點納悶。

「妳來幫我一下。」

尋惠轉移話題，換上新的尿用護墊後，在雪見的協助下，為婆婆翻身。

「我說啊……」把抱枕放在婆婆左側後背，為她翻身後，她開了口，「明天去幫我刷一下存摺。」

「媽媽，」尋惠忍不住尖聲說，「年金明天還沒有入帳，即使去銀行，也什麼都刷不出來。」

婆婆又露出裝糊塗的表情，好像在說：原來是這樣？

為什麼擺出這種無辜的表情？

尋惠無法宣洩內心的鬱悶，想要呼吸一下新鮮空氣。

「我去整理一下院子。」

她對雪見說完，把用報紙包起的尿用護墊丟進垃圾桶，重新洗手，走向玄關。

玄關的門敞開著，雪見沒有關門。應該是圓華還在睡覺。

尋惠穿上拖鞋走出門外，圓華果然躺在開進車庫的Corona後車座的兒童椅上睡得很香甜。如果把她叫醒，她會心情很差地亂哭亂鬧，所以雪見經常這樣把她留在車上，而且打開車窗，讓空氣保持流通。

尋惠突然發現左側鄰居家停了一輛車。那是一輛白色賓士。她這才想起上午聽到有車子進進出出的聲音，似乎有人搬進來。

她感受著向晚涼爽的風，等待呼吸慢慢平靜之後，拉著連著水龍頭的水管澆花。

站在院子裡，才發現視野變得開闊了。和鄰居家的院子之間隔著及胸高度的木籬笆，原本隔壁院子裡還種了幾棵差不多兩公尺高的常綠樹，如今全都砍掉了，所以可以看到隔壁的院子。

砍下的樹木綁在一起，放在隔壁院子中央，有一隻精悍的大型狗在周圍走來走去。看起來像是杜賓犬。那隻狗瞪了尋惠一眼，立刻衝到籬笆前大聲吠叫起來。

那隻狗的氣勢很可怕，尋惠不禁後退，聽到隔壁露台的落地窗打開的聲音。一個男人探出頭，眼神冷漠，看起來有點陰鬱，但馬上露出柔和的笑容。

「雷歐！不可以！」

男人笑著走進院子，斥責那隻狗。

「不好意思，牠來到新環境似乎有點興奮。」

男人笑著道歉，眼尾都垂下來，尋惠想不到任何抱怨的話。

「這隻狗看起來很凶悍。」

尋惠說著，男人聽到稱讚後，害羞地抓抓頭。

「以前住的房子有奇怪的男人走進我家院子打轉，之後就養了這條看門狗。牠受過專家的調教，平時很有禮貌，但有時候會有點神經質。」

那個男人的年紀可能和尋惠差不多，五十歲左右，感覺很親切。圓圓的臉，看起來很年輕，薄質針織衫的袖子挽起，下面穿了一件牛仔褲。

「一下子變得很清爽。」尋惠看著被砍掉的樹說道。

「啊啊，」男人表情像是做壞事被發現的小孩，「因為原本的院子和我想要的院子感覺不太一樣，所以就乾脆砍掉了。我在這裡做了放盆栽的架子，打算在夏天之前做一個簡單的遮陽棚，現在暫時可以看到彼此，很快就會遮起來。」

尋惠猜想這個男人是熱衷園藝的人。動只有在傍晚納涼時會走來院子，完全不碰包括灑水在內的園藝工作。

尋惠帶著自嘲看著自家的院子說：

「我原本也打算慢慢多種點花……只是一直都沒空。」

院子只有角落種了南天竹、小松樹和杜鵑花，另一個角落的雙層架上放著十盆左右大花三色堇等小盆栽。雖然院子並沒有很大，但還是覺得植物太少了。

「如果不嫌棄，要不要分妳幾盆大花蕙蘭？」男人指著自家庭院角落的許多盆栽問，「分株之後越長越多，一、二、三……總共有十一盆，送妳三盆怎麼樣？」

尋惠忍不住看向細長形綠葉茂盛的盆栽，言不由衷地推辭說：「你種得這麼好，怎麼好意思？」

「不，實在太多了，剛好可以幫我的忙。雖然不容易開花，但除非完全丟著不管，否則不太會枯掉。夏天放在陰涼處，冬天放在室內。水不要澆太多，如果有開花就當賺到了。」

「真的可以嗎？那我就不客氣了，試著種看看。」

隔壁的男人笑著點頭，隔著籬笆，把長滿細長葉子，看起來很有活力的盆栽遞了過來。因為是塑膠盆，所以並不會很重，把三盆盆栽放在大花三色堇旁，總算有了一點院子該有的樣子。

「這裡的環境真不錯。」

男人把手肘放在籬笆上說。

「是啊，這一帶沒有東京那種擁擠的感覺。你是從哪裡搬來的？」

「調布。我認識的一個人搬來這一帶，聽他說這裡很不錯，所以我就開車來看了一下，也深有同感。結果剛好看到這裡有空屋要賣，就不顧一切地買下來。」

他能這樣輕鬆買新房子，可見是個有錢人。不知道他是從事哪一個行業。

「你在這裡和我閒聊沒問題嗎？你的家人應該正忙著整理搬家的行李吧？」

尋惠不經意地打聽對方的家庭情況，男人輕輕搖搖頭。

「只有我一個人，我單身。」

「啊喲，這樣啊，那還真輕鬆。」

雖然她回答得四平八穩，但男人的回答出乎她的意料。她記得隔壁是四房兩廳，售價將近六千萬圓，是適合家庭居住的房子，而且她也沒想到這個看起來五十歲左右的男人竟然是單身。

「是……」

「等家裡整理好了，改天再登門拜訪。」

尋惠原本還想繼續打聽他的情況，但也無法硬拉著對方說話，於是向走回屋內的他微微欠了欠身。

❖

動看完報紙後，走去客廳的沙發，雖然並不想看電視，但還是打開了。從法官退休之後，星期天傍晚總是無所事事，那是一種懶散的無聊感覺。

「小熊餅，我要吃小熊餅。」

孫女圓華吵吵嚷嚷地和雪見一起進來，一看到動的臉，立刻換上警戒的表情。

「妳回來啦。」勳親切地向她打招呼，但圓華明顯刻意避開勳，抓住雪見的裙子。

「圓華，不是該說爺爺，我回來了嗎？」

即使雪見催促，圓華仍然緊閉著嘴巴。孫女向來不和他親近，勳不要說和她一起玩，甚至已經放棄和她聊天了。

「小熊餅，小熊餅。」圓華無視勳，向雪見撒嬌說。

「馬上就要吃飯了！吃了小熊餅，不是就吃不下飯了嗎？」

雪見用過度嚴厲的口吻斥責圓華，圓華立刻大哭起來。

「我要吃嘛！」她情緒失控地尖叫著。

「給她吃幾個不就好了嗎？」

勳插嘴說，雪見把原本想說的話吞了下去。

「真是……不是說好不能吃巧克力嘛！」

雪見抱怨道。那似乎是尋惠買回來的點心。

「只能吃幾個而已，我拿給妳，妳去那裡坐好。」

雪見無奈地說，甩著馬尾走進廚房。

「我要去那裡吃。」

雪見狠狠瞪著想要跟著她進廚房的圓華。

「我不是叫妳坐在那裡嗎？」

在哪裡吃不都一樣嗎？勳看到雪見為一些芝麻小事對小孩子這麼情緒化，不禁皺起眉頭。

雪見把點心裝在小盤子裡，不知道她的心情好還是不好，也為勳倒了一杯茶。

「啊啊，謝謝妳。」

雪見是一個強勢的女人，但能夠細心顧慮到這些方面，顯然性格並不單純。她這個人很細心，直覺也很敏銳，也許很適合從小養尊處優的俊郎。她這個人處變不驚，不知道是不是時下的年輕人都這樣，在她身上感受不到「人在屋簷下」的感覺。

「媽媽是不是哪裡不舒服？」

雪見在圓華身旁坐下來，自言自語地說。

「嗯？」勳轉頭看向窗外的妻子，「有嗎？」

尋惠正在院子裡澆水，看起來和平時沒什麼兩樣。

也許是因為勳的反應太遲鈍，雪見斜眼瞥了他一眼，沒再多說什麼。

「俊郎又去補習班了嗎？」勳改變話題。

「他在晚餐前應該會回來。」這次換雪見的回答很冷淡。

俊郎正在為司法考試苦讀，但似乎覺得家裡變成了照護和育兒的戰場，無法專心讀書，經常去大學和城鎮上的圖書館讀書，星期天也常常去參加補習班的模擬考。以勳的經驗，很懷疑他有沒有在認真讀。

據說俊郎經常把「我很快就會成為賺一億的男人」這句話掛在嘴上。雖然勳沒聽他說過，但雪見似乎不抱希望。之前提起這件事時，她忍不住發笑。

雖然勳不認為年近三十的男人會真心覺得在目前競爭激烈的律師業界，有辦法賺這麼多錢，但在他通過司法考試之前，勳決定靜觀其變。勳覺得在兒子步上軌道之前，只要自己助一臂之力，這個沒有定性的兒子應該也可以在律師界混口飯吃。兒子看起來很誠懇，姑且不談可靠信任度的問題，也許在業務方面的能力不錯。

在他喝完茶時，尋惠從外面進來。

「隔壁住了一個單身的男人。」

她的氣色看起來並不差。

「喔喔，我看到停了一輛賓士。」雪見為圓華解開麻花辮說，「原來他是單身啊。」

「隔壁？妳是說那一側？有人搬進來了？」

勳雖然沒有太大的興趣，但也跟著問了一句。他今天一整天都在看書，不知道外面的情況。

「對，就是後面那一棟。」尋惠說，「五十多歲，看起來很親切，還送了我大花蕙蘭。」

「是喔。有人送奶奶花，是不是很棒？」

雪見對圓華說。圓華靜靜地吃著點心，雪見說話的語氣已不像剛才那麼凶了。

「還養了一隻很大的狗。」

「還有一隻狗狗，我們家也來養狗狗好了。」

「不過沒問他是做什麼工作的。」

「既然開賓士，應該是什麼公司的老闆吧。」

尋惠和雪見都毫不掩飾對這種話題的興趣。

「希望不是黑道大哥。」勳覺得不能排除這種可能，脫口說道。

「看起來完全不像，是很正派的人。」

「雖然他開賓士，但是白色的。」

這時，又傳來母親的叫聲，打斷了他們的談話。

「尋惠……」

尋惠坐著不動，勳向她努了努下巴，她才面無表情地走出客廳。不一會兒，尋惠就要求雪見幫忙。

「妳坐在這裡不要動。」雪見說完後起身。

「圓華也要去。」

「是去阿祖那裡，所以妳留在這裡。」

圓華可能覺得那個房間很可怕，所以立刻閉了嘴，但很快顯露出不安，坐立難安地大聲叫著：「媽媽！」

勳坐在那裡很不自在，從沙發上起身。

他正準備回去書房兼臥室繼續看書，聽到玄關的門鈴響了。他沒辦法叫正在忙碌的其他人去應門，所以就穿著拖鞋，走去玄關，打開了門。

星期天傍晚，會是誰呢？

門前站了一個男人。

那是勳認識的人。

「啊……」

那個男人……武內真伍也和勳一樣目瞪口呆。

武內為什麼會來這裡？勳感到不知所措，一時說不出話，搞不懂為什麼武內也一臉茫然。

「梶間教授，原來你住在這裡？我剛才看到『梶間』的門牌，還覺得難以置信……啊呀，真是太驚訝了。」

武內說著，打開了院子的小門，走到玄關門前。當他停下腳步時，臉上已經露出笑容。

「這裡是個鬧中取靜的好地方，的確是一個很適合居住的環境。」

「請問……」勳正想發問，身後傳來了說話聲。

「啊喲，剛才真是太謝謝了。」

尋惠從勳的母親房間走出來，探頭說道，他們親切地打著招呼。

「我剛才已經在庭院和你太太打過招呼了。」

所以……

搬來隔壁的是武內嗎？勳太驚訝了，花了一點時間，才終於接受這個事實。

「沒想到有熟人當鄰居，真是壯了不少膽。」

武內用有點興奮的語氣說。

「啊喲，老公，你們認識？」

尋惠用毛巾擦著手，走到玄關。

「對，之前曾經承蒙尊夫的照顧，有這麼出色的先生，妳真是太幸福了。」

「我是不知道他在外面怎麼樣，在家裡的表現可真不敢恭維。」

武內一改之前去大學時戰戰兢兢、誠惶誠恐的態度，落落大方，甚至很豪爽，氣勢完全壓過了動。

「不好意思，借過一下。」門外傳來開朗的聲音，把背包掛在肩上的俊郎走了進來，「我回來了。」

「這是我兒子。」

尋惠帶著尷尬的笑容介紹道，武內向梶間家的啃老族恭敬地行了一禮。

「你好。」俊郎在脫鞋子時瞥了武內一眼，輕鬆地打聲招呼，走進屋內。

武內目送俊郎進屋後，好像突然想起來似地遞上一個小盒子給尋惠。

「這是一點小意思，不成敬意。之前去旅行時，在信州戶隱的這家蕎麥麵店吃過，後來就向他們訂購。」

那是一盒手工蕎麥麵。尋惠眉開眼笑地接了過來。

「一直收你的禮物，真不好意思，等你忙完之後來家裡玩，和我們一起吃頓飯。」

「啊呀，這怎麼好意思？雖然之前就認識，但住得這麼近，最好還是不要太依賴你們。」

「你不必這麼客氣，鄰居之間就要相互扶持。雖然都市的相處方式也不錯，但我這個人骨子裡就是在鄉下長大的人，總覺得鄰居之交淡如水很沒意思。」

尋惠難得這麼健談，武內點了兩三次頭。

「我也是在山梨的山裡長大的，非常瞭解妳的意思。我打擾太久了，今天就先告辭了。」

他巧妙地結束了話題，向自始至終在一旁當聽眾的動微微點頭致意後離開了。

但是……

這真的只是巧合嗎？

看武內的態度，似乎是這麼一回事。勳記得之前曾經向他提過，目前搬到多摩野高地的新興住宅，而且自己很喜歡新的生活環境……武內在調布的家裡住得很不自在，想要搬去其他地方。

聽了勳的話後受到啟發，來這一帶看了之後，剛好看到隔壁有空屋，然後就買下來了嗎？

但為什麼偏偏買隔壁這棟房子？隔壁並不是這一帶唯一的空屋，而且多摩野也很大。

勳並不是討厭他，說起來，武內這個人算是很親切。

雖然如此……

但勳仍然感到內心的慌亂。

4 視線

「媽媽，快點！」

因為居家服務的人上門為俊郎的奶奶洗澡，雪見陪在一旁，所以耽誤了圓華去公園玩的時間。

平時都是上午或是剛吃完午餐就去公園玩，因為其他時間在公園玩的人不一樣，雪見不太願意和那些人打交道。

圓華穿了一件橘色洋裝，戴上了寬簷帽子，手上拿著沙坑玩具組。她平時都會坐在門口吵著要雪見幫她穿鞋子，今天竟然自己穿好了鞋子。

仔細一看，鞋子果然沒有穿好。

「我不是說過，不可以踩鞋跟嗎？」

雪見重新為圓華穿好鞋子，牽著她的手走出家門。陽光還很烈，因為不希望圓華曬傷，所以打算讓她玩三十分鐘就回家。

走路三、四分鐘的地方就有一個公園。看到公園後，圓華立刻跑了起來。

「小心點，看好前面的路。」

這個時間去公園，經常有小學生放學之後在玩躲避球或是壘球，帶幼兒去公園玩時都會提心吊膽。

而且……

「喔，這不是圓華嗎？好久不見。」

果然遇到了。那兩個人坐在沙坑旁的長椅上抽著菸。

其中一個滿頭金髮，穿著像女高中生般的流行服裝，手腳瘦得有點病態，所有的指甲都塗上了不同顏色的指甲油。她的兒子元彌和圓華同年，今年都三歲，後腦勺的頭髮像音樂家一樣留得很長。

另一個媽媽也把頭髮染成俗氣的棕色，皮膚很黑，一看就很低俗。她也有一個三歲的兒子源太，長得和她一模一樣，頭髮也染成了同樣的棕色。

這兩個媽媽一看就知道以前是不良少女，雖然才見過沒幾次，但看到雪見時，都會裝熟地向她揮手打招呼。

沙坑被她們的兒子佔領了，雪見很希望圓華去玩鞦韆和滑梯，但這個公園的遊樂器材和之前住處附近的公園有點不太一樣，圓華還不敢玩這裡的滑梯。

「可以讓我們家的圓華一起玩嗎？」

雪見向兩個男生打了招呼，把圓華留在沙坑。

但源太立刻看到了圓華手上的沙坑玩具組，大聲說著：「我拿到鏟子了！」沒有問圓華，就搶走她的鏟子。

源太的媽媽什麼都沒說。圓華的鏟子被搶走了，要怎麼玩？這對母子也太神經大條，簡直讓人受不了。

圓華看著被搶走的鏟子，最後似乎放棄了。即使如此，她似乎仍然覺得沙坑很好玩，一個勁地用手堆起小山。

「妳家奶奶還整天躺在床上？」

元彌的媽媽問，好像完全沒有看到小孩的情況。

上次見面時，她們提出想去雪見的家玩，雪見用婆家的奶奶臥病在床為由婉拒了。

「不僅要和對方父母同住，而且還要照護奶奶，簡直是悲劇，妳太勇敢了。」源太的媽媽吐著紫煙說，「如果是我，早就逃走了。」

「反正總有辦法。」雪見隨口敷衍。

「圓華媽媽，妳這個人很有毅力，」元彌的媽媽皮笑肉不笑地說，「不過，妳老公是自由業，所以沒辦法。我老公也整天換工作，我能體會妳的辛苦，可以在家啃老搞不好也不錯。」

每次聽到別人說啃老族，雪見就覺得很不高興。雪見自認是一個稱職的家庭主婦，無論家事、育兒和照護工作都比眼前這兩個人做得更好，至於生活費從哪裡來這種事和她無關，根本不需要為這種事抬不起頭，那是俊郎有沒有出息的問題。

她突然發現元彌的媽媽在滑手機。

「妳又動歪腦筋了。」源太的媽媽語帶嘲諷地說。

「嘿嘿嘿，約好了。」

元彌的媽媽扮了鬼臉，掩飾內心的害羞。

「真的假的？要見面嗎？什麼時候？」

「明天，妳可以幫我照顧一下兒子嗎？兩三個小時，不，到傍晚就好。」

「我才不要，車站北側有臨托啊，我之前也經常把老大放在那裡。」

「是嗎？偶爾玩一下也不錯，但千萬不能被老公知道。圓華媽媽，妳也可以考慮交網友，妳從來沒交過嗎？算了，我也不會勉強推薦啦，但真的很紓壓。」

雪見很受不了，從剛才就懶得再對她們陪笑臉，但又覺得搞不好有不少人都像她們一樣。

雪見向來認定，兒童的不良行為都源自這種親子關係。有些不負責任的夫妻不好好教育小孩，導致一些讓人束手無策的問題兒童。這些問題兒童又對周圍的兒童產生不良影響。即使再怎麼用心教育小孩，一旦讀了幼兒園，就會學到很多髒話。之前這兩個媽媽曾經問雪見，打算讓圓華讀哪一所幼兒園，雪見不置可否地說，才剛搬來不久，目前還不瞭解狀況，但說句心裡話，她打算讓圓華讀和元彌、源太不同的幼兒園。

雪見不希望在圓華的育兒問題上妥協。她重女兒輕友，和好幾個朋友都失去了聯絡，但她覺得自己的事不重要。目前這個階段需要二十四小時陪伴圓華，讓她感受到充分的母愛。她希望圓華成為一個率真坦誠的孩子，即使不夠優秀也沒有關係。

在兩個媽媽聊一些無聊的事時，兩個男生比賽堆沙山。一頭棕髮的源太使用了鏟子，堆的沙山更高。

不一會兒，長髮的元彌在移動時，手不小心碰倒了源太的山頂。

「豬頭！」

源太突然用拳頭打向元彌的手臂。

「你這個豬頭在幹嘛！」源太的媽媽笑著罵髒話。

「喂，你被打了也不還手嗎？真沒出息。」元彌的媽媽不知道是不是在開玩笑，竟然慫恿按著手臂快哭出來的兒子。

「不可以用鏟子，不能用凶器。」源太的媽媽也不甘示弱。

又來了。

雪見看著兩個男生相互丟著沙子，不禁嘆氣。

她還來不及上前營救，在沙坑角落乖乖堆小山的圓華身上也被丟到很多沙子。

「喂喂。你們丟到圓華的臉上了。豬頭，趕快道歉！」

即使聽到媽媽這麼說，兩個男生也充耳不聞。

「圓華，妳可以罵他們，妳罵他們豬頭。」

她在說什麼啊……不僅不勸架，竟然還教圓華說髒話。雪見發自內心感到驚訝。

圓華聽了之後起身，小聲地對著兩個男生說：「豬頭……」

「不是只罵豬頭，而是要連著罵豬頭豬頭豬頭！」

源太的媽媽說完，發出很低俗的笑聲。

「喂！不能教女生說髒話。」雪見終於忍不住說。

「豬頭嗎？豬頭是髒話？」

她們兩個人互看了一眼。

「不是髒話的問題，而是不要教女生罵人。」

「這種事，不久之後自然就學會了。」

「是啊，我讀幼兒園時就叫我媽老太婆了，說豬頭根本是小意思。」

雪見覺得無法和她們溝通。

回到家時，圓華心情很惡劣。每天一到這個時間，她因為想睡覺，所以心情都很差，光是要她洗手就要費一番工夫，最後雪見只好把她抱起來洗手。

走去客廳張望，發現桌上放著葡萄。今天還沒有去買菜，哪來的葡萄？

「怎麼會有葡萄？」

她問坐在地毯上折衣服的婆婆。

「武內先生真是太可憐了。」

雖然婆婆答非所問，但葡萄似乎是隔壁鄰居送的。他們可能又在院子裡聊天了。

「他爸爸在他讀中學時生病死了，不久之後，他媽媽也車禍身亡。在他繼承山林之後，很多親戚都找上門。」

「是喔。」比起他的境遇，想像有很多親戚上門這件事，讓雪見抖了一下。

「然後他和一個英國女人結了婚，對方又帶著他的錢逃走了。」

「是喔。」

聽說他之前做進口雜貨的生意，所以看起來是一位瀟灑的紳士。雪見還沒有見過他，這些都是聽婆婆說的。

「我要吃葡萄！」圓華開始吵鬧。

婆婆帶著同情和共鳴繼續說：

「之前還被栽贓他殺了人，難道這個世界上，越是老實的人越容易不幸嗎？」

「我要吃葡萄！」

「好啊，妳吃吧。」

「圓華，妳該睡午覺了。」

「我不想睡！」圓華大聲叫起來。

「不睡的話，等一下就不能去買菜了。」

「反正圓華不想去！」

圓華的反抗開關打開了。一旦連買菜都不想去，無論說什麼都不會聽。

「媽媽，妳今天要去買菜嗎？」

雪見問婆婆，覺得她應該可以去散散心。

「好啊，那我去好了。圓華也可以好好睡午覺……但妳們要在一樓。」

「嗯……我知道。」

她把車鑰匙交給婆婆，然後牽著圓華的手。

「我們先去二樓換衣服，再下來吃葡萄。」

「不要，圓華不想去。」

無論雪見說什麼，她都不同意。

「妳衣服上都是沙子，所以要去換衣服。」

「不要，我要在這裡換。」

「但衣服在二樓啊。」

即使雪見隨便拿一件衣服，她也會說不喜歡而不肯換。雪見在無奈之下，只能抱著掙扎的圓華去二樓。

沒想到圓華很重。雖然這是理所當然的事，但她越來越重，如果隨便亂踢，雪見幾乎都快抱不住了。走上樓梯時，雪見只好把她放下來。

「生女兒真好，省心省事多了。」在公園遇到的媽媽都這麼說。真的是這樣嗎？雪見沒有帶過兒子，所以不太瞭解，但無法輕易同意這種說法。也許是因為圓華屬於「在外是條蟲，在家是條龍」的個性，所以讓人有這種感覺。即使是兒子，像元彌和源太那種放任自流的教育方式，顯然比自己輕易多了。

圓華一走進房間，立刻跑去玩家家酒的玩具。雪見完全無法理解她，只見圓華把玩具全都倒在榻榻米上。雪見只要看到玩具亂丟就特別火大。

「真是的！現在不要玩，要換衣服了！」

雪見從衣櫃內把圓華的洋裝拿出來，在榻榻米上放了好幾件。

「好了，妳要穿哪一件？妳自己選。」

「葡萄，葡萄。」圓華把玩具葡萄遞給雪見。

「不是葡萄，要換衣服。我們要趕快換好衣服去樓下，如果妳不選，就由媽媽來選喔。」

「不要！」

圓華這種時候說話的聲音很讓人火大，雪見越來越不耐煩，努力克制自己不要也跟著大聲。

「那我去買菜嘍。」樓下傳來婆婆的聲音。

「奶奶要出門了，我們要趕快下樓。」

「叮咚，我是宅配。」

圓華說著，再度遞上葡萄。雪見也有想陪她玩和不想陪她玩扮家家酒的時候。

「現在不要玩什麼宅配，好，那就穿這件。」

雪見隨便選了一件。

「不要！」雪見耳邊響起尖叫聲。

「妳這麼不乖，等一下就不給妳吃樓下的葡萄！妳不准吃！」

圓華的眉毛皺成八字形，露出難過的表情。她的嘴巴一張一闔，思考著要說什麼。

然後終於開口。

「豬頭！」

「啊？」

「豬頭！」

雪見不禁用力打向圓華的大腿。不，她原本想打向圓華的臉頰，但還保持了僅剩的冷靜，最後將手打向了圓華大腿，而且下手也很輕，以免留下痕跡。但是，她終究沒有克制動手的衝動。

「我不是說了，不能說豬頭嗎！」

她又打了圓華一下。

圓華剛才罵的那句比在公園時吞吞吐吐的樣子更進步，雪見產生了如果不嚴格管教，就為時已晚的危機感。

「嗚嗚嗚……」

圓華用手按著被打的腿，眼睛周圍都是眼淚，扁嘴哭了起來。從原本失控的狀態，變成了好像在克制什麼，或者說是害怕什麼的哭法。

「媽媽已經說了不可以說，為什麼還要說？」

雪見作勢又要打她，她跳起來想要閃避，比剛才哭得更小聲了。

「媽媽說不可以就是不可以，知道嗎？」

圓華發出好像呻吟般的哭泣聲，點點頭。

「有沒有說對不起？」

「墜不體……」

看到圓華徹底投降，雪見放鬆肩膀的力量，重重吐了一口氣。

圓華今天心情不好可能不光是因為想睡覺，而是因為去沙坑玩得不盡興，反而造成壓力。等她心情平靜之後，要讓她好好撒嬌一下。

這是雪見第一次動手打圓華，她的心裡當然不舒服，很想立刻跑過去抱起她，向她道歉說「媽媽也要跟妳說對不起」，但如果這麼做，只會讓圓華陷入混亂，所以她只是在心裡向她道歉。

但雪見同時驚訝地發現，剛才只是輕輕打她一下，沒想到竟然有這麼大的效果。在剛才的情況下，很難只用言語解決問題，而且自己的情緒快失控了。之前她一直認定打孩子只會造成反效果，所以很驚訝竟然一下子就解決問題。

她用面紙為圓華擦擦眼淚和鼻涕，換好衣服。圓華一下子變乖了。

風暴總算過去。

室內恢復安靜之後，雪見發現通往陽台的落地窗關上了。應該是婆婆剛才收衣服時隨手關上的。

除了睡覺時間以外，雪見盡可能敞開窗戶，只關上紗窗，讓房間保持通風。因為新房子內還有建材的味道，也有些揮發性的氣味。雖然當初建商打著「體貼居住者的房子」的宣傳口號，但沒有人能夠保證建材完全無害，而且家裡有幼兒，她在這方面特別小心。

雪見起身走向落地窗，打開了紗窗那一側的窗戶。

從這裡可以看到鄰居家一半的院子。杜賓犬在睡覺。她在上午和圓華一起去看了一下，沒想到是那麼大的狗。聽說隔壁住戶以前住的房子曾經有人闖入，所以他開始飼養這隻狗，但雪見覺得至少應該用狗鍊把牠拴好。雖然那隻狗似乎無法靠近籬笆，但她還是叮嚀圓華千萬不可以靠近。

雪見的視線不經意從鄰居家的院子移向鄰居家的二樓。

她的焦點集中在小窗戶上，整個人愣在那裡。

隔壁的男人……武內正在看自己。

銳利的眼神讓人不敢直視，她立刻移開了視線。

那雙陰鬱的眼睛是怎麼回事……

雖然相距五、六公尺，但完全不覺得有這樣長的距離，對方簡直就像近距離在看自己。

雪見拉起蕾絲窗簾，離開窗前時，再度偷偷看向隔壁窗戶。

武內的身影已經消失了。

「妳在看什麼？」

身後突然傳來說話聲，雪見驚訝地回頭一看。

「原來是你……」

是俊郎，他一臉驚訝地看著雪見。

「什麼叫原來是我？」

「不……沒事……你回來了。」

俊郎也看向窗外，似乎想要確認，但因為什麼都沒有，他立刻移開視線。

「圓華今天還好嗎？」他用開朗的聲音說著，把圓華抱了起來，「爸爸以後會成為律師，為無辜的人辯護，妳就等著吧。」

他自顧自說著圓華根本聽不懂的話，然後轉頭對雪見說：

「媽去買菜了。」

「對，那我要去樓下。」

「我剛才進門時，有一個奇怪的男人向我們家探頭探腦，看到我就逃走了。」

「啊？」

一方面是因為俊郎說話方式的關係，雪見心裡有點發毛。

「該不會是住在隔壁的那個人？」

「不是不是，那個人也對隔壁探頭探腦。武內先生不是說，他是因為有人闖進他家的院子，所以才養了看門狗嗎？雖然我猜想應該是記者之類的，以後讓圓華去院子裡玩的時候要小心點。」

「嗯……好。」

如果是平時，雪見可能會一笑置之，但今天完全不同，武內剛才的視線讓雪見感到不寒而慄。

圓華在吃葡萄時開始打瞌睡，最後終於睡著了。五點多之前，家裡都很安靜，也沒有聽到奶奶的叫聲。

雪見覺得趁現在有空時，先做好一道晚餐的菜，等一下可以比較輕鬆。於是就從冰箱裡拿了油豆腐、蕪菁和豌豆莢做一道燉菜。把薑片放入加了高湯醬油和味醂的鍋內，用中火煮沸後，再把燙過的油豆腐和蕪菁切成適當大小放進鍋內。用小火煮了一下後就關了火。只要繼續放在鍋內，食材就會入味。

米飯只要煮五杯米就夠了，看婆婆買了什麼食材回來，再來考慮其他的菜。

圓華醒了，於是就和她一起吃了剩下的葡萄。

目前是白天的時間最長的季節，即使五點半了，也沒有傍晚的感覺。

「圓華要去院子。」

圓華就像貓一樣抓著露台的紗窗，撒嬌地抬眼看著雪見說。

「好啊。」雪見去玄關拿了圓華的鞋子和沙坑玩具組過來，讓她到院子去。

圓華蹲在院子正中央，哼著自己亂編的歌，拚命挖著泥土。

剛才在公園的沙坑果然玩得不盡興……雪見看著圓華嬌小的背影想。

鄰居家的杜賓犬正在隔壁院子內睡覺，籬笆旁放著尚未完成的階梯狀大花架，花架兩側也做了臨時柵欄，狗無法靠近籬笆。

但還是要小心為宜，雪見再次叮嚀圓華：

「不可以去狗狗那裡喔。」

「嗯。」圓華變得很乖巧，用力點頭。

一陣柔和的風吹過院子。

對了……雪見想起之前買玩具時附贈了吹泡泡玩具的贈品，那時候圓華才快滿兩歲，雪見覺得太危險，所以沒有拿出來給她玩，現在只要事先叮嚀她，不必擔心她會把泡泡水喝下去。

女兒在院子裡吹泡泡的畫面，有一種令人嚮往、讓人躍躍欲試的懷舊魅力。

那就去拿下來給她玩。

她先去奶奶的房間看了一下，奶奶睡得很熟。她來到二樓，看到俊郎也在睡覺。

雪見從和室壁櫥內拿出紙箱，找到吹泡泡玩具。

她帶著心癢的輕鬆心情拿起來，然後關上了壁櫥的門。

趕快下樓吧。

這時，雪見的視線看向陽台的落地窗。從落地窗可以看到鄰居家一半的院子。杜賓犬在那裡。

杜賓犬的姿勢讓雪見感到極度不安。牠的前腿站在尚未完成的花架第二層上，用好像在瞄準獵物的姿勢看向圓華所在的院子。

應該不可能……但那個花架呈階梯狀這件事令人感到不安。雪見本能地採取了行動。

她慌忙衝下樓梯。

當她衝進客廳時，在露台外看到的不是圓華，而是杜賓犬黑黑亮亮的身體。

雪見發出了撕裂空氣的尖叫衝向院子，猛犬在圓華周圍打轉，和圓華之間只有縱身一躍就可以撲過來的距離。圓華在殺氣騰騰的異樣空間內嚇得愣在那裡，甚至忘了哭。

杜賓犬在展開攻擊之前裝模作樣了幾秒鐘……也可能連幾秒的時間也沒有……雪見在這段腦筋陷入一片空白的時間內撲上前去，不顧一切地緊緊抱著圓華。幸好趕上了。渾身的顫抖變成了毫無意義的聲音脫口而出。

野獸的喘息聲從背後逼近。面對猛犬太危險，只能用後背當作盾牌。

下一剎那，雪見的大腿上方響起了粗野的吼聲，劇痛隨著神經擴散。

雪見再次尖叫起來，圓華跟著放聲大哭。當雪見用力甩腿時，猛犬雖然鬆了嘴，但牙齒似乎勾到牛仔裙的布料，即使雪見使勁掙脫，都甩不掉那隻狗。

「你在幹嘛！」

隨著一聲怒吼，一個人影從木籬笆跳了過來。是武內。他手上拿著用來製作花架的木條。

武內來到雪見眼前，目露凶光地揮起木條。

「哼嗯！」

他鎖定目標，朝向杜賓犬的後背打了下去。

杜賓犬發出尖叫聲，緊跟在雪見身後的牠終於離開，雪見慌忙逃到房子的外牆旁。

武內繼續在院子中央打狗。

「哼嗯嗯嗯！」

他的鼻孔發出情緒激動的用力聲音。他瞪著一雙通紅的眼睛，咬緊牙關，充滿強烈憎惡地毆打著狗。用力的一擊擊中狗的頭部，杜賓犬發出異常的叫聲，像是痙攣般踉蹌倒地。

武內仍然沒有停手，發出令人毛骨悚然的用力聲，全力揮動著木條。

雪見看著眼前的景象，漸漸分不清自己對什麼感到戰慄。

武內直到打斷了木條，才終於停手，杜賓犬已經無力地倒在地上。

當雪見從醫院回家後，武內立刻上門，臉色蒼白地頻頻鞠躬道歉。

武內說，明天會送杜賓犬去保健所。因為今天時間太晚了，來不及聯絡保健所，但雪見覺得看那隻狗的樣子，恐怕很難撐到明天。

雪見的大腿上除了有被咬到造成的撕裂傷以外，周圍都變成了紫色。幸好牙齒的咬痕並不算太深，在外科醫院消毒後，醫生開了止痛藥和抗生素。

武內上門道歉時，大都是婆婆在說話。公公和俊郎也在客廳，但除了打招呼以外，幾乎都沒有插嘴。雪見雖然是接受道歉的當事人，不過遠遠地和武內保持距離。不知道武內是否因此覺得他們態度強硬，他的頭壓得更低，一次又一次說著「真的很抱歉」。

對方管理不當，放養大型犬的確是導致這起意外的肇因，雪見對此感到很生氣。稍有閃失，也許圓華就會淪為犧牲品。但是，她是因為其他原因無法坦誠接受武內的道歉，那是對他這個人的忌諱。

「大家都沒有想到會發生這種事，我們已經充分瞭解你的心意了，你也不必再為這件事感到抱歉。」

婆婆始終客氣地接受了武內的道歉，反過來關心他的心情。

「而且幸好沒有釀成大禍……」

婆婆說完，以無奈的表情看著始終沒有理會武內的雪見。武內的視線也跟著看向雪見。這時……他似乎立刻察覺了雪見內心冰冷的感情，眼神中露出了一絲陰鬱。他心生警戒地微微瞇起眼，當婆婆看向他時，他又恢復了原來的眼神。

武內在離開之前，把一個素色信封放在桌子上。因為婆婆自始至終維持友好的氣氛，而且武內道歉得有點過頭，所以沒有人對他說一句責怪的話。

「啊喲，這……」

婆婆收拾完杯子後，打開信封一看，發出了驚叫聲。

「你們看，有這麼多。」

她從信封中抽出一疊紙鈔，出示在眾人面前。雪見原本以為最多兩三萬圓，看到那疊紙鈔的厚度，也不禁感到驚訝。

「有三十萬。」婆婆數完後，看著所有人，似乎想要聽大家的感想，「老公，有三十萬。」

「嗯……」公公發出不知所措的低吟。

「好啊，好啊，既然他給了，那就收下來啊。」只有俊郎若無其事地說，「如果我們告他，應該可以要求他賠償這樣的金額，這代表他很瞭解行情。雖然是他做錯了事，但他既然這麼夠意思，也就沒辦法再怪他了。」

「雖然是他飼養的狗，但對他來說，那是他唯一的家人，既然他都做到這個分上，我們反而有點不好意思。」婆婆語帶同情地說。

「是啊，剛才聽他說話，也覺得他這個人還不錯。」

俊郎摸著下巴，對自己說的話頻頻點頭。他聽到了雪見的尖叫聲，但動作慢吞吞，當他下樓時，一切都已經結束了，所以無法對妻子和女兒的恐懼感同身受。

「也許該找個機會送些回禮給他。」公公幽幽地說，他似乎只想到對方給的賠償金額太多這件事。

「不需要送什麼回禮。」

俊郎理所當然地說，但婆婆聽了公公的話，點頭附和說「是啊」，然後看向雪見。

「雪見，我知道妳很生氣，但既然對方這麼誠懇道歉，就不要再給人家臉色看了。」

「至少他在行動上展現了最大的誠意。」俊郎也插嘴。

「嗯……」雪見嘟著嘴，承認了自己內心的不悅，「但那個人有點可怕……」

「他這個人很正派，」婆婆一臉嚴肅地勸告說：「不可以用有色眼鏡看人。」

婆婆似乎指的是公公審判的那起冤案。

「妳這種態度，可沒辦法當律師的太太。」俊郎也開玩笑說。

但是，雪見感受到的不對勁和他們所說的情況不太一樣，那是透過自己五感實際體會到的感覺。

5 遺囑

星期六，大姑滿喜子來到梶間家，家裡頓時陷入緋緊的緊張感。

「媽媽還好嗎？」

滿喜子每隔一天打電話來都會問這個問題，一進門也立刻這麼問，而且銳利的眼神似乎打算找出所有照護上的怠慢。雖然她身材肥胖，但俐落的動作很自然地讓周圍瀰漫緊張的氣氛。看到她一副像審查員的樣子，尋惠努力放鬆忍不住緋緊的臉部表情。

「沒有太大變化，只是食慾有點差……」

「餵食的時候一定要有耐心，因為吃是一切的基本。」

滿喜子向在自己房間的勳打了聲招呼後，把大皮包放在客廳，當尋惠打算為她倒茶時，她強烈制止說：「不用，不用，不必在意我。」立刻走去了婆婆的房間。

尋惠也跟在她身後走進婆婆房間，發現婆婆醒了。

「媽媽，妳最近還好嗎？」

滿喜子用好像在哄小孩般的聲音問。

「妳知道我是誰嗎？」

婆婆很開心，臉上的皺紋都擠成了一團。

「滿喜子……」

「對啊。」滿喜子看到婆婆腦筋很清楚，露出了心滿意足的笑容。

「滿喜子，我在等妳。」

婆婆一臉天真無邪的表情說。雖然態度天真無邪，說的話卻像一根刺扎在尋惠的心上。

「妳在等我嗎？對不起，讓妳等這麼久。今天我要來陪妳一起睡，妳的晚餐也由我來做，我要做很好吃的鹹稀飯給妳。」

「謝謝妳，妳總是這麼貼心。」

看來婆婆會說「謝謝」這兩個字，只是不對我說而已……尋惠這麼想，不願再繼續聽下去，悄悄走出了房間。

「等一下，尋惠，妳等一下。」滿喜子叫住了她，「這床被子怎麼有點潮？妳有曬被子嗎？」

「有啊，四、五天前才剛曬過……」

尋惠也跟著滿喜子摸了摸被子，雖然摸起來並不是很乾，但臥床不起的人蓋的被子，或多或少都會有點潮濕。更何況婆婆也在床上排泄，難免會有潮氣，再加上墊被無法像蓋的被子那樣經常拿出去曬，也可能會沾到濕氣。

滿喜子看到尋惠沒有再吭氣，又繼續說：

「而且這床被子會不會太重了？妳看，媽媽都流汗了，最近的天氣已經暖和多了。」

「這樣啊……」

「啊，對了，那床被子呢？就是我之前送的那床羽絨被，那床被子沒那麼厚，也比較透氣，為什麼沒有給媽用？」

「喔……」

尋惠想起剛搬家時，滿喜子寄了一床看起來很昂貴的羽絨被作為賀禮。她記得俊郎說喜歡那床被子，所以就拿去用了。

原來滿喜子是要給婆婆用的。只要稍微動一下腦筋，就知道這是理所當然的事。原本以為是普通的賀禮，所以沒想那麼多。自己太大意了。

「妳是說那床被子嗎？我馬上去拿。」

雖然尋惠故作平靜，但她也發現自己的聲音很緊張。

一走出房間，她立刻不顧一切衝上二樓。想要湮滅犯罪證據的罪犯會不會就是這種心情？她感到自己腦袋發熱，心跳加速。

「媽媽，妳怎麼了？」

雪見正在看育兒雜誌陪圓華午睡，抬起頭問道。

尋惠無視她的發問，從壁櫥內把羽毛被拿了出來。

「雪見，趕快拿乾淨的被套出來，之前別人送的，不是有幾床新的還沒用過嗎？」尋惠在拆被套時，壓低聲音說。

「現在的就是乾淨的啊。」

「不是，我是說完全沒用過的新被套。」

「喂喂喂，那是我的被子。」俊郎從隔壁房間探出頭說。

「那不是你的。」

雪見從壁櫥下方拿出來的被套中，有尺寸相符的新被套。雖然粉色調不太適合婆婆使用，但現在管不了這麼多。她從包裝袋中拿了出來，把羽絨被裝進被套。

呼、呼。

尋惠感到上氣不接下氣。被套黏在一起，被子的角落塞不進去。

喘不過氣……為什麼才做這麼一點事……

雪見在一旁看不下去，過來一起幫忙，用被套內側的繩子把被子的四個角落綁好，被子鋪整齊後拉上拉鍊。羽絨被終於裝進了還留著折痕，一看就知道是全新的被套。

這樣就沒問題了。

但是，尋惠感到呼吸急促，無法立刻動彈。一旦站起來，可能會暈眩。

「雪見，妳把這個送去奶奶房間。不要說俊郎曾經用過……」

「我知道了。」雪見察覺了狀況，把被子送去一樓。

總算沒有被扣分。

如果被滿喜子知道羽絨被不給年邁的婆婆，而是給不中用的兒子使用，不知道會罵出什麼難聽的話。

尋惠坐在那裡吹著從紗窗吹進來的微風，雪見回到了二樓。

「姑姑問，只有這種被套嗎？」

「就只問這個？」

「對，她確認了裡面的被子，沒特別說什麼，對被子似乎很滿意。」

那個被套的確不太適合，等俊郎之前用的被套洗乾淨後再換就好。

「奶奶說要看存摺。」

又要看存摺？尋惠用雪見遞給她的手帕擦著脖子上的汗，回到了一樓。

「尋惠，存摺一向都由妳負責保管。」滿喜子似乎一直在等她。存摺就放在這個房間衣櫃的抽屜，如果婆婆要看，滿喜子完全可以自己拿，但她向來不碰存摺。她在這方面很堅持原則。

「媽，即使看幾次，錢的數目也不會不一樣。」尋惠說。

滿喜子嘴角用力地說：

「媽說想看，她只是看看而已。」

尋惠聽了她的催促，就從衣櫃抽屜裡拿出存摺。

婆婆的存摺內有她這些年存的五百多萬年金。尋惠之前曾經建議她轉定存，但她似乎希望一眼就可以看清楚金額，所以一直放在活存。

尋惠打開存摺，攤在婆婆面前。

婆婆盯著存摺看了一會兒，點頭，說出一句奇怪的話。

「把大家都叫來。」

「不是都在這裡了嗎？」滿喜子回答，「我和尋惠都在這裡。」

「把勳和俊俊都叫來。」

怎麼回事？尋惠和滿喜子互看了一眼，但也不能繼續追問婆婆到底有什麼事，於是把勳和俊郎都叫了過來。雪見還在二樓，但婆婆沒說什麼。

婆婆最近幾乎不會找動，不知道是否尊重他身為長子的身分，所以都不會找他幫忙做任何事。滿喜子也覺得梶間家的一家之主應該要有一家之主的樣子。之前在討論到底要送去安養院，還是留在家裡好好照顧的問題時，曾經要求勳表達意見，但自從他辭去法官的工作，在東京買房子後，他覺得已經算是對家庭盡了責任，做了該做的事，所以如今對照顧老母完全是一副旁觀者的態度。

「怎麼了？怎麼了？」

俊郎啪答啪答地走進來，勳也用眼神問尋惠是怎麼回事。

「媽媽，大家都來了。」滿喜子溫柔地叫著婆婆。

「拿計算機過來。」婆婆說。

俊郎拿了計算機，又立刻回來。

「給我看存摺。」婆婆又說。

尋惠又像剛才一樣，把存摺攤在她面前。

婆婆動著嘴巴，似乎想要說什麼，最後終於開口。

「給滿喜子一百萬……」

喔……

原來是遺囑。

尋惠發現原來是這麼一回事，產生了既滑稽，又有點感傷的感慨。

婆婆仍然在意一個星期前日光燈閃爍的事嗎？所以才決定等滿喜子上門的時候，要處理遺囑的事嗎？

雖然沒有人期待婆婆的遺產，但婆婆煞有介事的樣子令人莞爾。

婆婆幾乎每天都在看存摺，對她來說，這筆錢很重要，她願意把這筆錢分給家人，一定是藉此表達對家人的感謝。婆婆臉上的表情好像回到了孩提時代，正慢慢著手為迎接死亡做準備。想到這裡，尋惠也不由得站直身體。

「給登一百萬……」

登是勳的弟弟，目前住在千葉，很少來看婆婆。

「俊俊五十萬……」

原來俊郎也有份……他是梶間家的長孫，婆婆也很疼愛他。尋惠在內心淡淡苦笑。俊郎一臉嚴肅的表情聽著，完全不像平時的他。

「小望三十萬……小勝三十萬……小健三十萬……小悅也三十萬……」

這些都是滿喜子和登的孩子，他們都已經踏入社會，雖然都不曾來探視過婆婆，但滿喜子經常向婆婆說明他們的近況，所以婆婆也記得他們。

「嗯……現在總共多少了？」婆婆問。

「呃……」俊郎按了計算機後回答說：「三百七十萬。」

剩下的兩百多萬應該都留給勳。尋惠覺得婆婆的遺產分配很公平。

沒想到，婆婆的話還沒說完。

「給尋惠三萬圓……」

尋惠沒想到現在會提到自己的名字，腦筋一片空白。三萬圓幾個字在她的內心膨脹，同時她感覺到自己內心的滋潤急速乾枯。

滿喜子對尋惠微笑。

「給傻傻的老婆三萬圓……」

滿喜子的笑代表什麼意思？是代表「太好了」的意思嗎？媽媽感謝妳，真是太好了……她想表達這個意思嗎？

雖然並不像是在開玩笑，但尋惠不認為是這個意思。

「剩下的都給勳。」

三萬圓是什麼意思？自己為婆婆做的什麼事，讓婆婆覺得值三萬圓？這是該給比親生兒女的付出多數十倍的人的數字嗎？

乾脆完全不提尋惠也沒關係，如果婆婆願意分一份遺產給自己，可以包含在給勳的份額內。如果不提尋惠的名字，以常識來說，可以這麼理解。

為什麼要用三萬圓這個赤裸裸的數字，踐踏自己含辛茹苦付出的各種努力？為什麼要用這麼廉價的金額來羞辱自己？

「媽媽，謝謝妳，我一定會好好珍惜這筆錢。不過，媽媽，這是很久以後的事，妳要長命百歲。」滿喜子撫摸著婆婆的手，誇張地道著謝。

婆婆也喜孜孜地說：「對啊。」

「我不需要。」

尋惠怒火攻心，從身體內迸出了這句冷冷的話。

「媽……我不需要錢……不需要。」

婆婆一臉驚訝地看著尋惠。

「尋惠……」滿喜子瞪大眼睛，露出驚訝的表情，「妳何必說這種……」

尋惠把存摺放在婆婆枕邊，轉過身，推開勳和俊郎，衝出婆婆的房間。她沒有看到他們父子露出怎樣的表情。

她淚流不止地穿越客廳，打開露台的落地窗，走出了令人窒息的屋內。她蹲在院子的南天竹旁嗚咽起來。

「嗚……嗚嗚……」

和親生母親離別之後，就不曾這麼傷心過的淚水不停地流。壓抑在內心的委屈潰堤後變成了淚水。

應該沒有人能夠體會這種心情。

用這種態度對待一個老人家，未免太不成熟了。照護父母是理所當然的事，妳到底在期待什麼？滿喜子一定會這樣責怪自己，她總是滿口大道理。相較之下，自己的行為都來自內心的情緒。凡事都以婆婆為優先，從料理三餐到擦屎擦尿，還要聽婆婆說一些莫名其妙的話，自己的行為都來自對日復一日，年復一年地照顧至今的婆婆所產生的情緒。

欺人太甚。

簡直欺人太甚。

「太太……」

欄柵另一端傳來輕輕的叫聲。

尋惠滿臉是淚地抬起了頭，發現武內一臉擔心地站在那裡。

「怎麼了？」武內用溫柔的聲音問。

尋惠擦了擦眼角起身。即使勉強擠出笑容，也只是讓表情扭曲而已。

「這個世界真是太不公平了。」

說完這句話，更多淚水不爭氣地流下。

6 過勞

滿喜子在隔天中午，餵完婆婆吃午餐後離開了。昨天那件事之後，她完全不和尋惠說一句話，也沒有看尋惠一眼。

尋惠昨天後來受邀去武內家，在他家的客廳喝了紅茶。

武內家的客廳充分發揮了他以前做歐洲雜貨生意的品味，用典雅的傢俱和擺設佈置得很清爽。

尋惠在那裡坐了一個多小時，發洩了累積在內心的怨氣。武內感同身受地傾聽她的訴說。

「不管是誰都會抓狂，這是人之常情，我非常能夠理解。」

他對尋惠這麼說，表示能夠理解她的心情。尋惠在訴說時，心情也漸漸平靜下來，至少恢復到滿喜子上門前的狀態。

「只要妳不嫌棄，我隨時可以聽妳訴苦，反正我有的是時間和體力，任何事都可以找我幫忙，只要有我幫得上忙的地方，我會馬上拔刀相助。」

尋惠離開前，他面帶笑容這麼說，還送了她一個從法國買回來的首飾盒。

滿喜子離開後，梶間家又恢復正常的生活。婆婆一臉什麼都不記得的表情，不停地使喚尋惠。

入夜之後，全家人都上床睡覺。婆婆手邊有一個可以按鈴的開關，晚上可以使用，但婆婆總是大聲叫喊尋惠。尋惠和勳的房間就在婆婆房間對面，可以清楚聽到婆婆的叫聲，即使尋惠睡著時，也會被她叫醒。婆婆每次叫她，無非就是換尿布，或是哪裡疼痛，要尋惠幫她揉一揉，或是說她手腳冰冷，要尋惠想辦法。有時候要她開電視，或是說要吃午飯，無法分辨她到底是癡呆了還是睡迷糊了，經常影響尋惠的睡眠時間。

那天半夜一點左右並沒有聽到婆婆的叫聲，尋惠在不知不覺中睡著了。

這時，電話鈴聲響了。

尋惠正打算起床，鈴聲斷了。不一會兒，臥室的門打開了，是俊郎。他似乎還沒有睡。

「滿喜子姑姑打電話來。」

尋惠走去客廳，以免把勳吵醒。

她打開客廳的燈，看了一眼時鐘。半夜還打電話來……她嘆了一口氣，下定決心絕對不道歉後接起電話。

「喂？」

「是尋惠嗎？」

聽到電話中叫自己名字的不悅聲音，尋惠就覺得心情沉重。

「對，今天謝謝——」

尋惠的話還沒說完，滿喜子就打斷她，「我越想越睡不著，昨天在妳家時也無法入睡，回到家之後，還是翻來覆去睡不著。我實在太生氣，沒辦法嚥下這口氣，所以才會一直睡不著。我原本告訴自己，不必理會這種荒唐的事，但越想越無法原諒，所以打了這通電話。我真的被妳氣得血壓升高，都快昏倒了。只要想起媽媽難過的表情，我都快哭了。我不知道妳在想什麼，但我這輩子都不會忘記那件事。」

滿喜子以前從來不曾用這種氣勢洶洶的態度說話，尋惠在產生反彈之前，更感到惶恐。

「尋惠，如果妳想要錢，可以跟我說。如果妳那麼想要，可以把我的份給妳，拜託妳，不要用那種陰險的方式對待無辜的人。媽媽是用自己的方式表達感謝，結果因為金額不多就這樣拒絕別人的好意，這還算是人嗎？」

「不是這樣，我不是想要錢。」尋惠沒來由地顫抖著，她克制著顫抖回答。

「怎麼不是呢？」滿喜子不由分說地加強語氣，「妳覺得三萬圓太少，所以才會說那種話啊。」

「不是，姊姊，我真的不要錢……」

「既然不要錢，為什麼那麼生氣？妳還不是因為錢太少，所以才會生氣嗎？別說這種冠冕堂皇的話，試圖為自己的行為正當化，聽了就噁心。尋惠，妳向來都是這樣，言行根本不一致，我完全無法理解，到底是怎樣的人有辦法做出那種行為。雖然妳心裡可能覺得只是個外人，但那是對我很重要的媽媽，請妳體會我把這麼重要的人交給妳照顧的心情，拜託妳，至少要體會一下這種心情，我希望能夠讓來日不多的老人感到幸福。如果妳眼睜睜地看著自己的媽媽被人家這樣糟蹋，妳也會嚥不下這口氣。我看清了妳這個驚世媳婦的本性，感到不寒而慄。妳有沒有在聽我說話？我說錯了嗎？」

我為什麼要被她罵得一文不值？還是先道歉再說，即使言不由衷也沒關係？

她被言語的凶器徹底擊潰，有一種一切都無所謂的挫敗感。

武內當初也是在這種心情之下，承認了自己根本沒做的事嗎？她突然想到了這個問題。

「尋惠……」

道歉的話已經到喉頭，耳邊卻傳來婆婆的聲音。

「姊姊。」

「怎麼樣？妳老實說啊，妳到底在想什麼。」

「對不起，媽在叫我。」

「……」

滿喜子沉默了一次呼吸的時間，用力咂一下嘴，突然掛上電話。

尋惠拿著電話，獨自茫然地坐在寂靜的客廳內。不由分說的痛罵奪走了她的力氣。

她拖著沉重的身體，走去婆婆的房間張望。

她打開燈，看到婆婆微張著嘴巴睡著了，發出了均勻的鼻息聲。

原來是幻聽……尋惠發現了這件事，不禁感到愕然。

滿喜子在電話中的聲音好像詛咒般揮之不去，尋惠一整晚都無法入睡，就這樣迎接早晨。雪見早上忙著照顧圓華，尋惠無法請她幫忙張羅早餐，自己硬撐著完成了，但送動出門上班後，她拖著疲憊的身體，再度倒在床上。

即使躺在床上，仍然無法睡著，不舒服的燥熱憋在體內，渾身都不痛快。她很想起床大喊大叫，但還是拚命克制這種衝動，用棉被裹著身體。

臥室外不時傳來婆婆叫她的聲音。那似乎不是幻聽，每次都聽到對面房間開門和關門的聲音，以及圓華在房間門口吵鬧的聲音。

尋惠感到反胃，根本不想吃東西。中午過後，雪見的壓力似乎也爆炸開來，開始用激烈的語氣斥責圓華，圓華挨罵之後放聲大哭，再加上摻雜婆婆聲音的性急對話聲，一直持續到傍晚。

即使一直躺在床上也無濟於事，尋惠決定起床，但身體比早上更不舒服。她一站起來，就覺得天旋地轉，胸口發悶，有一種莫名的窒息感，呼吸立刻急促起來。

可能要住院……即使冷靜判斷，也覺得身體快撐不下去了。

動今天出門時說，不會太晚回家，所以差不多快到家了吧。

「雪見，妳去買菜吧。」尋惠對正在廁所陪圓華尿尿的雪見說。

「沒問題嗎？今天可以用冰箱裡的剩菜做晚餐。」

「我沒關係，妳們可以去逛一逛。」

「喔，既然這樣……」

雪見一臉擔心地看著尋惠，輕輕點點頭。圓華得知可以出門買菜，興奮地歡呼起來。

「可以買一些圓華喜歡的零食。」

「好。」

「還有……」

「嗯？」雪見以訝異的眼神看著她。

「等爸爸回來之後，我打算去醫院。」

雪見愁眉不展地問：「那要不要現在去？」

「不，家裡的事就麻煩妳了，而且還要照顧圓華。奶奶的話，短時間獨自在家也沒有關係……妳不必放在心上。」

「嗯……」雪見雖然一臉擔心，但被圓華拉著走出了門。

尋惠決定在客廳休息。

在雪見面前，多少需要維持身為婆婆的氣勢，但獨自坐在客廳的沙發上，就立刻放下這種氣勢，倦怠感籠罩了她的神經，而且不刻意呼吸，呼吸就無法順暢，必須專心一吸一吐，然後時間就這樣毫無意義地流逝。

三十分鐘後，勳回來了。尋惠有一種終於等到他回來的感覺。雖然尋惠平時總是強打起精神處理家裡的一切，但在關鍵時刻，只能向勳求助。

「老公……帶我去醫院一下。」

尋惠對正在鬆開領帶的勳說，他垂下單側眉毛問：

「妳怎麼了？」

「我覺得全身都懶洋洋……不聽使喚。」

勳看著尋惠想了一下，然後站起來說：「那就走吧，雪見在二樓嗎？」

「她去買菜，應該馬上就回來了。」

「喔……那應該沒問題。」

尋惠從衣櫃抽屜裡拿出健保證準備出門。這幾年她幾乎沒有去過醫院，不是因為不需要，而是根本沒時間去。

她關好房門，去了婆婆房間。婆婆醒著。

「媽……我去醫院一下……我會盡可能趕快回來……那就拜託了。」

她用肩膀費力地喘著氣，在婆婆耳邊說道。婆婆沒有點頭，反而叫住了她。

「我說啊，我的肚子從昨天開始就很脹，妳幫我一下。」

尋惠想起了這件事，頓時覺得眼前發黑。

婆婆從三天前就沒有排便。因為她肛門無力，只要糞便稍微硬一點，她就無法自行排出來。原本打算增加促進排便藥物的劑量，但滿喜子來了之後發生了很多事，結果就忘了。滿喜子每次餵婆婆吃飯的量都是平時的一倍，所以婆婆的肚子當然更脹了。

「幫我灌腸一下。」婆婆用沙啞的聲音說。

只能這麼辦了。也沒辦法，因為一旦塞住，她就無法自行排出來……雖然尋惠這麼想，但身體無法動彈。

「喂，怎麼了？」

勳從門縫探頭進來問，催促她趕快出門。

「媽說……她肚子很脹……要我幫她灌腸……」尋惠喘息著說。

勳皺著眉頭，為難地低吟一聲。

「嗯……」他的視線飄忽，似乎有點不知所措，最後看著尋惠問：「有辦法嗎？」

只能靠自己……雖然早就知道了，但她再度意識到這是自己唯一的路。

「雪見還沒有回來嗎？要不要打她的手機？」

動始終不說可以自己動手。這也是理所當然的事。尋惠並不感到失望。連尿布都沒有換過的人根本不可能灌腸，她也從來沒有叫雪見做過這種事，滿喜子也一樣。一直以來，尋惠在這件事上向來都不假他人之手。

推給雪見未免太殘酷。尋惠下定了決心。

「那我來處理……你先去外面等我。」

她把動趕去客廳，戴上了護理用的薄型塑膠手套，掀開被子，把婆婆的腳彎了起來，解開尿布，把衛生紙鋪在四周，將潤滑劑的凝膠塗在她的肛門周圍，再把無花果牌灌腸液緩緩塞進她的肛門。

只能我來處理。

她在為婆婆灌腸時只想著這件事。

即使自己快死了，也要幫婆婆處理好排便的事再死。

呼……呼……

為什麼喘不過氣？

婆婆肛門無力，灌腸液都漏了出來。即使等了一會兒，糞便也沒有排出來。

「不行嗎？」

尋惠問，婆婆只是皺了皺眉頭。

「那……我用手指摳。」

當她把手指放進去時，婆婆發出呻吟，但這也是無可奈何的事。她的手指碰到了硬塊。

但是，要怎麼挖出來？

「可不可以……再稍微……用點力？」

她想用手指硬挖，婆婆因為疼痛而發出了痛苦的聲音。感覺快挖出來了，卻還是挖不出來。

呼……呼……

她想起不久之前也曾經有這種焦慮的感覺，然後想到是換燈管的時候。不，和上次相比，目前的情況難受好幾倍。

呼……呼……

她滿身是汗，汗水順著額頭流下，流進眼睛。她不能用手擦汗。

呼……呼……

好不容易才摳出一些。

先這樣吧。

她覺得自己快昏倒了，站著也覺得很吃力。

她跪在地上。

不可思議的是，她完全不在意糞便的臭味。原來當狀況迫切時，真的會顧不了這麼多。

走廊上傳來雪見的聲音。她似乎回家了。

雪見……尋惠想要叫她，但急促的呼吸讓她無法叫出聲音。

幸好門立刻打開了，雪見進來瞭解狀況。

「媽媽？！」

雪見一看到尋惠滿身大汗，痛苦扭曲的臉，立刻臉色大變。

「……雪、雪見……這個……拿、拿去廁所、沖掉……」

尋惠費力地擠出聲音，雪見充耳不聞，衝出房間。

「爸爸，趕快叫救護車！」

走廊上傳來雪見的驚叫聲。

尋惠覺得好像是在夢中聽到的聲音，完全沒有真實感。

尋惠被救護車送去醫院後，住院療養了三天。血壓的收縮壓為一百五十，稍微有點偏高，但除此以外做了尿液檢查、血液檢查、X光和心電圖，都沒有發現任何異常。主治醫生說應該是過勞，並告訴她如果發現呼吸異常，可以用塑膠袋放在嘴上。如果經常發生恐慌現象，也許可以去看一下身心科或是精神科。

院第二天，因為服用了鎮靜劑，斷斷續續確保了睡眠，身體狀況稍微恢復了些。雖然並不是因此產生了自信，但到了第三天，躺在病床上也感到坐立難安，已經做完各種檢查，點滴也都打完了，醫生問她：「情況怎麼樣？」於是尋惠要求出院。

雪見開車來接她，她回到家時，發現滿喜子在家。雖然她沒有去醫院探視尋惠，但聽雪見說，她連續住在家裡照顧婆婆。尋惠覺得好像欠了她一份人情，但以前那種凡事都不希望假手於人，想要追求完美的氣魄消失不見了，面對滿喜子只覺得有點尷尬而已。

「尋惠，妳這麼快出院沒問題嗎？」

滿喜子雖然在尋惠進門時表示關心，但也只說了這句話，所以只是口頭關心而已。

「我星期六、星期天都在這裡，回家一趟之後又趕過來，體力吃不消了。幸好媽媽沒有問題，我還有工作要處理，今天必須回去。」

她面帶笑容地表示她已經受夠了。

「謝謝，真不好意思，我已經沒問題了。」

尋惠也只是形式上表達感謝，把已經收拾好東西的滿喜子送到門外。

滿喜子走出去準備開門時停下了腳步，露出比剛才雪見在場時更冷漠的眼神，一副想要打開天窗說亮話的態度。

「以後不要再發生這種事了，一旦病倒了，會給所有人添麻煩，要好好管理自己的身體健康。」

「對不起，」尋惠言不由衷地說，「姊姊，妳也要保重身體。」

「每個女人都會有更年期，我在妳這個年紀時也一樣，只要忍耐一下，很快就可以撐過去了，如果每次都住院，就會沒完沒了。」

比起滿喜子說話口無遮攔，尋惠對於她認定自己的莫名不適原來是更年期障礙，有一種恍然大悟的感覺。尋惠知道五十出頭的女人在更年期後，很容易深受自律神經失調之苦，但並沒有想到自己的身體狀況就是如此，而且平時忙於應付日常生活，根本沒有意識到這件事。更何況她完全沒有想到更年期障礙竟然會這麼嚴重。尋惠猜想每個人的狀況不同，而且聽滿喜子說話的語氣，她在更年期時應該沒有太大的問題。

「妳該不會是在擺架子，故意生病給我看吧？」滿喜子用分不清是認真還是開玩笑的語氣問。

「怎麼可能……」尋惠並沒有理會，對她的問題一笑置之。

「那就好……我還以為自己會病倒，沒想到是妳先，嚇了我一跳。」

尋惠猜想滿喜子看起來很健康，但日子可能也不好過。滿喜子並沒有和公婆同住，但她丈夫是開業稅理師，所以她也需要幫忙。每次被說家庭主婦很輕鬆就很不以為然，可見她的壓力可能也很大。

以尋惠目前的狀況，即使遭到滿喜子的冷嘲熱諷，她也不會反抗。她整個人有點萎靡不振，一度被徹底擊垮的傷害很大。

「我會再電話聯絡，那就拜託了。」

滿喜子在轉身剎那似乎大吃一驚，肩膀抖了一下，不知道看到什麼。

尋惠順著她的視線看過去，發現武內站在自家車庫前，面帶微笑地向尋惠欠身打招呼。

滿喜子重新調整心情，對尋惠說了聲「那我先走了」，快步離開。

「你好，昨天謝謝你來醫院看我。」

尋惠被救護車送去醫院時，他也在門外，一臉擔心地目送救護車離去。昨天下午去醫院探視她，還稍微聊了一下。

「妳已經可以下床了嗎？」武內站在籬笆的那一側問，「小心不要又累壞了身體。」
「對，應該沒問題了。」
「醫生說都沒有問題嗎？」
「對，所以我想了一下，可能是更年期障礙。」
「喔，果然是這樣嗎？我昨天聽妳說了之後，也查了幾本書，想到可能是這樣。那屬於婦產科的範圍，不同科的醫生好像會有不同的診斷。妳等我一下。」
武內突然跑回家裡，然後雙手各拿了一瓶東西走了回來。
「這是石榴汁，聽說可以改善更年期障礙，書上也這麼寫。只是果汁而已，所以妳可以試喝看看。」
原來他還特地查了資料……尋惠對他的關心感激不已。
「謝謝，那我付錢給你。」
「妳太見外了。並不是很貴的東西，如果妳想繼續喝，之後可以自己買，這兩瓶就請妳收下。」
「是嗎？那我就不客氣了。」
尋惠接過石榴汁，武內嚴肅地問：
「妳繼續照護奶奶沒問題嗎？如果繼續像以前一樣，又會發生同樣的情況。」
「是啊……但我媳婦會幫忙，應該可以解決吧。」
尋惠在回答時，發現自己的聲音聽起來沒有自信。

「妳媳婦還要照顧孫女，幫忙的程度有限吧。」

尋惠不得不承認這一點。

「是啊，雖然她很勤快，但同時有很多事，她壓力也很大，罵小孩時也很大聲，所以必須顧慮到這些情況，有時候的確不太好意思開口找她幫忙。」

武內聽了尋惠的話，似乎覺得問題比尋惠所認為的更加嚴重，抱著雙臂，陷入了沉思，然後緩緩地說：

「如果是這樣，白天的時候，我可以幫忙幾個小時。」

「這怎麼行？怎麼可以這麼麻煩你。」

「不不不，聽妳說了妳家的情況，照護的工作幾乎都落在妳一個人頭上，讓人無法袖手旁觀。我在中學生時就曾經照護過我爸爸和祖母，他們前後病倒，當時真的很操勞，所以我非常瞭解妳的處境。」

「喔……原來是這樣啊。」

尋惠越瞭解他，就越發現他看起來日子過得很清閒，但其實也是個苦命人。

「反過來說，我知道怎麼照護病人，所以並不會完全幫不上忙。如果妳可以休息四、五個小時，壓力也會小很多。」

尋惠真的很感謝他的親切熱心。

「我不會把你們家的狀況告訴別人，也沒有人可以說，這方面倒是不必擔心。」

「不，我根本沒有擔心這種事……」

尋惠覺得自己不能再病倒了，她現在已經沒有必須一個人照顧好家裡大小事的想法，而且也不能再欠滿喜子的人情了。如果沒有仔細考慮就拒絕他的好意，之後可能會後悔。

「妳要不要徵求一下梶間教授的意見？」

武內說完，露出了笑容。

晚上睡覺時，尋惠和勳討論了武內提出的建議。尋惠在說話時，語氣中不知不覺透露出對身體狀況還沒有自信，所以很感謝有人願意協助。

「嗯……」勳一如往常地發出難以瞭解他真心想法的低吟，「有沒有辦法申請照護服務呢？」

勳似乎不太樂意。

「上次和你姊姊聊到這件事時，她顯得有點不太高興……」

勳也向來在姊姊滿喜子面前抬不起頭。

而且即使申請照護服務，到時候調查、申請的相關工作還是會落到尋惠的頭上，既然有更簡單的方法，尋惠當然不願意自找麻煩。

「雪見也在家，所以不必擔心男人來家裡會有什麼問題。」

「我倒是沒有擔心這種事，」勳帶著苦笑說，「萬一和我媽合不來的話怎麼辦？這種有點熟，又不會太熟的人，到時候請神容易送神難。」

「那倒是不必擔心，我只要說自己身體狀況改善了，不再需要他幫忙就好，而且我原本就打算只是在我身體恢復之前請他協助一段時間。」

「嗯，是啊……只不過隔壁鄰居的話……會不會住得太近了？」勳說的話有點奇怪。

「近才好啊，以前左鄰右舍的太太或是無所事事的退休族不都會相互幫忙嗎？差不多就是這種感覺，而且你說住得太近……」

尋惠說到這裡，停頓了一下。

「老公，你該不會戴著有色眼鏡在看武內先生？」

「不，並不是妳想的這樣，不是這樣。」勳稍微加強了語氣否認。

「我想說你之前就認識他，而且不是還請他去大學分享經驗嗎？你當時也說他這個人是紳士。」

「當然是這樣……我只是覺得好像有點太依賴鄰居了，所謂免錢的最貴，不能因為別人好心，就一味接受別人的幫助……」

「我認為不必在意這種事，我覺得他一定找不到人生的意義，所以才想主動幫助別人。只要請他吃午餐，我覺得他應該會樂於相助。我們家剛買房子不久，俊郎又是那樣，在用錢方面要精打細算，我認為對我們有幫助。」

勳又低哼了一聲，翻身背對著尋惠。

「要好好謝謝人家，不要虧欠他。」

勳雖然有點不情願，但用這種方式同意了找武內幫忙。

7 助力

雪見和圓華唱著歌從公園回到家，看到玄關有一雙不是公公和俊郎的樂福男鞋。家裡似乎有客人。

雪見看了手錶，確認將近中午了，心想著是否也要為客人準備午餐，走進了屋內。客人正在客廳喝咖啡，和婆婆聊得很開心。

是住在隔壁的武內。他穿了一件白色薄夾克和長褲。

雪見在不知不覺中握緊了和圓華牽著的手，圓華發出快哭出來的聲音想要掙脫。

「打擾了。」武內對雪見輕輕點頭打招呼。

「你們回來了。」婆婆臉上仍然帶著談笑時的笑容向雪見打招呼，「從今天開始，武內先生會協助照護奶奶一段時間。」

「喔……這樣啊。」

雪見雖然有點不知所措，但還是向他鞠躬。很怕生的圓華立刻躲在雪見身後。

「雪見，等等準備午餐時，武內先生的份也麻煩一下。他喜歡吃拉麵，之前買的拉麵應該沒問題。」

因為事出突然，雪見在感到慌亂的同時，又有點洩氣，覺得吃拉麵會不會太簡單了。

「給妳添麻煩了。」

聽到武內這麼說，雪見硬擠出一個禮貌性的笑容，匆匆走出客廳。她把圓華帶去二樓，放了動畫錄影帶，然後走進廚房。

她最先做了奶奶的鹹稀飯。奶奶的三餐幾乎都是她喜愛的鹹稀飯，雖然食材和調味不時改變，但都是把魚肉和蔬菜切碎後和白飯同煮，看起來都差不多。除了鹹稀飯以外，還有一個加了藥劑的果凍。

因為奶奶都是躺在床上吃飯，而且吞嚥能力變弱，吃這種食物時也不時會嗆到。鹹稀飯雖然容易入喉，但如果煮得太稀，反而容易嗆到，所以很難掌握。以前奶奶喜歡吃地瓜和芋頭，但後來每次吃這種纖維質豐富的食物都會噎到，所以即使想煮也不能再煮給她吃了。

雪見做好後，婆婆用托盤端去奶奶房間。

「啊啊，這個交給我吧，太太，妳坐著休息就好。」

「啊喲……可以嗎？」

「當然，我來就是為了幫忙啊。」

走廊上傳來這樣的對話聲。

雪見繼續煮即食拉麵，在煮開水時，有點在意奶奶房間的狀況，於是把火關小後去察看了一下。

雪見覺得今天在碗裡裝的鹹稀飯有點多，滿喜子通常都會邊哄邊餵奶奶吃將近一碗鹹稀飯，但雪見和婆婆都不會這樣硬塞，最多只餵半碗而已。如果是婆婆餵食當然沒有問題，但雪見擔心武內會把碗裡所有的鹹稀飯都硬餵給奶奶吃。

她走去奶奶房間張望。婆婆站在武內身後，像往常一樣用抱枕把奶奶的頭部稍微墊高。武內發現了雪見，微微偏著頭，似乎在問：「有什麼問題嗎？」

「沒事，我只是想提醒一下，不用太勉強餵，因為奶奶容易嗆到。」

雪見雖然覺得應該沒什麼問題，但還是忍不住叮嚀。

「我瞭解了。」武內笑著說完，小心翼翼地舀起鹹稀飯，送進奶奶嘴裡。

雪見回到廚房，計算著吃午餐的時間慢慢煮拉麵，以免麵條變太軟。雪見也喜歡這個品牌的拉麵，所以覺得味道沒問題，但即食拉麵終究還是即食拉麵，至少配料要豐盛，於是就加了大量蔬菜和叉燒肉。

在拉麵煮好時，婆婆走了進來。

「奶奶似乎以為武內先生是醫生，一直叫他『醫生、醫生』，換尿布也沒問題，感覺可以勝任。」

「是喔。」雪見在附和的同時，想到武內今天穿的衣服，並不感到意外。奶奶可能看到他穿的白色夾克，以為是白袍，武內會不會故意穿這樣的衣服……她在內心不禁多想了幾分。

婆婆把筷子放在餐桌上。

「武內先生要在這裡吃嗎？」

「客廳的茶几太低了，吃飯不方便吧？」

「但圓華也在。」

雖然雪見用圓華當藉口，但其實她知道是自己想避開武內。

「嗯，也對，那可以請妳把座墊拿去沙發前嗎？還有我的。」

最後決定武內和婆婆在客廳吃飯，雪見和圓華一起在飯廳的餐桌旁分食一碗麵。

吃完拉麵收拾好，雪見就牽著圓華的手去二樓。圓華在吃飯時表現得很乖巧，雪見也覺得這個家的一樓突然讓人很不自在。

圓華睡午覺後，雪見用除塵滾輪打掃了二樓的兩個房間，但很快就打掃完畢，立刻就無事可做了。平時圓華睡覺時，總有做不完的家事，今天即使刻意想找事做，也完全找不到。

雪見有一種坐立難安的感覺。

她下樓去上廁所，不經意地向客廳張望，發現武內獨自坐在沙發上看文庫本的書。婆婆似乎在自己的房間休息。

一樓越來越難以靠近了。雪見這麼想著，回到二樓。

圓華睡了一個小時左右醒來，雪見有一種終於等到她睡醒的感覺。

「媽媽，媽媽，我們去樓下捉迷藏。」

圓華完全醒過來後對雪見說。她說的捉迷藏就是把客廳和放了神桌的和室門都打開，然後在兩個房間跑來跑去。

「不能玩捉迷藏了，我們在二樓玩。」

「為什麼？為什麼不能玩捉迷藏？」

「隔壁的叔叔在我們家。」

「為什麼隔壁的叔叔要來我們家？」

「因為要照顧阿祖啊。」

「他什麼時候才不來？」

「不知道。」

雪見也想知道這個問題的答案。

雪見為了躲避圓華的發問攻擊，拿出一張之前蒐集的包裝紙，翻到背面後攤開。

「要不要和媽媽一起畫畫？」

「嗯，要！」

圓華開心地拿起蠟筆，開始畫根本稱不上是圖畫的塗鴉。雪見也伸手準備拿蠟筆，圓華狠狠瞪著她的手。

「媽媽不可以畫。」

圓華竟然說出這麼冷酷無情的話。如果堅持要畫，圓華就會開始耍性子，雪見決定在一旁看她畫。

「這是什麼？」

「這個啊，」圓華畫完之後才開始想，「是貓咪啊。」

「喔喔，原來是貓咪啊。那這個呢？」

「是兔兔。」

圓華接連畫著根本看不出是貓、兔子或是長頸鹿的塗鴉。畫完之後，又在空白處塗上新的顏色。她一下子用右手畫，一下子又用左手畫，拿蠟筆的姿勢也不正確，但雪見都不管她。

不一會兒，整張紙都畫滿了，圓華可能感到心滿意足，或是畫膩了，開始玩其他玩具。

「不畫了嗎？」

「嗯。」

既然這樣，就把紙收起來。雪見正準備收，被圓華看到了，歇斯底里地叫著：「不可以！」

「什麼？」

「不可以收起來！」

「妳不畫了，就收起來啊。」

「不要！」

又來了。

「那妳自己收。」

「不要！」

圓華的臉慢慢皺了起來，哭喪著臉。

「真是夠了，以為哭就能解決問題。」

「我要去找奶奶！」

她又開始說一些毫無脈絡的話。

「妳在胡說什麼啊，奶奶在休息。」

「那就叫奶奶起來！」

「怎麼可以吵奶奶？不然奶奶又要去住院了。」

圓華情緒失控地大哭起來，雪見很討厭這種讓人想要捂住耳朵的哭聲，忍不住火冒三丈。如果想要克制，並不是無法克制，但她還是打了圓華的腿。她有手下留情，但在打她的時候故意露出很凶的表情。

圓華的身體抖了一下，哭聲也很快收斂了。

「不要用這種聲音哭，知道了嗎？」

雖然圓華沒有回答，但顯然奏效了。

在婆婆住院期間，雪見因為忙得分身乏術，再加上圓華的哭鬧，也曾經兩度打她，每次都立刻見效。這是最後的絕招，雪見不會經常使用，但她覺得用這種稍微強硬的方式，或許有助於糾正圓華那種情緒失控的哭鬧。

雪見曾經在公園問過其他媽媽，即使是看起來溫柔婉約的媽媽也承認：「我有時候會打小孩，像是怎麼說都說不聽的時候，就只能動手制止。」不知道是因為聽了這些意見，還是漸漸習慣，她發現自己內心已不像以前那麼排斥打圓華這件事。

只是作為絕招使用……她這麼告訴自己，然後輕輕嘆了一口氣。就在這時——

雪見身後傳來有人敲紙拉門的聲音。

因為事出突然，雪見整個後背都警戒起來，繃緊全身。

她剛才把紙拉門打開一半，以便隨時可以聽到樓下的聲音，而且婆婆走路時都會發出聲音，所以會聽到上樓梯的聲音，但剛才聽到敲門聲之前，她都沒有察覺那裡有人。

回頭一看，發現武內站在那裡。

這個人是怎麼回事？為什麼自己跑來二樓？

他的雙眼骨碌碌地轉動，然後視線移向窗戶的方向。

「外面開始下小雨了……晾在外面的衣服沒問題嗎？」

「喔，喔喔……」雪見好像遭到操控般看向窗外。天氣的確陰沉下來了，雖然不見雨滴，但這並不重要，內心的不安讓她起身，「我來收衣服，不必擔心。」

武內點頭，動作極其緩慢地把腦袋縮回去，感覺直到最後一刻都在觀察房間內的狀況。因為沒有聽到下樓的腳步聲，雪見擔心他躲在那裡偷聽，於是走去樓梯張望，但幸好並沒有看到人。

衣服大致都乾了，她把浴巾和運動服這些還有點潮濕的衣服掛在房間，把其他衣服折好了。

那個男人真讓人討厭……她在折毛巾時想。

雖然他並沒有做什麼，但突然回過神時，發現他已經出現在令自己的五感都產生警戒的距離。而且因為他行為大膽，自己五感的警戒慢了一步，於是慌忙發出警戒的信號。和武內接觸時，總是會產生這樣的感覺。

聽婆婆說，他很親切熱心，事實應該也是如此，但雪見覺得他的親切有點糾纏不清，帶著一種讓人不舒服的黏膩。

電話響了。

這個家裡的一樓客廳、公婆的臥室，和二樓的和室都有電話，當然是同一個號碼。

如果婆婆在睡覺，會被電話鈴聲吵醒，雪見立刻接起電話。

「你好，這裡是梶間家。」

「喔，雪見嗎？是我，是我。」

電話中傳來皺著眉頭發出的冷冰冰聲音。那是住在海老名娘家的媽媽打來的。雪見在納悶媽媽為什麼打電話來的同時，聽到突然響起的輕微雜音，雜音的問題更令她在意。

「有什麼事嗎？」雪見不悅地問。反正不會有什麼好事。

媽媽沒有先寒暄幾句，就直截了當說重點。

「妳和妳公婆住的地方不是有多一台冰箱嗎？家裡的冰箱快壞了，妳把那台冰箱送回來。」

媽媽說話向來很莫名其妙，每次聽她說話，就會刷新對她的厭惡。因為那是雪見從小生長的家庭環境，也是那段整天嘆氣的少女時代的證明。

「哪有多？更何況我買的冰箱為什麼要給妳？」

雖然聽到媽媽的話很火大，但在圓華面前，說話不能太粗魯。

「妳別這麼計較，家裡有兩台冰箱也沒用啊。」

雪見買的冰箱也是她的嫁妝之一，搬來這裡之後就放在餐桌旁，平時用來放飲料或是冷凍食品，只是作為輔助的冰箱使用。三百公升的容量並不小，但對六人家庭來說就有點不太夠用，而且也比不上公婆當年從法官宿舍搬去公寓大廈時買的四百公升五門冰箱。如果說不需要，的確不太需要，但想到當初花了十萬圓的存款，就有點捨不得。

當初還同時買了一台洗衣機作為嫁妝，但因為沒地方放，所以就在搬家時送回娘家。媽媽食髓知味，這次主動索取冰箱。

「即使妳都不回家，家裡還是一直為妳留了空房間，如果租給學生，一個月可以收三萬圓租金，所以應該叫妳付房租，還是可以把妳的東西都丟出去？」

現在哪個學生會去那種滿是霉味的房子租一個房間？但媽媽是那種真的會把雪見的東西丟出去的人，所以也不能不理她。

「妳不要隨便動我的東西，那些都是很重要的東西。」雪見低聲叮嚀。

以前單身時代的東西，即使搬來這裡也無處可放，但又捨不得丟。通常女兒出嫁後，娘家的人不會為這種事囉唆，但雪見的媽媽不一樣。

無奈之下，她只能答應會考慮一下冰箱的事。

「是喔，那就這樣。」

媽媽說完這句話，就掛上了電話，甚至沒有問圓華最近好不好。她就是這種人，完全就是負面教材。

不過……

雪見掛上電話後，仍然無法擺脫對剛才在通話時持續聽到的雜音產生的不舒服。

目前使用的電話是滿喜子家以前用的舊電話，在通話時，如果拿起其他電話，也可以聽到電話的內容。她經常和婆婆分別在一樓和二樓同時接起電話，這種時候就會聽到像剛才那種似有若無的雜音。

她不認為婆婆會偷聽電話。

她悄悄走下樓梯向客廳內張望，但武內若無其事地在看文庫本。

雪見雖然覺得應該不至於有這種事，任何人去別人家都不會擅自接電話，但以武內會肆無忌憚地上二樓，就覺得這個人有可能會做這種事。

雪見帶著內心的疙瘩回到二樓。

不一會兒，樓下就傳來了婆婆叫她「雪見」的聲音。她似乎睡醒了。

「妳趕快趁現在去買菜。」

「好。」今天可以出門，有一種鬆口氣的感覺，「圓華，我們可以去買菜，走吧？」

圓華一臉哭累的表情，輕輕點點頭。

「走吧走吧，出門買菜去，今天要去哪一家呢？」雪見套了一件白色短上衣，慫恿著圓華。

這時，她的眼睛掃到了地上的蠟筆畫，一下子就理解了圓華剛才不願收畫的真意。

「這張畫畫得很好，要不要拿去給奶奶看？」

她試探著問道，圓華也用力點頭。

「哇，妳畫得滿滿的，全都是妳畫的嗎？好厲害。」

下樓之後，婆婆稱讚不已，圓華滿臉得意。

「這是貓咪，這是兔兔，這是長頸鹿。」

「真的欸，畫得真像。」

雪見覺得有點對不起圓華，今天不該打她，但圓華的心情變好了，所以就告訴自己不用想太多。

「媽媽，我可以把我那台冰箱送回娘家嗎？」

雪見故意唐突地這麼問，婆婆露出一絲困惑的表情，然後微笑說：

「這是妳的冰箱……」

婆婆果然不知道這件事。雪見確信了這件事，但武內一副若無其事，不感興趣的態度。

「我娘家的冰箱好像壞了。」

「是嗎？」婆婆有些同情，「既然這樣，就找人趕快送過去，我們家只要有大冰箱就夠用了。」

「嗯……那就這麼辦。」

「妳媽媽最近還好嗎？」

「嗯……」提到娘家的媽媽，聲音總是難免透出內心的心情，雪見隨口應了一聲，結束這個話題，「那我們走了。」

來到門外，讓圓華坐在後座的兒童座椅上。

「媽媽，要去哪一家呢？」

「去哪一家好呢？西友嗎？還是洋華堂呢？」

她準備把車子開出車庫時，一輛黑色的車駛過。雪見踩了煞車，讓車子先過去。

但，那輛車……

剛才好像停在家門口，現在才突然開走……雪見看著那輛離去的車子，發現了這件事。

買菜回來的路上，圓華睡著了。雪見把車子開進車庫，讓她繼續睡在車上。今天已經睡過午覺了，應該很快就會醒來。她像往常一樣打開車窗透氣，走進屋內後，也沒關玄關的門。

「我回來了……」

她一進門，就看到自己那台冰箱，不禁有點錯愕。沒想到這麼快就已經搬到玄關了。看到玄關沒有武內的鞋子，顯然他已經走了。公公除非有特別的工作或是和人約了喝酒，通常都會在五點至七點之間回家。俊郎也會在傍晚才到家，所以武內便在五點左右離開。

「武內先生幫忙把冰箱搬到門口。」

正在客廳的婆婆看到雪見後說。

雪見也猜想是這麼一回事，所以並沒有感到驚訝，只是也沒有感激。雖然遲早要請人幫忙搬到玄關，但她不喜歡武內隨便碰自己的冰箱。

「今天真的很輕鬆。」

婆婆的聲音難掩喜悅。

「但是爸爸知道嗎？」

「當然知道啊，怎麼可能背著爸爸拜託他幫忙。」婆婆笑著說，「但還沒有告訴滿喜子，因為她也沒打電話來。」

雪見覺得滿喜子姑姑一定會有意見。她是那種典型的愛挑剔型。

說到底，在這個家裡，有關照護奶奶的問題，就是婆婆和滿喜子姑姑之間的靈魂衝撞，婆婆正面迎戰，最後壯烈地潰敗了。

但是，雪見認為背後隱藏的最大問題，是公公事不關己的態度。婆婆很尊重公公，即使雪見偶爾脫口說了一句不滿的話，婆婆也會數落她「不可以對賺錢養家的人說這種話」。

每次看到婆婆為了照顧奶奶忙進忙出，公公悠閒地坐在那裡看報紙時，就忍不住覺得公公很奇怪，明明是自己的母親，為什麼可以那樣事不關己？雪見對自己父母的態度也不好，沒資格說別人，但公公並不討厭奶奶，即使討厭奶奶，把所有照護工作都推給太太似乎也有問題。

公公從事受人尊敬的工作，也買了一棟可以讓全家人生活在一起的新房子，這些都很了不起，但卻對住在這棟房子內的家人到底面對什麼樣的問題漠不關心，結果就把所有的壓力都加諸婆婆身上，讓婆婆一個人承擔，一個人忍耐。公公是不是完全沒有發現這個問題？

雪見對這部分難以釋懷。

「有餅乾，快來吃吧。」

聽到婆婆這麼說，雪見坐在沙發上，拿起一塊餅乾吃了起來。

「這也是隔壁送的嗎？」

「他知道哪裡的東西好吃。」婆婆這麼回答，代替點頭。

無論是誰送的，餅乾就是餅乾。雪見把餅乾放進嘴裡，的確很好吃。

「雪見，等妳心情有一點餘裕，也許可以考慮一下了。」

「考慮什麼？」雪見驚訝地看著婆婆。

「生老二啊。」

「喔……」

「圓華沒有弟弟妹妹也很可憐，如果是因為奶奶的關係，總有辦法解決。」

「嗯……」

「至於俊郎的將來，其實也不必太擔心，無論爸爸和我，都不會讓你們吃苦，你們可以依靠我們。」

生老二嗎……雖然從來沒有向任何家人提起過。其實圓華才是老二，老大明華成為留在娘家的嬰兒娃娃。她很少回娘家，但有時候會回去見那個孩子。

所以，她內心已經不想再生孩子了，光是照顧圓華就已經忙不過來了，而且她也感到很滿足。

但雪見對婆婆的多嘴忍不住想苦笑。

說起來也很有媽媽的味道……

她總是想到家人的事。

雪見覺得嫁進這個家後，很慶幸她是自己的婆婆。雖然經常聽說婆媳不和的問題，但雪見完全沒有這方面的煩惱。雖然娘家有親生媽媽，而且曾經和親生媽媽一起生活多年，但嫁進梶間家之後，第一次深刻體會到，原來這才是媽媽。不經意的關心，不經意的引導……雖然有時候會覺得她囉唆……但至今仍然覺得，很希望自己在這樣的媽媽身邊長大。

「我是認真的。」雪見的嘴角似乎不經意露出笑，婆婆表情更嚴肅了，「即使跟俊郎說，他也只會敷衍我，所以才會對妳說。」

「好，好，我知道了，但現在沒這種餘裕，所以不要抱太大的期待。」

「也不必勉強，如果變成壓力就傷腦筋了。」

「我才不會這麼想，只能順其自然……」

雪見的話說到一半，就沒再說下去。

她發現從剛才就聽到有人說話的聲音，不，也許是因為聲音越來越遠，所以現在才意識到這件事。

因為聲音很輕，所以原本以為是奶奶房間的電視聲音，但似乎並不是這麼一回事。

雪見猛然跳起來，衝出客廳。穿越走廊，在玄關趿著拖鞋，沿著通道衝去車庫。她把手放在Corona上，向後車座張望。

不在！

只有兒童座椅孤伶伶地留在車上。

她臉色發白，腦袋輕飄飄，但雙腳沉重，無法動彈。

她聽到附近有男人說話的聲音。

雪見搖搖晃晃地衝向馬路。

「這是最後一塊喔……」

就在眼前……圓華站在武內家門口。武內坐在她旁邊，正在給她吃餅乾。

「怎麼了？」武內笑著問。

聽到他像閒聊的語氣，雪見陷入猶豫，不知道該不該向他發怒。

「呃……沒有……」

「圓華，被媽媽發現了。」

圓華聽到武內這麼說，目不轉睛地看著雪見，然後立刻把手上的餅乾放進嘴裡，不知道是否打算趁雪見動怒之前吃掉。

不要這麼輕易被幾塊餅乾收買嘛……雪見不禁感到渾身無力，然後撥撥頭髮掩飾自己的尷尬。

「因為……之前我老公對我說，有奇怪的男人在我家周圍打轉。」

雪見這麼說明，武內只是挑挑眉毛。

「是嗎？我看到圓華獨自在車上，所以有點擔心。」

即使她一個人在車上，也是在家裡，而且這個人有權利打開別人的車子嗎？雖然不知道他是否基於好心，但這也未免好心過頭了。

「我以後會小心……但請你不必為這種事擔心。」

雖然雪見覺得自己努力說得很輕鬆，但武內緊盯著雪見，冷漠的眼神好像在確認雪見內心的責備。

「真抱歉，我好像熱心過頭了。」武內冷冰冰地說，「不過世道不太平，我只是覺得既然有緣成為鄰居，大家就多相互留意，相互幫助。」

武內說完，才終於將視線從雪見身上移開，看向圓華。

「那就明天見。」

他摸了摸圓華的頭，走進自己家裡。

8 撒手

武內開始在梶間家幫忙已經一個星期，雪見不得不承認，這段期間的確減輕了婆婆的負擔。婆婆白天可以確保一定時間的睡眠，即使因為夜間的照護影響睡眠，也不會累積太多疲勞。那天之後，婆婆就沒有發生過恐慌或是過度換氣的情況。不知道是否因為婦產科處方的女性荷爾蒙錠劑開始發揮效果，婆婆的倦怠感和燥熱不再像以前那麼嚴重，原本就個性開朗的婆婆最近很自然地展露笑容。

滿喜子要在這個星期一的上午來家裡。

雪見在前一天接到她的電話。

「我原本想週六、週日去，但因為工作無法脫身，像我們這種自己做生意的，根本沒有假日。」

滿喜子說，她會在中午之前到，吃完晚餐就離開。她很少在非假日造訪，而且也很少當天就離開，雪見覺得她這次很匆忙。

「來幫忙的鄰居怎麼樣？沒什麼問題嗎？」

「沒什麼問題。」

「他明天也會來吧，沒關係，即使我去了也不必在意，請他還是照常來吧。」

她似乎打算親自驗證隔壁這個姓武內的人是否適合照護自己的母親。幾天之前，雪見也接到了滿喜子的電話，當時被問到對武內的印象時，雪見的回答不置可否，也許她敏感地察覺到這件事，所以很在意。

「雪見，來幫忙一下。」

這天早晨，婆婆餵奶奶吃完早餐後，雪見和她一起為奶奶翻身。

碗裡的鹹稀飯還剩下半碗，奶奶今天早上的食慾似乎不佳，但食慾也受到心情、味覺等問題的影響，即使吃的量很少，也未必是身體狀況不佳。實際情況只有奶奶自己知道，雖然她會說「不要了」，但不會說為什麼「不要了」。

「今天滿喜子姊姊要來。」婆婆在奶奶耳邊對她說。

「喔喔，」奶奶含糊地應了一聲，「醫生呢？」

「醫生也會來，今天很熱鬧。」

「喔喔。」

奶奶閉上眼睛，任憑雪見和婆婆為她翻身，不一會兒，她動動嘴巴。

「明天、獨自一人、在這海邊、徬徨……」

雪見和婆婆互看了一眼。

「心中、不禁回想、往日的時光……」

她在唱歌。奶奶用沙啞的聲音結結巴巴地唱著歌。雪見以前從來沒有聽過奶奶哼歌，所以有點驚訝。

「心情很不錯嘛。」婆婆輕輕笑著自言自語，似乎表示根本無法討厭奶奶。走回廚房之後，婆婆在洗早餐的碗盤時，也跟著哼起了〈海濱之歌〉。

十一點左右，武內上門了。

「住在川越的大姑今天臨時說要來這裡，」婆婆在客廳為武內送茶時說，「因為人手足夠，原本覺得今天不需要佔用你的時間了，但大姑說無論如何都要當面向你道謝。」

「真是不敢當。」武內抓了抓鼻子，「我今天會努力不礙手礙腳。」

雪見去二樓後不久，滿喜子就來了。雪見很想看看他們兩個人見面的情況，所以雖然沒有特別的事，但也跟在滿喜子身後。

「啊喲，謝謝你抽空來照顧我媽……」

「不，還很不熟悉，也不知道有沒有幫上忙……」

雙方客套地鞠躬寒暄，很快打完招呼。

雪見轉身離開，為滿喜子倒了茶。當雪見端茶過去時，滿喜子尖酸刻薄地說了起來。

「起初聽尋惠說時，我嚇了一跳。因為她說要找一個男人來幫忙，照護這種事，如果缺乏可以搔到癢處的細心，就很難勝任，我很懷疑男人是不是有辦法做好。如果我住在附近，根本不需要外人的協助也有辦法處理，但畢竟住在川越，而且也有自己的工作，即使想來這裡照護也無法如願，這真的很痛苦，在我媽的事上，經歷了很多痛心的事。」

雖然她說話時面帶笑容，但話中充滿了刺。

武內在一旁聽，雖然嘴角露出了笑意，但眼睛沒有笑。

滿喜子伸手拿起茶杯時，婆婆改變了話題。

「今天早上，我告訴媽媽說姊姊要來，她開心地哼歌呢。我第一次聽到她唱歌。」

「是嗎？真想親耳聽一聽。」滿喜子一臉遺憾，「對了，我要去向媽打聲招呼。」

說完，她就走去奶奶的房間，接著就聽到她和奶奶的說話聲傳遍了整個房間。

雪見把圓華交給婆婆，走進廚房為午餐做準備。今天吃午餐的人數較多，她打算多炸一些食材，如果時間充足，還可以預留一些晚餐時使用。

中途滿喜子也走進廚房，為奶奶做鹹稀飯。

「媽媽一直在說醫生、醫生。」滿喜子納悶地開口。

「是指武內先生，奶奶好像以為他是醫生。」

「原來是這樣啊，我原本以為她腦袋不清楚，原來我想錯了。」滿喜子恍然大悟，但隨即不悅地偏著頭說：「但讓媽媽產生這樣的誤會真是太過分了，感覺好像在騙人。尋惠為什麼沒有更正呢？」

雪見苦笑著掩飾，沒有表達意見。

滿喜子用飯勺裝了滿滿的飯放進鍋子。

「啊，奶奶今天早上胃口好像不太好。」

「嗯，媽媽看起來好像沒什麼精神，是不是因為一直由外人照護，她覺得很疲憊？」

原來在她眼中，可以用這種方式解釋。

但既然她也覺得奶奶沒什麼精神，是不是代表奶奶今天有點糊塗？難怪今天早上會唱歌。

「我會讓媽媽連同早餐的份吃下去，不必擔心。因為我做的味道不一樣，媽媽說我做的鹹稀飯最好吃。」

她每次都會帶來親自熬煮的高湯，還張羅了用自然農法種植的蔬菜和雞蛋。雪見從來沒有吃過，所以不知道到底好不好吃，但滿喜子的確很用心製作。

即使只是站在廚房，也會擋到頻頻走動的滿喜子，所以雪見張羅午餐的進度很慢，反而是滿喜子先做好了鹹稀飯。

「雪見，妳可以來幫忙，用抱枕把媽媽的頭墊高嗎？」

「好。」雪見聽到滿喜子這麼說，暫時放下了手上的事，跟在端著鹹稀飯的她身後走進奶奶房間。

武內正在奶奶房間為她按摩腿部。

「媽媽，有人在幫妳按摩腳，妳看起來很享受啊。」

滿喜子把托盤放在床頭櫃上，奶奶用沙啞的聲音說：「這個醫生很好……」

「媽媽，這位先生不是醫生，是住在隔壁的鄰居，是鄰居。」

雪見覺得根本不需要澄清這種事，但還是瞥了武內一眼，但武內一臉無趣，沒有什麼特別的表情。

奶奶聽了滿喜子的話愣了一下，然後張開沒有牙齒的嘴巴笑起來。

「媽媽顯然覺得怎麼會有這種荒唐的事。」

滿喜子看到奶奶的笑容覺得很好笑，高興地開著玩笑。奶奶很少笑，雪見也跟著笑了。

「來，妳幫我一下。」滿喜子對雪見說完後又轉頭對著奶奶，「媽媽，要把妳的頭墊高。」

「啊啊，我來我來。」

「沒關係，沒關係。」滿喜子大聲制止了準備走上前的武內。

滿喜子抱著奶奶的頭和肩膀，雪見把厚實的抱枕塞了進去。以前滿喜子曾經要求買電動床，但奶奶住院檢查時睡的就是電動床，當電動床豎起時，即使躺在床上也需要耗體力，奶奶的身體會一直往下滑，所以婆婆和雪見認為即使買電動床也沒有太大的意義，再加上公公優柔寡斷，不表示意見，滿喜子也就不再堅持。

「媽媽，我做了好吃的鹹稀飯，馬上就來餵妳吃。」

奶奶開始吃飯，雪見走回廚房開始炸肉餅、牡蠣和豬肉蘆筍捲，又做了沙拉。因為圓華吃飯時常吃得滿桌，所以為她做了幾個小飯團。

雪見又做好了味噌湯，等一下只要盛飯就可以吃午餐了。奶奶也終於吃完，武內拿著托盤走進廚房放在桌上。

「不好意思，麻煩妳了。」

「喔，好。」

鹹稀飯只剩下幾口而已，滿喜子餵奶奶吃了八成。剛才那麼一大碗，現在只剩這麼一點，雪見不由得感到佩服，也難怪滿喜子剛才說得自信滿滿。

洗了碗和裝果凍的盤子，茶杯用海綿洗了吸口，然後用清水沖乾淨。

剩下的人要在哪裡吃午餐？這一陣子，武內和婆婆都在客廳吃飯，今天滿喜子也在，所以還是所有人都坐餐桌旁吃飯比較妥當。

雪見去問了正在客廳和圓華一起看繪本的婆婆，婆婆回答說：「好啊，就這麼辦。」

「圓華，趕快來洗手。」

她帶圓華走進盥洗室，用洗手乳幫她洗了手。

這時，滿喜子走進來。

「有沒有小毛巾？我想幫媽媽擦一下臉。」

雪見從櫃子裡拿出小毛巾，想要擠開圓華把毛巾弄濕，滿喜子制止了她。

「沒關係，等她洗完手再說。」

滿喜子似乎也趁此機會喘口氣，玩著圓華的麻花辮說：「圓華，媽媽幫妳綁了這麼可愛的辮子啊。」

圓華從鏡子中盯著滿喜子的臉，有些畏縮，什麼話也沒說。

「可以把抱枕移開了嗎？」武內在奶奶的房間門口問。

「喔，好啊。」滿喜子頭也不回，冷冷地回答，然後嘀嘀咕咕地自言自語，「根本不必那麼多事，但他很愛插手。」

滿喜子看向雪見想要徵求她的意見，雪見不置可否地笑了笑。

「奶奶真的連同早餐的份也一起吃了。」她為圓華擦手時改變話題。

「對，餵得很辛苦，但還是硬塞下去。」滿喜子和圓華換了位置，用熱水打濕毛巾，「有時候也會像今天一樣。」

「吃那麼多，應該足夠了。」

「不能等她把上一口吞完再餵，必須一口緊接著一口，但應該只有我有辦法做到。」她得意地說。

武內從奶奶房間走了出來，雪見看著他說：

「啊，午餐已經做好了。」

「喔喔，每次都麻煩妳。」武內微微點頭，繞到雪見身後，在滿喜子後面洗了手。

「姑姑，妳也快來吃。」

「好、好，我擦完就過來。」滿喜子回答後，拿著擰乾的毛巾，走向奶奶房間。

雪見和圓華走去廚房。

婆婆正在廚房內把茶倒進幾個杯子。

雪見正準備踏進廚房……

身後傳來滿喜子發出的分不清是「啊」還是「呃」，像是被喉嚨壓扁的叫聲。

雪見起初只是回頭看了一眼，因為今天家裡人多聲雜，她並沒有太在意。

站在雪見身後的武內也只是回頭看了一下，沒有其他反應。

「來人啊！」

滿喜子又叫了一次，這次清楚聽到求救的聲音，而且充滿了不尋常的緊張。婆婆看了雪見一眼，立刻臉色大變。

雪見跟著武內走進奶奶的房間。

她最先看到滿喜子想要做什麼，卻不知道該做什麼的樣子，只是跺著腳，雙手毫無意義地亂動。

奶奶在她身後瞪大眼，下巴抽搐著，嘴邊是吐出來的鹹稀飯。

「噎到了！」

婆婆在雪見的身後大叫著。

包括雪見在內的好幾隻手都伸向奶奶的嘴，但徒手無法撬開她的嘴巴。

「姊姊，趕快拿湯匙！」

聽到婆婆的叫聲，愣在她們身後的滿喜子慌忙走去廚房。

幾個人七手八腳地用滿喜子拿來的幾支湯匙撬開了奶奶的嘴，然後把她嘴裡的鹹稀飯挖了出來。奶奶似乎吐了不少，無法一下子挖出來，喉嚨發出痛苦的嘔吐聲。

奶奶翻著白眼，臉色鐵青的樣子顯示出事了。

「雪見，快叫救護車！」

雪見聽到婆婆的叫聲，立刻走出了奶奶房間。

「我、我來、我來打……」

滿喜子神色緊張地說，但雪見擔心她說不清楚地址，於是自己跑向電話。

在救護車抵達時，奶奶嘴裡的食物幾乎都挖了出來，但奶奶沒什麼反應，也不知道她有沒有呼吸，手腳都變成了紫色，眼睛痛苦地流著淚，一道淚痕順著太陽穴流下。

婆婆和滿喜子叫奶奶的聲音很快就被救護車的警笛聲淹沒了。

❖

尋惠和滿喜子一起坐在醫院急診室的候診室前。

滿喜子坐上了救護車，尋惠向雪見借了Corona的鑰匙，跟在救護車後趕到了醫院。雪見留在家裡，然後請武內先回家了。

滿喜子坐上救護車時，救護人員正在救護車上為婆婆做心臟按摩搶救。尋惠覺得一切都很不真實。

當她晚一步趕到候診室時，滿喜子一臉快哭出來的表情看著尋惠，尋惠不禁以為婆婆已經走了，但尋惠誤會了，醫生還沒有出來說明情況。尋惠這才發現，自己已經做好了最壞的打算，然後坐在滿喜子身旁，不願正視她悲痛的表情。

「我……都是我不好，早知道不該強餵媽媽。怎麼辦？我殺了媽媽。」滿喜子說著讓人聽了於心不忍的話。

「別這麼想，而且現在還不瞭解情況……」

不會有事。尋惠說不出這句話。

「媽媽就在我面前一直嘔吐……看起來很痛苦，但我什麼忙都幫不上。」

「這也是無可奈何的事。」

「因為她看起來沒有食慾，所以我還餵得比平時少了一些，唉，一定是餵太多了……唉，怎麼會這樣？」

滿喜子雙手捂著臉，肩膀顫抖著。

婆婆也因為是女兒親自下廚，所以就努力多吃嗎？尋惠覺得心有餘悸。因為她之前就一直擔心自己餵婆婆吃飯時會發生這種事，所以完全無意責備滿喜子。即使出現最壞的狀況，這也是她們母女之間的事，自己這個外人不便插嘴。

「梶間曜子的家屬……」

門打開了，一名年輕男醫生走出來。

「是……」尋惠和滿喜子同時起身，在醫生的示意下，跟著他進去。

醫生帶她們來到一間像是診間的地方，旁邊放了一張桌子。

「請兩位坐下。」

聽到醫生這麼說，尋惠讓滿喜子坐在圓椅上，自己坐在鐵管椅上。

「根據救護人員的報告，梶間曜子在今天中午十二點半左右，在床上嘔吐中午吃的鹹稀飯，結果卡到喉嚨，造成呼吸困難。」

醫生淡淡地說明，尋惠附和了一聲「對」。

「當救護人員趕到時已經是沒有呼吸，心臟幾乎沒有跳動的狀態。在送往醫院的途中一直做人工呼吸等急救工作……送到這裡已經超過二十分鐘……也持續進行搶救，但心臟並沒有恢復跳動的跡象……」

尋惠覺得沉重的空氣籠罩全身，她渾身都無法動彈。

「很遺憾……接下來就看家屬是否同意停止急救……」

「怎麼會這樣？」滿喜子語帶哽咽，「不能想想辦法嗎？！」

「我們也很希望可以想辦法救回來，」醫生有點難以啟齒地說，「因食物卡到喉嚨而失去生命真的很可憐，但這種情況經常發生在老人身上，因為他們吞嚥和嘔吐的能力都衰退了，曜子老太太也已經八十多歲，而且臥床多年……她至今為止已經很努力了，所以是否考慮讓她平靜地離開？」

既然醫生這麼說，恐怕真的無能為力了。尋惠接受了這個結果，對咬著嘴唇不發一語的滿喜子說：

「姊姊……那就這麼辦，就為媽媽送行吧。」

滿喜子滿臉沉痛地用力點頭。

「請兩位跟我來。」

醫生起身，向她們招招手。

簾子後方是急救室，反射著冷光的亞麻地板上雜亂地放著醫療儀器和氧氣瓶，婆婆躺著的擔架床在急救室後方，有幾名醫生和護理師圍在擔架床旁。

當尋惠和滿喜子站在婆婆身旁時，後方的簾子拉了起來，正在做心臟按摩和人工呼吸的人停手，向後退了一步。

婆婆微睜著眼睛，明顯已經死了。

她已經不知道自己躺在這裡了……尋惠看著婆婆靈魂已經抽離的身體想道。

「心臟已經停止。」

醫生再次說道，抬頭看向掛在牆上的時鐘。

「死亡時間是一點十五分。」

醫生用公務口吻說完，微微鞠躬。

「媽！媽！」

滿喜子撲到婆婆胸前嗚咽起來。

尋惠只是默默看著這一幕。原來現實生活中也會有這種好像電視劇一樣的景象……她故意讓這種冷靜的想法閃過內心，否則會湧起無法克制的情感。

醫生放棄了進入自我世界的滿喜子，轉身對尋惠說：

「從病人的狀態來看，應該就是嘔吐物造成窒息，但為了謹慎起見，要採取未消化食物進行檢驗，瞭解胃中是否有含有毒性的食物。之後會清潔身體，可以請妳們去候診室等候嗎？」

尋惠對醫生的意見沒有異議，於是表示同意。

「另外，如果有需要更換的壽衣，可以拿過來。」

「喔……那我去買壽衣。」

尋惠說完，把手伸進皮包。皮包裡有皮夾。

她摟著不願離去的滿喜子走出急救室。

然後，她獨自走去病房大樓的商店。

她在商店買了有櫻花圖案的粉紅色壽衣。

當她抱著壽衣，沿著走廊往回走的途中……

她再也無法克制內心的情緒。

她坐在旁邊的長椅上，用手帕捂住臉。

婆婆曾經在生活中佔了很大的比重。

是自己用整個身心照護的人。

尋惠對自己的戰爭就這樣突然落幕感到虛脫，體會到這個戰局既沒有人獲勝，也沒有人輸，只感到寂寞不已。

婆婆直到最後，都沒有對自己說聲謝謝。

原本至少希望從她口中得知，是否接受了這樣的自己。

結束了，全都結束了……想到這裡，就不由得感到空虛寂寞。

回到家後，讓婆婆頭朝北方躺在神桌前。雪見鋪好了被子，滿喜子和葬儀社的人匆忙討論相關事宜後，暫時先回去川越了。

雖然在醫院時已經打電話到大學通知勳，但他仍然在下班五點多才回到家。

勳穿著西裝走進婆婆躺著的房間，就像弔唁的外人一樣合掌跪坐在那裡，看著抹了胭紅後靜靜躺在那裡的婆婆，嘆了一口氣。尋惠只能從他的嘆息聲中感受他的感傷。

「媽在你買的房子走完最後一程……」

尋惠小聲地說，他也只是在喉嚨深處「嗯」了一聲。

尋惠、雪見和俊郎等人和葬儀社討論後，決定隔天的守靈夜和後天的葬禮都在附近的殯儀館舉行，勳只是看了日曆，確認日期而已，沒有表達任何意見。

勳走回自己房間，尋惠不由自主地跟在他身後。她很想聽聽勳親口表達的感想，無論是「太遺憾了」，或是問「有沒有通知親戚」，或是問「照片選好了嗎」都無妨，她希望和勳談論有關婆婆的事，分享內心的失落。

勳脫了上衣之後放在床上，然後在床上坐下。在解開領帶時看著尋惠。

「關於武內先生，」他突然語氣沉重地開口，「可不可以由妳跟他說，請他不要來參加守靈夜和葬禮？」

「啊……什麼意思？」

他皺起眉頭說：「因為法院的人也會來參加，我不想引起不必要的臆測。」

「臆測？」

「人家會納悶，為什麼會在前審判長家的葬禮上看到之前參與審判的被告，當時參與那起案子的紀藤他們應該也會來參加，到時候看到武內先生，不是會覺得很驚訝嗎？如果被人懷疑在那場官司之前就和他有關係就傷腦筋了。」

尋惠完全不以為意。

「或許是這樣，但人家根本沒有做任何虧心事，竟然要他迴避……」

武內協助照護婆婆，在婆婆的遺體回家之後，他也曾經來看婆婆，流著淚合掌，還提出葬禮時可以幫忙接待，尋惠答應會找他幫忙。

尋惠覺得他因為受到冤枉而必須這樣避人耳目過日子很可憐，而且竟然是當年宣判他無罪的人提出這種要求，更是一種諷刺。

「只要妳去跟他說，他就會瞭解，所以妳先去向他說清楚。」

既然這樣，勳可以自己去說。雖然尋惠這麼想，但也無意反駁，於是只好走出家門，按了隔壁的門鈴。

也許是知道尋惠家正在忙，所以武內看到她，一臉惶恐地從玄關走出來。在尋惠結結巴巴地說了勳要她轉告的話後，武內臉上的表情轉成淡淡的笑。尋惠知道他勉強擠出笑容，不由得感到難過。

「這也是無可奈何的事，我完全能夠理解梶間教授的意思。」武內的態度有點過度乾脆，「這也是我的宿命，雖然很遺憾……真的很遺憾……但這種事，也許必須背負一輩子……」

尋惠發現武內臉上帶著笑容，但眼眶中含著淚水，於是鞠躬，不願正視他的臉。

「真的很抱歉。」

「不不不，妳不需要道歉。這不是任何人能夠解決的問題，我瞭解了，對我來說，造成他人的困擾也是我最不樂見的事，那我明後兩天就迴避一下。」

「真的很抱歉。」尋惠除此之外，不知道該說什麼，一次又一次向他鞠躬。

「如果今晚是只有親屬參加的守靈夜，我晚一點可以去稍微打擾一下嗎？」

「好，如果你願意，請務必光臨。」

尋惠誠惶誠恐地說，武內用力拍拍她的肩膀。

「太太，奶奶絕對瞭解妳對她的付出，妳這麼盡心盡力，她不可能不瞭解。雖然事出突然，但時間到了，任何人都無法改變。現在就專心送她走最後一程，還要再辛苦一小段路，但很快就能夠展開新的生活，接下來就要為自己過日子，我會支持妳。」

尋惠聽著武內說這些話，忍不住熱淚盈眶，根本無法正視武內的臉，只能低頭鞠躬，回到自己家中。在自己的這場戰爭中主動伸出援手的戰友果然很瞭解狀況，他的鼓勵勝過一切。

九點左右，僧侶已經為奶奶誦完經，家人一起吃完晚餐，通知親朋好友也告一段落，家裡開始瀰漫憂傷的氣氛。這時，武內來到了梶間家。

他簡單地向動表達了哀悼，並把哀悼的點心和奠儀放在婆婆枕邊，握著佛珠，合掌默禱了很長時間，然後和在僧侶誦經前抵達的小叔登打了招呼。

「聽說奶奶今天早上還在哼歌……沒想到竟然會發生這種事。」

「是喔，我媽竟然唱歌，她可能有什麼預感，因為她向來直覺很靈敏……真是太不可思議了。」

武內和登閒聊了幾句之後主動結束話題，彬彬有禮地說聲「今天就先告辭了」，就靜靜地離開。

原本蹺著腿坐在客廳沙發上的俊郎看到武內離開，立刻起身拿起武內留下的奠儀。

「哇，好厚一疊。」他說話的語氣和目前的場合格格不入。

「別這樣。」尋惠訓斥他，動皺皺眉頭，對俊郎說：「你打開看看。」

和之前杜賓犬事件時一樣，奠儀袋內裝了三十張一萬圓。

9 可疑

「差不多回家了，好不好？」

圓華滑下來時，雪見覺得她應該已經玩夠了，於是這麼問她。

「還沒有，還要再滑。」

圓華很乾脆地拒絕了，再度走上滑梯。雪見無可奈何，只能扶著她的背，以免她不小心踩空跌倒。

圓華已經適應了這個公園的滑梯，所以得意地滑了一次又一次。尤其今天剛下過雨，公園內沒有其他小朋友，圓華可以獨佔滑梯。沙坑有很多積水，她一直在玩滑梯。

雖然已經進入梅雨季節，但雨都沒有下太久，今天中午之前就恢復了好天氣。之前因為奶奶舉辦葬禮，再加上連續下了幾天雨，圓華的壓力已經破表，無論做什麼都情緒化地反抗，打她的腿時，雖然當場會安靜下來，但很快就又開始吵鬧。這個絕招雖有即效性卻沒有持續性，也不能一直仰賴這種方法，雪見覺得最好的方法就是找方式讓她紓壓，於是就下定決心，帶她來還有很多水窪的公園。圓華只玩滑梯，但鞋子不知不覺中滿是泥巴，長襪上也有不少泥水濺起的污漬。

「好了，最後一次。」

「不要。」

「那最後兩次。」

即使圓華還想繼續玩，只要雪見一次又一次提醒，她就會漸漸放棄，覺得也差不多了。滑了兩次之後，圓華偷瞄著雪見的臉。

「結束了嗎？」

圓華慌忙搖頭。

「那最後一次。」

圓華順從地點點頭，走上了滑梯。太好了，太好了。雪見這麼想著，扶著圓華的背。

她看著圓華後背的視線延伸向後方……

發現有一個男人看了過來。

一個男人坐在停在公園旁馬路上的車內看著雪見。

然後他移開了視線，關上車窗。

男人陰沉的雙眼好像有什麼目的。

而且那是一輛黑色的車子。

雪見感到肩膀一陣寒意。

「媽媽，可以再滑一次嗎？」

圓華拉著她的裙子，雪見回過神。

「不行不行，太陽公公會生氣，手手會變紅，我們回家吧。」

雪見比剛才更想早點回家。

「抱抱。」

圓華趁機提出交換條件，雪見屈服了，抱著圓華走出公園，離開泥濘路段後，立刻把她放下。

「好，抱完了。」

雪見根本沒有力氣把她一路抱回家。

但她和圓華牽起手。

「歡迎來我們這一家，歡迎來我們這一家……」

她和圓華一起唱著歌回家。

她聽到後方傳來踩在柏油沙子路面的聲音。

回頭一看，身後有一個陌生的男人，因為男人離她們很近，她不禁嚇了一跳。

「請問，」男人繞到雪見前面，擋住了她的去路。雪見情不自禁拉住圓華的手，把她拉到自己身後。「妳知道我是誰嗎？」

被一個素昧平生的男人這麼問，雪見感到異常，懷疑對方是變態。

男人看到雪見沒有回答，把手伸進了上衣口袋。

「我是報社的人。」他冷冷地說道，遞上名片。

這個關東日報的記者姓寺西，既然是記者，有什麼好問別人知不知道他是誰。

雪見搞不清楚他的意圖，心生警戒，並沒有接過他的名片。

雪見看著寺西的眼睛發現，他就是剛才在公園時，坐在車上看自己的男人。這個四十多歲的男人肩膀很厚實，一臉凶相，給人一種陰森的壓力。比起記者，他看起來更像是刑警或是自衛官。

「請問妳是梶間先生家的人吧？」

他用粗魯的語氣問，雖然措詞很客氣，但有一種格格不入的感覺。他似乎認為雪見沒有回答就是承認，繼續問道：

「請問去世的梶間曜子和梶間勳是什麼關係？」

「……是他的媽媽。」雪見被他的氣勢震懾，很不甘願地回答。

「去世的原因是什麼？」

即使對方是記者，自己根本不認識他，有必要回答這種問題嗎？也許是因為他態度的關係，雪見覺得這個人很粗魯無禮。

「你為什麼要問這種問題？」

雪見反問道，寺西一時語塞。他煩躁地抓抓頭，一臉苦惱地向雪見逼近了一步。

「請妳回答我。」

「不好意思……我在趕時間。」

雪見想要走過去，寺西抓住她的肩膀。雪見甩動肩膀，他縮了手，但又繞到雪見的前面，一雙通紅的眼睛看著她。

「有、有沒有可疑……死因有沒有可疑的地方？」

這個人在說什麼……雪見立刻回答「沒有」，再度閃避他的身體。

「武內真伍不是經常去妳家嗎？他和梶間曜子之間是否曾經有過什麼事？」

雪見在感到不知所措的同時產生了反感，而且反感比不知所措更強烈。

「請你不要偷窺別人家。」

「梶間曜子去世時或是即將去世前，武內是不是在妳家？」

在對這個問題一笑置之前，當時的記憶閃過腦海，雪見一時說不出話。

寺西突然看向岔路，然後一直盯著那裡，馬上對雪見失去興趣。

岔路是狹窄的石階坡道。雪見轉頭一看，發現武內拎著超商的袋子，正沿著石階走上來。

「下次有機會再聊……」

寺西用充滿壓抑的聲音說道，緩緩走回公園的方向。

武內已經走到離雪見很近的距離，圓華走得慢，很快就會被他追上，所以雪見放棄先走一步。

武內走上石階後，對圓華露出了笑容。

「圓華，要不要吃點心？」

說完，他把手伸進袋子，拿出感覺就是為圓華而買的小熊餅。

圓華看著雪見的臉。

雪見在無奈之下只能同意，「要說謝謝。」

「謝謝。」圓華戰戰兢兢地從武內手上接過點心。

「之前很謝謝你。」

這是奶奶去世之後第一次遇到武內，雪見向他道謝。

「不客氣。」武內輕鬆以對，走過雪見的身邊。

「剛才的男人……」武內頭也不回地說，「他很危險，最好不要和他有什麼牽扯。」

雪見忍不住看著武內的背影，他若無其事地繼續走著。

雪見覺得有什麼拂過自己的後背，但那不是風。

隔天，雪見接到了滿喜子打來的電話。

「啊，媽去髮廊了。」

「沒關係，沒關係，跟妳說就好。」

滿喜子的聲音中帶著疲勞。她在葬禮時很憔悴，很少說話，眼睛凹陷下去，讓人看了於心不忍。

「姑姑，妳身體還好嗎？」

雪見關心地問，滿喜子嘆著氣說：

「昨天之前，我一直都躺在床上，今天勉強下床了。」

滿喜子無力地說，和之前判若兩人，雪見忍不住有點同情她。雖然並不喜歡滿喜子這個人，但雪見很欣賞她對奶奶的孝順，奶奶又是以那種方式離開人世，一定對她造成了很大的打擊。

「姑姑，妳不要想太多了。」

「嗯……」滿喜子又嘆了口氣，「雪見，妳怎麼認為？果然是我的錯嗎？」

「怎麼會呢？這不是錯不錯——」

「不，雖然是我的錯，但每次回想這件事，就覺得原本是不是可以避免？因為如果不是好幾件事巧合地湊在一起，就不會發生那種事。」

「是啊，只能說運氣不好。」雪見配合她的說詞安慰道。

「那個姓武內的人……他問要不要把原本墊高媽媽頭部的抱枕移開，然後就把抱枕移開了。這也是原因之一……他當時沒有發現媽媽看起來不舒服，或是感覺想要嘔吐嗎？當時我回答說，可以把抱枕移開，所以也不能怪罪他，但是，當時做夢都不會想到會發生這種事。我去看媽媽的時候，她已經開始嘔吐了，如果他當時就發現不對勁，稍微多注意一下，也許就可以避免……」

雪見聽了滿喜子的話，感覺到內心的不平靜。這種不平靜源自昨天記者寺西問的那句「死因有沒有可疑的地方」。

雪見沒有吭氣，滿喜子窘迫地向她道歉。

「對不起，不能把責任推卸到別人頭上，忘了我說的話，不要告訴尋惠。」

「喔……」

「但我真的很難過……雖然不奢望妳可以理解我的心情……但只是想說出來。妳忘了我剛才說的話，好不好？」

「喔……」

「雖然我不知道能不能每次作七就去一趟，但尾七無論如何都會去。那就到時候再見了。」

滿喜子掛斷了，雪見放下電話。

武內當時的確在場，但也僅此而已。

只是僅此而已……為什麼會耿耿於懷？

接到滿喜子電話那一天，雪見收拾完午餐，圓華也一直催促著要去公園，於是她就帶圓華去公園。

目前這個時間，幼兒園和小學都還沒有放學，那個長髮弟弟和棕髮弟弟也不會在這個時間去公園，很多媽媽都已經在上午帶小孩子去公園玩過了，所以是公園內人最少的時段。

雪見只是擔心昨天那個姓寺西的男人，他今天會不會又把車子停在公園？到時候該怎麼辦？還是去更遠的那個公園？

雪見既想瞭解他到底有什麼目的，又不想和他有任何牽扯。

她知道武內獲得無罪判決的那場審判引起很多討論，也知道公公就是那次審判的審判長，還曾經在電視的新聞報導中，看到公公身穿法袍，一臉正色的樣子。

既然寺西身為記者，當然會對那起事件耿耿於懷，然後在武內周圍展開調查。武內是不是有什麼會讓記者採取這種行動的隱情？

轉向公園的十字路口就在前方，雪見停下了腳步。

一輛黑色車子車尾朝向這裡，就停在十字路口對面。

是不是那輛車……雪見警戒地再度邁開步伐，車子突然啟動。

車子漸漸遠去，沿著彎道消失不見了。

原來不是……

還是車上的人從後視鏡中看到自己，所以才開走了？

雪見轉頭看向後方，但路上除了自己和圓華，沒有其他人。

有太多匪夷所思的事了。

來到公園，並沒有看到那輛黑色轎車。她讓圓華自由玩耍，不經意地注意觀察周圍，但並沒有黑色轎車經過公園。

她既覺得鬆了一口氣，但又有點失望，心情很複雜。

圓華已經愛上了滑梯，今天又可以獨佔，但玩了不到十分鐘，有一個帶著和圓華相同年紀小孩的媽媽走進公園。

「午安。」

對方走向雪見和圓華後，主動打了招呼。雪見感到有點意外，因為那個媽媽看起來很內向，完全沒有霸氣，而且有點蒼老，看不出她的年紀。以前沒有看過這個人，感覺好像是勉強向雪見打招呼。雪見猜想他們最近才搬來這裡，所以鼓起勇氣帶小孩來公園玩。

「午安。」雪見也親切地向他們打招呼。

「午安。」

那個孩子也打了招呼，讓雪見感到很驚訝，很難相信這個年紀的小孩能夠向初次見面的人主動打招呼。那個男生眼睛很大，長得很可愛。

「你好厲害，會主動打招呼。你今年幾歲了？」

「三歲。」男孩豎起三根手指，他的媽媽補充說：「剛好這個月滿三歲。」

原來和圓華同年。雪見不由得佩服這個男孩的乖巧，一問他的名字，他回答說：「松井和人。」雪見聽名字的讀音，猜想漢字應該是「松井和人」。

「阿姨，我也想去溜滑梯。」

雪見聽到和人這麼說，不禁苦笑，原來自己在他眼中是阿姨，但還是語氣開朗地說：「好啊。」

和人的媽媽也同時回答了相同的話。

「啊，那個，」和人的媽媽有點結巴地說，「他是我妹妹的小孩，拜託我幫她照顧。」

「喔，原來是這樣。」雪見以親切的笑容化解尷尬。

雪見恍然大悟。眼前這個女人感覺不太像年紀這麼小的孩子的媽媽，雖然並不會讓人討厭和她在一起，但她空洞的眼神有一種讓人無法輕鬆相處的陰暗。

和人很活潑，而且很自制，和他阿姨呈現明顯的對比。圓華可能為後面有人感到焦急，站在滑梯上方遲遲不敢下來，磨蹭了很久，和人一直靜靜地等在那裡。

最後，圓華在雪見的協助下，才終於滑下來。

「圓華雖然比和人大兩個月，但和人真的很乖啊。」

一問之下才知道，和人的媽媽在生他兩個月之前，都一直在幼兒園當保育員。雪見忍不住問，和人的媽媽會不會打小孩，和人的阿姨淡淡地笑了笑，否認說從來沒有看過。雪見很想請教一下和人媽媽的育兒秘訣。

「請問……」和人的阿姨吞吞吐吐地問，「妳等一下有空嗎？」

「呃……什麼意思？」雪見訝異地反問。

「如果妳有空，要不要去附近的咖啡店坐一坐？」

「但圓華才剛來不久。」

「等她玩一會兒之後。」

雪見覺得她的邀請很唐突，也很勉強。雪見在人際關係有點慢熟，但和人的阿姨看起來很不擅長和別人打交道，第一次見面就提出這種要求，感覺很不自然。

「對不起。」雪見憑直覺搖搖頭，「今天家裡有事，我婆婆在等我回家……下次吧。」

雖然現在無法再使用要照顧奶奶這個絕招，但只要說家裡有事，對方應該也不至於勉強，所以她用了這個藉口推辭。

「那就……下次再說。」和人的阿姨露出像蒸騰熱氣般虛幻的笑容說。

❖

「雪見？」

尋惠聽到二樓有動靜，忍不住看著樓梯上方。俊郎上午就出門了，雪見帶著圓華去公園，難道已經回家了？但都沒有聽到圓華的聲音。

「雪見。」

尋惠緩緩走上樓梯。

她覺得聽到了隱約的動靜。

西式房間是俊郎的書房，門敞開著，一眼就可以發現裡面沒有人。

和室的紙拉門虛掩著，潮濕的風從裡面吹了出來。

她打開紙拉門。

房間深處的窗簾飄了起來。

風從紗窗吹進來。不知道是否因為風太大的關係，掛在窗框柱子上的塑膠籃掉下，曬衣夾都散落在榻榻米上。

風越來越大，可能又要下雨了……尋惠在撿曬衣夾時這麼想，然後把晾在陽台上的床單收了進來，還把紗窗那一側的落地窗關上一半。每次圓華身體癢，雪見就嚷嚷著病態建築症候群、病態建築症候群，所以尋惠最近都會稍微開著落地窗。

折好床單後，她回到一樓，走進客廳時，停下腳步。

露台外側……

她發現院子裡有人影。

有一個男人縮在院子角落。

尋惠走向露台，打開落地窗。

男人……武內聽到聲音後轉過頭，撥起被風吹亂的頭髮，對尋惠微笑。

「我看到大花蕙蘭倒了。」

他掬起散落在地面的培養土，放進花盆內。

「啊呀啊呀，不好意思，還麻煩你幫忙。」

「不不，我才不好意思，擅自走進妳家的院子。」

她和武內一起把花盆搬到不會被風吹倒的地方。

搬完之後，武內起身，尋惠鞠躬向他道謝。

「之前真的很感謝你，託你的福，葬禮很順利完成了。」

「那太好了。」武內也向她微微鞠躬。

「而且，你太客氣了，包了那麼多奠儀……」

「這只是一點心意，請妳不必放在心上。以後我可能也會麻煩你們，大家相互照應啦，妳也不必回禮。」

「啊喲……這怎麼行？」

武內靜靜地搖著頭，結束這個話題。

「是不是忙得差不多了？」

「是啊。不知道該說忙得差不多了，還是整個人沒了動力……」

「我相信妳一定很快就會振作起來。雖然這麼說有點那個，妳現在恢復了自由身，所以要好好享受才行。」

武內說了這句話，害羞地聳聳肩，然後說著「我偷懶一下」，像小孩子一樣翻越柵欄，跳到除了頂蓋以外，幾乎都已經完成的花架旁，調皮地笑了。

「妳的髮色很漂亮。」

「啊喲……」尋惠用手按著被風吹亂的頭髮，「因為髮廊的人一直推薦，只有在明亮的光線下才會隱約看到。」

「看起來很柔和，很適合妳。」

家裡只有雪見注意到，所以尋惠很高興。

「喔，圓華。」武內看向尋惠身後，「午安。」

從公園回家的圓華從露台上探出頭看著他。

「妳等一下。」武內說完，走回家中，很快又出來，「來，請妳喝飲料。」

武內遞過來一瓶養樂多，圓華不知道該不該收下，尋惠從他手上接過後，打開蓋子，交給了圓華。

「有沒有說謝謝？」

「謝謝。」圓華用幾乎聽不到的聲音說，然後津津有味地小口小口喝了起來。

武內瞇眼看著這一幕。

那天晚上，尋惠快要睡著時醒了過來。她睡迷糊的腦袋以為婆婆在叫自己，但立刻發現不可能。

樓上很吵，傳來圓華的吵鬧聲。一看時鐘，早就過了十二點。

「怎麼了？」

她走上二樓，向和室內張望。和室亮著燈，圓華躺在被子上，用盡渾身的力氣放聲大哭。

雪見一臉不耐煩的表情坐在旁邊。

「唉……她都不睡覺。」

「不睡覺？她今天中午不是沒睡午覺嗎？」

尋惠以為圓華發燒了，摸摸她的脖子，感覺不太像。圓華掙扎著，尋惠立刻把手縮回來。

「莫名其妙。」雪見說。

仔細一看，發現圓華的太陽穴上滲著汗。雖然開了電風扇，但二樓感覺很悶熱。

「是不是太悶了？要不要開一下冷氣？」

圓華這麼放聲大哭，當然會流汗，但現在似乎也沒有其他方法。

尋惠回到一樓臥室，躺回床上。動睡得很香甜，發出均勻的鼻息。

圓華繼續哭了二十多分鐘，仍然沒有停止。

尋惠再度上樓。

「這會影響俊郎讀書，妳帶她去樓下睡吧。」

雪見有點不悅，但還是聽從尋惠的建議，移開客廳的茶几，把圓華的被子鋪在那裡。雪見似乎打算睡沙發。

圓華又繼續哭鬧，但尋惠先睡著了。

隔天早上……圓華平時七點左右就會大聲說話，但今天九點多了，仍然在客廳中央躺成大字。

「兩點，兩點才睡。」雪見腫著雙眼抱怨，「今天不去公園玩了，我要睡午覺。」

「她以後一定是個混夜店的女人。」俊郎開著不負責任的玩笑，出門讀書去了。

這天傍晚之前，都一直下著綿綿細雨，即使雪見精神很好，也不可能去公園玩。

四點過後，尋惠獨自去買菜，讓雪見和圓華留在家裡。她打算偶爾做壽喜燒，買完牛肉走出超市，發現雨已經停了，露出晴空，東方的天空出現彩虹。

她回家立刻叫雪見：

「雪見，有彩虹，趕快叫圓華來看。」

雪見在客廳打瞌睡，聽到尋惠的聲音抬起頭。

「啊，剛才看到了。」

「圓華呢？」

「在院子裡。」

尋惠走去露台，發現圓華在院子裡，武內在柵欄的另一側。

「有彩虹。」

武內看到尋惠，指著天空說。尋惠笑著點頭。

圓華根本沒有看彩虹，小口喝著養樂多。

10 墓地

雪見摸了摸鋪在客廳圓華的被子，再度失望。

這一個星期，圓華尿床三次，而且這段期間經常到半夜兩三點才睡覺，所以都理所當然睡在客廳。圓華睡在放神桌的和室，或奶奶之前睡的房間會害怕，結果就只能睡客廳。

雪見為圓華脫下睡衣和內褲，換了床單和被套，放進洗衣機。

她面對圓華，為她穿上褲子。

「今天睡覺時要不要再穿尿布？」

雪見嘆著氣問，圓華委屈地說：「不要。」

「不然該怎麼辦呢？妳又會尿床啊。」

雖然明知道和小孩子討論這種事也無濟於事，但還是無法不說。

「下次不會了。」圓華一臉快哭出來的表情。

雖然圓華也不想尿床……原本以為戒尿布很順利，所以格外失望。

正確地說，雪見並不是對圓華感到困惑，而是對自己。這一個星期以來的生活，完全擊潰她在育兒方面的自信。

之前即使圓華反抗，即使管教吃力，她認為基本上都在自己的掌控之中。大致瞭解遇到什麼狀況時該如何應付，只要仔細思考，幾乎都能瞭解圓華為什麼鬧情緒。

但最近多次發生令她完全不知所措的失控狀況，圓華沒來由地放聲大哭，完全無法溝通。生氣也不奏效，安撫也不管用，抱她也不行，丟著她不管也不見好轉，簡直就像變成了另一個小孩，完全超越之前的經驗和理解，令雪見束手無策。

圓華在將近中午起床後到傍晚的這段時間很平靜，或多或少的反抗或哭鬧都在理解範圍內，身體看起來也沒有太大的問題，但一到晚上想要讓她躺進被子哄她睡覺時，她就踢著腳鬧情緒，唱催眠曲或說故事給她聽都沒用，最後就放聲大哭。如果對她發脾氣，等於火上澆油，好不容易睡著，結果又尿床。

是因為奶奶的死造成了她情緒不穩定嗎？還是敏銳地感受到俊郎因為要參加論文考試的緊張情緒？或者只是成長過程中常見的現象？

雪見完全無法靠以前的經驗解決，這一陣子，她自己也有失眠現象，一聽到圓華的哭聲，情緒就開始緊張。只要聽到圓華不尋常的哭聲，就會產生害怕的感覺。

而且雪見內心產生難以置信的衝動。當圓華哭得太凶時，雪見會不禁想去捂住她的嘴巴，她唯一能做的，就是克制這種衝動，除此之外，只能茫然地放棄管教，完全無法採取任何方法。她已經失去了堅持到底的毅力，對這個燙手山芋感到束手無策，很想丟下不管。

這一天要作二七的法事，十一點左右，寺院的住持上門誦經。滿喜子沒有出現，婆婆和俊郎坐在祭壇前。公公身為大學司法考試學習會指導員，昨天就去參加了合宿。圓華不知道是害怕祭壇上的遺照還是骨灰罈，不願走進和室。雪見抱著圓華坐在腿上，在客廳看著法事，為其他人倒茶。

「請問……什麼時候下葬比較好？」

住持聽了婆婆的問題後回答：「最近有很多人都在百日下葬，如果要挑選大家都在的日子，四十九天的時候也無妨。」

「這樣比較好，可以讓奶奶早點和爺爺在一起。」俊郎說。

婆婆並沒有特別的想法，所以就決定在尾七時下葬。

吃完午餐後，婆婆從露台的窗戶看了戶外的天氣，轉頭對雪見和俊郎說：

「今天要不要去掃墓？我想順便去附近的石材店，請他們在墓碑上刻戒名。」

「我也要去嗎？」俊郎笑著問。

「偶爾休息一天沒關係啦，也可以順便去祈求你可以通過考試。」

「嘿嘿。」俊郎聽了之後，聳了聳肩。

「圓華，出門了。」

「要去哪裡？」

雖然圓華這麼問，但隨口敷衍了她。去墳墓很無趣，回程時應該會去超市。

換好衣服外出時，發現武內正在隔壁車庫洗車子。

「午安。」俊郎輕鬆地向他打招呼。

「全家人一起出門嗎？」武內面帶笑容地問。

「對啊，去掃墓。」婆婆語氣平靜地回答。

「喔，原來是去多摩野靈園，是嗎？路上小心。」

雪見有點受不了，覺得婆婆什麼事都告訴武內，八成向武內抱怨，在建好墳墓後，滿喜子數落：「為什麼沒有和我商量一下，就把墳墓建在那麼遠的地方？」婆婆也曾經在雪見面前提過這件事。

十五年前，在爺爺去世時，梶間家建了墳墓。當時公公在橫濱地方法院相模原分院上班，那時候打算退休之後住在神奈川或東京西部一帶，所以就在多摩野西郊買了墓地。

「賓士真不錯啊。」俊郎停下腳步，羨慕地看著武內的車子，「我也想要，但如果律師開賓士，會引起客戶的反感。不，只要工作時不開就好了。」

那平時就給我開好了。雪見在內心陪他一起做了這種天真的夢。

「只要你想開，隨時可以借你。」武內說。

「嘿嘿嘿。」俊郎開心地笑了，然後指指武內，笑著坐上了車，似乎在說「我會記住你這句話」。

今天由俊郎開車，婆婆坐在副駕駛座上，圓華坐在後車座的兒童座椅上，雪見坐在她旁邊。

「Corona真的不行，車子太小了，三個大人坐在車上，加速都很無力。」

俊郎和從來沒有開過的賓士車比較著，發動了Corona。

多摩野市是一個東西方向呈細長形的城市，車子沿著橫貫多摩野市的多摩野街道西行。

圓華在中途睡著了，雖然安靜一點很輕鬆，但想到晚上的事，又忍不住有點擔心。雪見忍不住撫摸著圓華的頭髮，覺得她睡著的樣子實在太可愛了。

不出三十分鐘就到了靈園，在花店買了一對供花。走進靈園，放眼望去都是墳墓，簡直可以稱為壯觀，俊郎沿著墳墓之間狹小的車道繞行，將車子停在梶間家墳墓所在的區域前。因為墳墓就在附近，所以車上開了空調，讓圓華繼續睡在車上，其他人一起下車，然後用事先帶來的水桶裝水走向墳墓。

「果然雜草叢生啊。」

春分季節來掃過墓之後就沒有再來，梶間家墳墓的碎石縫隙中長滿雜草。即使三個人一起拔，也需要耗費不少時間。

「咦？那是什麼？」

在俊郎說話的同時，雪見也看到了奇怪的東西。

墓碑旁有一個為不幸早逝的孩子祈福的水子地藏菩薩。

「啊喲，怎麼這樣，這裡為什麼會有水子地藏？」

婆婆問，雪見頓時臉色發白。

「你們看，墓碑上也有。」婆婆指著墳墓前朝向側面的墓碑說。

墓碑上面刻著爺爺的戒名和名字、死亡日期，旁邊又刻了一個新的名字。

明雪水子……明雪……死亡日期是雪見無法忘記的六年前那一天。

明華的「明」再加上雪見的「雪」，成為明雪。

「真傷腦筋，不知道是哪一家的孩子誤入我們家了。」婆婆一臉無奈地說。

「整塊墓碑都要重新換了吧？」俊郎也很憤怒，「要請雕刻的石材店賠償。」

俊郎說要找附近的石材店問清楚，把車子開出去。

雪見和婆婆留在原地拔草。她雙腿無力，很想坐下來，所以對她來說剛好。

但是……

這是誰幹的？

「雪見，妳沒事吧？妳的氣色看起來很差。」婆婆眼尖地發現了雪見的異常變化。

「是嗎？」雪見擠出笑容掩飾著，她知道自己此時的氣色應該很差，因為她覺得腦袋昏昏沉沉，很想嘔吐。

能夠瞞過去嗎？

顯然有人瞭解真相，試圖用充滿惡意的方式揭露這件事。

不……

至今為止，她都獨自背負這件事，真的有必要隱瞞到底嗎？

不一會兒，俊郎回來了。

「不知道，我問了兩家，都說不知道。」

「是不是附近還有其他姓梶間的墓？」婆婆說。

「所以是搞錯了嗎？雖然可以找找看，但即使找到了，也不知道對方的聯絡方式。」

「是不是可以問管理辦公室？」

「喔，對喔，可以請他們協助調查。」

雪見終於忍無可忍地起身。

「我回娘家一趟。」

「幹嘛突然要回娘家？」俊郎挑眉看著雪見。

「媽媽，圓華麻煩妳了。」

「雪見……」

「等我回來就告訴你們。」

雪見說完，轉身離開了。她像夢遊患者般走出靈園，攔了計程車，在西多摩野車站下車。搭上電車，坐在座位上後用力嘆了一口氣。

當時……

是不是應該和俊郎討論之後再去墮胎？如果當時這麼做，至少不需要承擔目前的痛苦。

但是，現在才能夠產生這樣的後悔，當時眼前只有這一種解決方法。

四年前，在得知懷了圓華之後，她覺得不能繼續抹殺生命，所以告訴了俊郎。他很乾脆地決定要結婚，原本很擔心的生活問題也因為有公婆的支持，所以沒有太大的問題。那時候雪見才知道，其實問題有辦法解決，如果第一次懷孕時就告訴他，迎接圓華之後的生活就提前兩年開始，自己也完全不必擔驚受怕。

但是，正因為第一次懷孕時完全沒有餘裕，所以才不得不選擇那樣的方法解決。

二十四歲和二十二歲……雪見覺得無論俊郎還是自己都太年輕了。他是完全不想找工作的樂天派，可以把任何嚴肅的問題都變成玩笑話，在和他相處的過程中，可以感受到他完全沒有考慮過結婚的事。

雪見也無法想像自己生兒育女，更覺得對另一個生命負責是一件可怕的事。既然要生下來，就希望孩子能夠得到幸福，也不希望孩子有像自己一樣的童年，當時越想越覺得不能生下來。

在內心做出決定後，又開始考慮萬一告訴了俊郎，他沒有深入思考，就回答說「生下來啊」，到時候該怎麼辦。以他的個性，完全有可能發生這種情況。

最後，她覺得還是自己解決最好……這是雪見得知自己懷孕一個月後得出的結論。

看了雜誌的讀者投書，很多人都曾經有墮胎的經驗——她去動手術時用這種方式欺騙自己。手術雖然極不舒服，結束之後就覺得很簡單，但她完全沒有解決了問題後那種如釋重負的感覺，內心越來越有罪惡感。竟然因為個人因素殺害了一個純潔的生命……原本認為不瞭解狀況的人才會說的話，漸漸變成一把刀呈現在眼前，雪見一次又一次用這把刀割向自己的心。

真希望是女兒……在陷入煩惱的那一個月，也曾經有一段時間這麼想。可以取「明華」或是「圓華」的名字，然後寫成平假名，感覺比較溫柔……當時還曾經這麼幻想。

接過手術費的收據時，她覺得根本不需要這種東西，但為了自我警惕，最後決定夾在記事本內。

墮胎後幾個月，她走進街上一家雜貨店，發現一個嬰兒娃娃看著自己。正因為她漸漸遺忘了那件事，所以對她造成了很大的衝擊。她覺得那個娃娃就是那個孩子。原來那個孩子在這裡。她抱起那個娃娃，覺得非買不可。回到家之後，在娃娃的圍兜兜上刺繡了明華的羅馬拼音ASUKA，然後把手術的收據放在圍兜兜口袋裡，把娃娃放在桌上。明華被動物園的動物包圍，看起來很快樂。

我不會讓她像妳一樣……我會連同妳的份好好愛她……雪見帶著這種想法生下了圓華，不知不覺中，圓華已經超越了明華的存在。

那個孩子是不是在為沒有帶她去梶間家生氣……她突然產生了這個念頭，但她覺得即使那孩子責怪自己，自己也只能承受。

但還是不對勁，那是有人刻意所為，是活生生的人幹的骯髒勾當。

到底是誰？

位在海老名的娘家是一棟看了令人心煩的獨棟房子，比梶間家的墓地更加雜草叢生。雪見走進玄關，在昏暗的門口脫下了鞋子。

家裡有男人的味道。她又和來路不明的野男人同居嗎？雪見懶得理會這種事，探頭向傳來電視聲的廚房張望。

「原來是妳啊。」

娘家媽媽斜坐在餐桌旁的椅子上抽菸，乾澀的頭髮又添了不少白髮，沒有化妝的臉看起來很黯沉。

「既然要回家，至少打通電話啊。」

雪見沒有回答，從正面看著媽媽。

「我問妳，妳有沒有去我家的……梶間家的墳墓動什麼手腳？」

「啊？妳在說什麼？」

她微張著嘴巴看著雪見。雪見看到她的表情，知道並不是她搞的鬼。她完全不瞭解狀況。雖然雪見原本以為她發現了那件事，但她向來對自己的孩子沒有興趣。

「算了，沒事。」

「突然回到家，說一些莫名其妙的話，妳腦筋有問題嗎？」

「說別人腦筋有問題的人才腦筋有問題。」

雪見反唇相譏後，看向廚房角落的舊冰箱。

「怎麼回事……我的冰箱呢？」

「賣了。」

媽媽大言不慚地說，但看到雪見狠狠瞪著她，硬是找藉口說：「我拍了幾次之後，冰箱又好了，剛好有朋友想要買冰箱。」

到頭來就是這麼一回事。雪見發自內心感到失望，但原本就猜到了一半，所以決定拋開內心的這種無奈。原本難以理解這個世界上怎麼有父母不為女兒準備嫁妝，現在才知道還有母親會賣掉女兒的嫁妝。

她猜想洗衣機的下場可能也一樣，但即使向媽媽確認，只會讓自己更生氣，所以也不想多問。今天沒空理會這些事，她嘆了一口氣，走上二樓。

和室角落的小書桌和壁櫥內的幾個紙箱，保留了雪見以前住在這裡時的回憶。房間整體很空蕩，角落積著灰塵，媽媽說沒有人使用這個房間似乎並不是說謊。

她抱起坐在桌上的明華。只要抱在手上，就可以感受到圍兜兜的口袋裡放了紙，但她沒有感受到那張紙，顯然被人拿走了。

果然是這張紙惹的禍嗎？

如果不碰這個娃娃就不會發現，但完全有可能有人在偶然的情況下碰到娃娃後發現，然後打開那張紙，露出不懷好意的笑容。

那個人顯然心懷不軌動了這張桌子。

她打開了抽屜，發現少了好幾本記事本和筆記本。她想起當時的記事本上可能提到了墮胎的事，但她已經不記得詳細寫了什麼。雖然遺失的筆記本都不重要，但還是感到心裡發毛。

她確定有人闖進了這個家。

她看向落地窗，發現月牙鎖根本沒鎖。

落地窗外是一個小陽台，只要有心，完全可以從下面爬上來。媽媽很少曬被子，這意味著很長一段時間，有心人隨時都可以爬上來。

雪見鎖好了月牙鎖。

她緊緊抱著明華。

有人試圖攻擊我，但並不是這個孩子。

她一直等到媽媽的男人回來，因為她無法排除那個男人翻自己書桌的可能性。但是，那個滿臉鬍碴的邋遢男人對媽媽說的第一句話竟然是「搞什麼？原來妳有小孩？」雪見聽了之後，沒有向他打招呼，就匆匆離開了娘家。

雪見在晚上八點過後，帶著明華回到梶間家。

梶間家瀰漫著難以形容的沉重氛圍，雪見面對客廳內那三張凝重的臉，說出了六年前的真相。雖然沒有人責備她，但說出當時的真相還是很痛苦，她的眼眶不知不覺泛紅，聲音也哽咽起來。

「妳根本不需要一個人煩惱。」

婆婆充滿憐惜地說，雪見在點頭的同時，淚水流了出來。

「妳也不知道是誰幹的嗎？」

公公始終不發一語，聽她說完之後，只問了這句話。雪見只能點頭。

墓碑上的文字要在尾七之前更換，既然不知道是誰放了水子地藏，就只能撤走。婆婆說，如果雪見願意，可以和寺院討論，一起祭祀這個孩子。

「雪見，妳來一下。」

沉重的時間結束，俊郎準備上樓時叫她。雪見以前從來沒有聽過他用這麼不高興的聲音說話。

他關上了二樓西式房間的門，轉動椅子，面對雪見的方向坐下。

「為什麼沒有告訴我？」他不滿地問。

「對不起。」雪見除此以外無話可說。

「這種事總有辦法解決，為什麼輕易拿掉？」

「我並沒有輕易拿掉。」

「明擺著就是說我不可靠嘛。」

「雖然沒這回事，但這種事你不經深思熟慮，輕易答應也很傷腦筋。」

「我什麼時候不經深思熟慮就輕易答應？」

「因為你不是向來都花言巧語，如果可以負起責任，你就會負責；沒辦法負責時，你不就會雙手一攤嗎？」

「幹嘛？惱羞成怒嗎？」

「我沒有惱羞成怒，你才不要隨便亂生氣。當初我一個人煩惱、痛苦，為什麼你要生氣？」

「我就是無法原諒妳一個人煩惱啊。」

俊郎氣鼓鼓地說完，故意嘆著氣，改變話題。

「我問妳，在我之前，妳不是還有交過一個男朋友嗎？姓中野什麼的。」

俊郎突然提到這個名字，雪見說不出話。

「妳和他還有來往嗎？」

「怎麼可能有來往？都已經是多少年前的事了。」

「但妳剛和我交往時，不是還常和他見面嗎？」

「不是和他見面，是他對我糾纏不清，你不是也知道嗎？」

雪見在說話的同時，覺得中野也的確不失為一種可能。他可能溜進娘家，在梶間家的墓地搞鬼。

雪見在十年前曾經和中野交往過一段時間，但在遇見俊郎時，已經對那個男人糾纏煩人的性格感到厭倦，幾乎完全避著他。他整天糾纏不清，經常寫信給雪見，持續做出一些像跟蹤狂的行為，讓雪見厭倦不已。

那個男人很可能做這種事，只不過雪見已經和他七年未見，有點搞不懂他事到如今為什麼做這種事。雪見想起當時俊郎曾經對她說，中野寄來的信和自己寄給他警告信的存證信函可以作為證明，所以當時保留下來，只是忘了之後有沒有處理掉，可能放在書桌抽屜深處，結果被這次潛入娘家的人拿走了。

只不過很難確認到底是不是中野，萬一不是他的話反而更麻煩，所以她不想去問中野。好不容易和他斷絕了關係，雪見不想主動和他搭上線。

「我認真問妳，」俊郎把手放在腿上，微微探出身體，「妳六年前懷的真是我的孩子嗎？」

「……什麼意思？」

「不，我只是覺得妳當時會不會想到有這種可能性？所以才決定拿掉孩子？」

雪見發現俊郎想的方向和自己完全不同，不禁驚訝不已。他竟然懷疑是中野的孩子。

「你在說什麼啊。」

雪見斷然否定了這種無聊的想法，但俊郎始終帶著不悅的表情。

11 裂痕

玄關的門鈴響了，正在打掃廁所的尋惠拿下橡膠手套。

「來了。」她懶得走去對講機，直接去玄關開門。

一對中年男女站在院子門前，戴著圓眼鏡的女人嘴角露出笑容，向尋惠鞠躬後，沿著通道走過來。身穿素色西裝的男人跟在她身後。

尋惠以為他們是推銷員，從門縫中探出頭，默默看著他們。

「不好意思，在妳百忙中打擾。」圓眼鏡的女人客氣地打招呼，「我們是兒童諮商所的社工。」

她把名片遞給尋惠，身後的男人也輕輕向她鞠了一躬，遞上名片。尋惠接過名片，但因為之前從來沒有和兒童諮商所打過交道，所以不瞭解他們上門的意圖，只是「喔」了一聲。

「請問府上有幼兒和年輕的母親嗎？」

戴圓眼鏡的女人問。尋惠發現名片上寫著稻川的姓氏。

「對，有啊……」

「恕我冒昧請教，妳是那個孩子的……」

「喔，我是她奶奶。」

「喔，原來是這樣，所以府上的家庭成員……」

稻川問，尋惠就把家庭成員的姓名和年齡告訴了她。

「請問圓華小妹妹和雪見太太今天在家嗎？」

「不，她們出門了。」

今天，雪見在八點左右硬是把生活節奏紊亂的圓華叫起來，說要去遊樂園玩。她似乎想讓圓華徹底玩累，好讓她今天能早一點睡覺。尋惠覺得雪見自己也需要出門散心，所以就做了便當送她們出門。

「原來她們出門了，那就算了。」稻川仍然面帶笑容，「我們可以進去嗎？只要在門口說一下就好。」

尋惠仍然不知道他們此行的目的，但覺得看起來不像壞人，而且俊郎也在二樓，於是就退了幾步站在脫鞋處，讓他們進了屋。

男人關上門後，稻川開了口。

「不瞞妳說，我們接到匿名檢舉，說府上的圓華妹妹被她媽媽……也就是雪見太太，該怎麼說……就是好像遭到了虐待。」

「啊？」尋惠大吃一驚，忍不住叫了起來。

「嗯，虐待的字眼聽起來有點那個……就是……管教太粗暴、太嚴厲，最近也成為廣泛討論的話題，為了以防萬一，所以我們上門確認一下。」

稻川在說話的同時，向尋惠身後點點頭。尋惠回頭一看，發現俊郎站在那裡。

「不可能吧？是不是搞錯了？」

雖然說不上發自內心，但尋惠一笑置之。

「是啊是啊，」稻川也附和著點點頭，「既然這樣，就沒問題了。我想請教一下，最近有沒有在圓華小妹妹身上發現瘀青或是其他令人在意的問題。」

「不，沒有……」尋惠否認到一半，沒有繼續說下去。尋惠有時候會為圓華換衣服，圓華身上並沒有瘀青，如果有的話一定會發現，但聽稻川這麼一說，想到圓華最近的確有點不太對勁。晚上不容易入睡，情緒也不太穩定，雪見似乎也想不透，所以不清楚是什麼原因。

「可不可以請奶奶仔細觀察一下？如果有什麼問題，希望妳和我們聯絡。雖然我知道大家都不希望外人瞭解家庭內部的事，但這種問題如果不解決，可能會造成後悔莫及的結果。尤其發生在很多年輕媽媽的身上，很多媽媽努力想靠自己解決問題，結果反而陷入惡性循環。」

尋惠覺得雪見確實有這種傾向，尤其她沒有把圓華送去幼兒園，幾乎都自己帶圓華。尋惠從照顧婆婆這件事上，瞭解到凡事都想一肩扛起有多麼危險。

「我們還會和妳聯絡，目前就麻煩奶奶多觀察一下。」

「我知道了。」

尋惠送走稻川他們之後，正準備回房間，看到俊郎一臉愁眉苦臉的表情。

「你要是亂說話會讓事情變得複雜，先交給我來處理。」

尋惠叮嚀道，俊郎聳了聳肩，嘀咕說：「她最近有點奇怪」，轉身走上樓梯。

❖

帶圓華在讀賣天地遊樂園玩了一整天，晚上八點就呼呼大睡了。隔天下了一整天的雨，圓華雖然哭鬧，但即使有睡午覺，晚上八點半就睡著了。

隔天，雨停了，既帶她去公園散步，又一起去買菜，傍晚婆婆還帶她在院子裡玩，沒想到晚上還是又哭又鬧，恢復鬧到兩點才睡覺的狀態。

雪見完全不知道怎麼做才對，怎麼做會出問題，越來越失去自信。

而且她察覺到家裡漸漸有一種以前不曾感受過的氣氛。她覺得其他人對她產生了一種隱約的疏離感，好像刻意和她保持距離遠遠觀察的感覺。墮胎的事看似已經結束，但也許事情沒這麼簡單？雪見覺得包括自己在內，這個家裡的人明顯有了變化，只是她不知道最後會變成什麼樣。

這一天，天氣有點陰沉，天空下著小雨，雪見讓睡到將近十一點的圓華吃完早午餐的飯糰後，十二點半時，帶著雨傘和她一起去公園。

中途在十字路口的馬路對面看到一輛黑色汽車，雪見在路口轉彎，而且她也不再在意那輛車。那個姓寺西的記者在那天之後就沒有再露過臉。

因為是星期六，雪見原本以為會有幾個小學生，沒想到公園內完全沒人。也許是因為中午時間，所以沒有看到媽媽帶著年幼孩子的身影。

當圓華獨自玩了一會兒滑梯後，發現和人牽著他阿姨的手走進公園。

「啊，午安。」

這種時間……雖然雪見這麼想，但還是很有禮貌地向他們打招呼。和人也很大聲地打了招呼。

這是雪見第三次見到他們，在第二次隱約發現的奇妙巧合，今天完全得到證實。他們每次都會在雪見和圓華來公園後不久出現，而且是在除了雪見母女以外，沒有其他媽媽和孩子時現身。第二次見面時，和人的阿姨也吞吞吐吐地邀雪見一起去喝咖啡，雪見當時也找了一個藉口推掉了。

雖然不知道為什麼，和人的阿姨似乎很想和自己交朋友，雪見甚至覺得他們住在可以看到這個公園的某棟公寓的高樓層，看到自己和圓華出現之後才來公園。

和人立刻去滑梯玩。圓華似乎已經習慣與和人一起玩，兩個人很合得來，小孩子之間的相處似乎沒有問題……

和人的阿姨仍然有一種失魂落魄的感覺，雖然聊了天氣這些無關緊要的話題，但很快就無話可聊了。雪見可以感覺到她在一旁打量著自己，但不想和她眼神交會，所以一直看著兩個小孩子。

「妳看起來……好像有點疲累。」和人的阿姨突然幽幽地說。

「是、是嗎……」

雖然她說中了，但雪見覺得她沒資格說自己。在關心別人之前，是不是應該先擔心自己？

「妳是不是有什麼煩惱？」

雪見聽了之後，猶豫了一下，覺得就這樣結束話題氣氛有點尷尬，於是輕鬆地回答說：

「圓華最近都不容易入睡……」

雪見告訴她，最近通常都要到一兩點才有辦法讓圓華入睡，而且經常哭鬧，根本不知該怎麼辦。雪見暗中期待也許和人的阿姨孩子已經大了，也許能夠根據自己的經驗，提供一些建議。

「這真奇怪啊。」

和人的阿姨表達這樣的感想。如果說「這真傷腦筋」，雪見能夠理解，但說這種情況很「奇怪」的獨特感想，引起了雪見的好奇。

她們之間的談話就這樣中斷了，和人的阿姨似乎用那句話結束這個話題。雪見有點失望，但也覺得外行人恐怕很難解決這種問題，也許該找專業的醫生諮商。

正當雪見不想繼續討論這個話題時，和人的阿姨用陰沉的聲音問：

「這……會不會是有人給她喝了什麼特別的飲料？」

「啊？」

雪見覺得這句話似乎毫無脈絡，茫然地看著她。

「比方說，像是有大量咖啡因的飲料。市面上有咖啡因錠劑，有可能混在某些飲料中讓圓華喝了下去。」

「什麼？」

她突然在說什麼……雪見大驚失色。如果不是她說得一本正經，雪見會一笑置之。到底有誰、為了什麼目的要做這種事？和人的阿姨為什麼會產生這樣的想法？

「請妳仔細想一想，在妳周圍是不是有可能會做這種事的可疑人物？」

「不……」雪見故意有點誇張地偏著頭，覺得她可能有點被害妄想症。

「請問……等一下有空一起去喝咖啡嗎？」

又是這麼突然……她聊天的方式還是很生硬。

「不好意思，今天晚一點要和家人一起出門。」

雪見委婉地拒絕，和人的阿姨原本就愁眉不展的臉上，更增添失望的表情。

「喔喔，原來是這樣……」她似乎深受打擊地嘀咕著。

雪見覺得她有點可憐，下次她再邀約，要不要答應她？

一點多時，一群小學生騎著腳踏車來到公園，在廣場那裡說話的聲音，化解了她們之間尷尬的氣氛。

接著，一個年輕男人走進公園。男人個子很高，穿著棉質襯衫和牛仔褲。雪見心不在焉地看著他，發現他向自己走來，忍不住盯著他的臉。

高挺的鼻子和分得有點開的雙眼……她不需要確認每一個特徵，很快就知道來者是誰，不禁倒吸了一口氣。

是中野佳樹。

絕對錯不了。

這是怎麼回事……之前曾以為他和墓地的事有關，但腦袋現在無法思考，雪見陷入了混亂。

而且他竟然對著雪見露出笑容。

「嗨，好久不見。」

中野在雪見面前停下了腳步，微笑著。

雪見不知道該說什麼。她當然很驚訝，但發現當年對他的厭惡感並沒有消失，裝模作樣的說話聲和虛假的笑容仍然像以前一樣糾纏不清，惹人討厭。

「怎麼了？」

雪見除此之外，不知道該怎麼說。

「妳怎麼還問我怎麼了？」他笑了起來，好像聽到什麼玩笑話，「妳想表示妳沒想到我真的會來嗎？我會來啊，當然會來，因為我完全沒有忘記妳。」

雪見搞不清楚目前是什麼狀況，他一廂情願地找上門來。

「那我問你一件事，」雪見決定掌握主動權，直截了當地問他，「是你在我家的墳墓動了手腳嗎？」

「墳墓？妳在說什麼？」

中野的反應和娘家媽媽一樣。

雪見完全搞不清楚是什麼狀況。

「你……」雪見說到一半，轉頭看向和人的阿姨說：「不好意思，可不可以請妳幫我看著圓華一下？」

雪見又去叮嚀圓華要與和人一起玩，然後走去公園角落的長椅。中野跟在她身後走了過來。

雪見在長椅上坐下後，他也在旁邊坐下。雪見立刻站起來，繞到他面前低頭看著他。

「你有沒有去我娘家偷走什麼東西？」

「啊？妳從剛才都在胡說些什麼？」

他看起來不像在裝糊塗，雪見打出的牌完全無法奏效，她在無奈之下正準備問他怎麼會來這裡，他先開了口。

「妳找我來是為了問這種事嗎？不是吧？」

「等一下，我哪有找你？」

雪見語氣堅定地回答，中野嘻皮笑臉地說：「又來了，又來了。」

什麼「又來了，又來了」？雪見完全聽不懂他在說什麼。

這時，雪見發現中野的視線盯著自己身後。回頭一看，再度大吃一驚。俊郎走了過來。

他不是去了市立圖書館？……不……雪見在極度混亂中想到了一個可能性，那就是俊郎約了中野。雖然雪見完全沒想到他竟然這麼懷疑，但這是唯一的可能性。

「你好。」俊郎來到他們面前時開了口，但說話的語氣並不是像往常那麼輕鬆，而是充滿敵意的低沉聲音。

「你好。」中野也向他打招呼。

雪見瞪著俊郎，嘆著氣不滿地說：

「真是的，幹嘛用這麼不入流的方法？為什麼不相信我？」

俊郎反過來發出帶著笑聲的嘆息。

「等一下，妳說得好像我偷偷在監視妳，我只是剛好路過。」

雪見懷疑自己聽錯了，因為事情完全兜不攏，而且俊郎的回答完全粉碎了雪見的猜想。如果他不是基於某種意圖隨便亂說，眼前的狀況太匪夷所思了。

「你為什麼會在這裡？」俊郎用克制了內心感情的聲音問中野。

「因為雪見找我來。」中野語帶挑釁地說。

「我才沒有找你。」雪見極力否認。

「我也搞不清楚狀況，但她從剛才就不知道一直在演哪齣戲。」中野皮笑肉不笑地看著雪見。

這傢伙在說什麼……雪見氣得臉頰發燙。

「妳不要臉紅嘛。」中野看了看雪見，又看向俊郎，笑著從手拿包裡拿出了折起的紙，「我不知道你們是不是和好了，但我是因為雪見找我，我才會來這裡。雖然有點對不起雪見，但為了我的名譽，還是要把事情說清楚。」

說完，他把一張紙遞到俊郎面前。

俊郎打開那張紙，那是一封影印的信。雪見也在一旁探頭張望。

好久不見，最近還好嗎？我回想著以前的事，寫下這封信。

雖然當時發生了很多事，但也曾經有過很多快樂，而且也感到很懷念。

最近我開始覺得自己的人生做了錯誤的選擇，整天煩惱，很想回到結婚前重新開始。我和老公已經同床異夢，只是有名無實的夫妻。

我們能不能見個面？即使只是聊一聊也無妨，但我無法留聯絡電話給你，我相信你能夠理解。

我每天都會帶女兒去公園。多摩野市的新山公園，你週六、週日應該休息，我可以期待嗎？時間通常在一點左右，如果當天臨時有事就只能對你說抱歉了。

期待奇蹟的發生。

致我懷念的人。

雪見

雪見看完之後，啞口無言地看著這些令人厭惡的內容。

「這是妳的字。」俊郎冷冷地看著雪見。

「我沒有寫這封信，我怎麼可能寫這種信？」

雪見強烈否認，但俊郎沒有反應。

「事情就是這樣。」中野得意地說。

「你給我聽好了，」俊郎看著中野，「無論雪見怎麼約你，她還是我的老婆，可以請你不要和她見面嗎？我現在已經警告你了，我也可以寄存證信函給你。如果你敢再動雪見，我會要你用屁眼來付賠償費。」

「我已經說了，我並沒有約他。」雪見的聲音被無情地打斷了。

「所以妳『還是』他的老婆，不如乾脆離婚算了？」中野說。

「與你無關。」俊郎只回答了這句話。

中野用鼻子冷笑一聲，語帶挖苦地說：「那就祝你們白頭偕老。」然後轉身準備離開。

「我問你，」俊郎叫住了他，中野轉過頭，納悶地看著他，「你六年前曾經讓雪見懷孕嗎？」

中野抓了抓高挺的鼻子，想了一下後回答說：

「也許吧。」

說完之後，頭也不回地走了。

哪來的「也許吧」！雪見瞪大眼，轉頭看著俊郎。

「你不要把他的玩笑話當真。」

俊郎冷冷地瞥了雪見一眼，什麼話都沒說。

「圓華，跟爸爸回家。」

他無視雪見，抱起正在滑梯下的圓華走出了公園。

公園外……

一輛白色賓士停在那裡。

俊郎打開了副駕駛座的門。

武內坐在那裡。

俊郎把圓華放在武內腿上，自己繞去了駕駛座。

俊郎是開那輛賓士來這裡嗎？雪見想起武內之前曾經說，可以隨時借他開……

賓士緩緩離開了。

「請問……」

和人的阿姨不知道什麼時候出現在身旁。

「請問發生了什麼事？是不是出事了？」

雪見聽到她好像希望出事的懇切語氣，明確感覺到了異常。

「可不可以告訴我發生了什麼事？我們一起去咖啡店，好不好？」

和人的阿姨喘著氣說，用力拉著雪見的手臂。雪見想要掙脫，她咬著牙齒不放手。

「走吧，拜託妳。好不好？好不好？」

「妳放開我。」

拉扯了半天，雪見終於抽出了自己的手臂。和人的阿姨因為反作用力的關係，一屁股跌坐在地上。

這個人是怎麼回事？

雪見根本不想去拉她，只是努力讓自己心情平靜。

「我現在沒心情和妳去喝咖啡，不好意思，我不去了。」

雪見說完這句話，用力鞠躬。雪見準備離開公園時，背後傳來懇求的聲音。

「那就下次！下次拜託妳了！」

雪見假裝沒有聽到，直接走出公園。

❖

傍晚，尋惠走出院子時，看到隔壁的武內正在搬蘭花的花盆。他把原本放在院子角落的花盆搬到自己做的花架上。

「喔，看起來很棒啊。」

尋惠在一旁探出身體打量著花架，四層的花盆架在尋惠頭部的高度裝上了頂蓋，上面掛著防曬的紗罩。武內把大花蕙蘭、君子蘭和嘉德麗雅蘭搬到了架子上。雖然有將近三十盆左右，但全都搬到了花架上。

「這下子夏天終於可以安心了。」

雖然他說話的語氣聽起來似乎鬆了一口氣，但從他的笑容可以感受到他內心的得意。

「真希望你可以做在另外那一側，這樣我們家也可以同時欣賞了。」

尋惠半開玩笑地說，武內放聲笑了。

「歡迎妳隨時來參觀，那一側我想做花圃，已經鋪了泥土。」

「你真是太勤快了。」

「現在不需要幫忙照顧奶奶了，我也有很多空閒時間，可以不必去想太多。」

「是啊。」尋惠也深有感慨地說。

「我可以為妳做一個小花架，也像這樣加裝一個遮陽的頂蓋。」

「可以嗎？即使是小花架，應該也很費工夫吧？」

「舉手之勞，反正還有剩餘的材料。」

武內笑著說話的同時，轉頭看向另一個方向，語氣溫柔地說：「妳好啊。」

圓華正一個勁地穿著鞋子，想要走來院子，因為她又踩著鞋跟，尋惠為她把鞋子穿好。

「要不要喝養樂多？」

武內問，圓華用力點頭。

「這孩子竟然已經養成了要東西吃的習慣。」

這一陣子，圓華每次看到尋惠和武內在院子裡聊天，就會跟著出來。因為她知道武內會給她喝養樂多。

尋惠從武內手上接過養樂多，打開蓋子後交給了圓華。圓華若無其事地小口喝了起來。她這種小鬼靈精很有趣，武內和尋惠忍不住相視而笑。

「好喝嗎？」

武內接過空瓶，對著圓華揮著手，做出好像在跳繩般的動作。圓華也高興地跟著做了起來。

「真奇怪。」

尋惠發現圓華也在不知不覺中很喜歡武內。

接著，尋惠拿著耙子清除了院子裡的雜草，圓華也蹲在一旁玩土。

「咦……」

尋惠正在專心除草，聽到武內發出訝異的聲音，忍不住抬頭看過來。

「圓華從剛才就一直在摸腿。」他摸著下巴說道。

尋惠好奇地看著圓華的臉。

「怎麼了嗎？」

圓華搖搖頭。

「不是啦，剛才看到她皺著眉頭在摸腿，看起來好像有點痛，我猜想是不是被蟲子咬到了。」武內說。

「給奶奶看看。」尋惠掀起圓華的裙子。

「啊……」

圓華的左腿外側有一個差不多五百圓硬幣大小的瘀青。尋惠正想去摸，武內制止了她：「這種的最好不要去摸。」

「會不會痛？」

尋惠摸著瘀青的周圍問，但圓華微微低著頭，搖著頭。即使問她有沒有撞到哪裡，她也只是搖頭或是偏著頭顯得納悶，沒有明確回答。

「既然不會痛，問題應該不大，兩三天應該就消掉了。」

雖然武內這麼說，但尋惠內心產生了難以消除的疑問。

該不該質問雪見？尋惠希望是自己想太多了，雖然可以不經意地問雪見，是不是撞到哪裡造成瘀青，但考慮到問題的嚴重性，不禁猶豫起來。如果就這樣問雪見，即使雪見回答了，自己也未必會相信。

再繼續觀察一下。

雖然說不上是最佳方法，尋惠認為再觀察一下，不要急著判斷。

❖

傍晚時，雪見大致完成了晚餐的準備工作，走去二樓看正在獨自玩耍的圓華。

打開紙拉門，看到圓華抓著明華娃娃的手用力甩著。

「妳在幹什麼！」

雪見大喝一聲，圓華立刻停下手。如果圓華沒有停下來，雪見差一點一巴掌打過去。

「妳這樣甩娃娃，娃娃不是很可憐嗎？」

圓華欲言又止，不知道她到底有沒有聽懂，雪見覺得似乎剛才應該打她一下教訓她。

「媽媽，這是隔壁的叔叔送妳的嗎？」

圓華竟然問了這個問題。

「不是啊，這是媽媽的，因為妳說想玩，所以媽媽借給妳玩，妳要好好疼愛娃娃啊。」

雪見不經意地抬頭看向窗外。

她看到隔壁窗前有一個人影晃動，當雪見凝視時，人影消失了。

雪見關上落地窗，鎖上門，也拉上遮光窗簾。

晚餐後，雪見正在準備自己和圓華的換洗衣物時，俊郎懶洋洋地走進來。

「從今天開始，妳可不可以去樓下睡？」

俊郎突然這麼說，雪見看著俊郎。俊郎身體斜斜地站在那裡，雙手扠在腰上，一臉不悅的表情。原來人的表情和態度可以讓人感覺彼此的距離如此遙遠，那種冰冷的感覺，好像他們之間有一道任何感情都無法穿透的煙幕。

「沒關係啊，反正這一陣子本來就經常睡樓下，只是請你不要輕易相信中野說的那些鬼話，我和他之間，你到底相信誰？」

「所以妳的意思是說，中野今天會出現在那裡，還有手上有那封信，全都是他自導自演嗎？」

「當然啊，他一定是偷溜進我娘家翻箱倒櫃。」

「是喔，所以妳在娘家的書桌裡放了那封信嗎？更何況他這樣找上門，憑空捏造說妳寫信給他，對他來說有什麼好處？他以為這樣可以追到妳？為什麼現在要做這種事？」

「我怎麼會知道？你要去問他啊。」

雪見只能這麼回答，但也發現自己的處境更糟了。俊郎內心對這件事的疑問已經無限放大。

「目前是我準備論文式考試的重要時期，不希望這種麻煩讓我分心。」

不用你說，我也會去樓下睡。不用你說，我也知道最近對你來說是重要的時期。雖然雪見很想這麼反駁，但一想到俊郎搞不好會認為這種反駁也是一種麻煩，就覺得很空虛，所以克制了自己。

「雖然很想把妳趕出門，但因為有圓華在，所以不能這麼做。」

俊郎撂下這句話之後，走去隔壁的房間。

為什麼要把我趕出去……雪見聽著這句話，完全沒有真實感。

雪見今天獨自晚一步從公園回到家時，發現俊郎正在抓狂。正確地說，雪見走上二樓時，俊郎已經發作完了，只是看到他房間的地上散落了一地的書，知道他曾經抓狂。圓華在生氣時也會把玩具箱亂丟，和她爸爸一樣。

這是夫妻之間的感情危機嗎？雪見雖然這麼想，但還是完全沒有真實感。自己根本沒有做任何事，危機就突然排山倒海而來。這種情況不能只說是運氣不好，簡直就像是惡魔在操控這件事。

雪見深刻體會到，人的感情很脆弱。當人心背離時，好像不該死命緊抓著不放，但她不知道該怎麼辦。

她帶著沉重的心情走去一樓，和圓華一起洗澡。

「妳今天會好好睡覺嗎？」她為圓華沖澡時說。

「不知道。」圓華搖著頭說。

「如果妳不乖乖睡覺，媽媽會很累。」雪見雖然發現自己竟然在向孩子訴苦，但還是繼續說下去。她覺得如果圓華乖巧一點，自己會有更多餘裕處理和俊郎的事。「如果妳不乖，媽媽可能就要離開這個家了。」

「為什麼？」

「因為妳不乖啊。」

雖然不可能有這種理由。

她只是想讓圓華覺得為難。雖然育兒不能求回報，但自己整天陪著圓華，努力照顧她長大，很希望能夠受到肯定，至少希望圓華能夠和自己站在一起。只要她覺得不希望媽媽離開就好，雪見希望用這種方式尋求自我安慰。

「媽媽，那妳要去哪裡？」圓華有點不安地問。

「去一個妳不知道的地方。」

「公園那個哥哥那裡嗎？」

她似乎在指中野。雪見忍不住苦笑，覺得連圓華都看在眼裡。

雪見正想幫圓華沖身體，看到圓華的腿，忍不住大吃一驚。

這是什麼？

圓華的左大腿上沾到了什麼藍色的東西，雪見之所以會吃驚，是因為看起來像是撞到的瘀青，但即使摸了摸，圓華也沒有怕痛的樣子。

她用毛巾沾了沐浴乳用力清洗，但因為牢牢地黏在皮膚上，所以很難洗，毛巾上反而沾到了藍色，顯然並不是瘀青。

雖然不知道是顏料還是染料，不知道她去哪裡沾到的。難道是滑梯上嗎？

雪見幫圓華洗了又沖，沖了又洗，洗了三次之後，顏色終於淡了一半。雪見猜想要花兩三天時間才能完全洗乾淨，所以就沒再繼續清洗。

12 排除

還是該去找中野，要求他收回自己說的話。只要自己態度強硬，說要報警告他擅闖民宅，對方的態度應該也會改變。一旦要求他寫下字據給俊郎看，事情應該有轉圜的餘地。雖然無法保證能夠順利，但雪見不希望被人冤枉，為了圓華，也必須設法解決這個問題。

隔天星期天，雪見下定了決心，趁圓華在睡覺時出門，用車站前的公用電話聯絡了中野。既然他堅稱收到了信，代表他並沒有搬家。雖然這件事不值得誇耀，但他的電話號碼仍然留在雪見的記憶角落。

她在電話中只說「我想和你談一談昨天的事」，也沒有用帶著攻擊的語氣說話。中野不知道帶著什麼期待，似乎很感興趣，指定了町田車站前的一家咖啡店，約定兩點見面。

雪見打完電話後，先繞去了公園。公園內有五個媽媽帶著孩子在玩。

「關根太太，妳今天下午會出門嗎？」

雪見問同住在新興住宅區的小梓媽媽。

「不會，今天我老公要去公司加班，我沒打算出門。」

小梓的媽媽個性很溫和，感覺她即使一整天在家，也不會有壓力。

「是嗎？那可不可以讓圓華在妳家玩兩三個小時？」

「好啊，好啊，妳要出門嗎？」

「對，我要出門一趟。」

雖然不知道去見中野能不能解決問題，但她覺得先不要告訴俊郎比較好，而且一旦告訴俊郎，他一定會叫自己不要去。既然這樣，事情不會有任何進展，所以只能先瞞著家人，假裝帶著圓華一起出門。

小梓才一歲多，剛學會走路，有時候會和圓華一起在沙坑玩。比起小孩子之間的相處是否融洽，雪見覺得和自己同年的小梓媽媽，是在帶孩子來這個公園玩的媽媽中最聊得來的對象，所以決定拜託她。

法事在十一點左右結束，吃完午餐後，雪見說打算帶圓華去看動畫電影，走出家門。然後去了小梓家，把圓華留在那裡。

她在一點五十分抵達中野指定的那家位在町田的咖啡店。她想到中野以前很喜歡她綁馬尾，走進咖啡店前，把頭髮放下。

一走進咖啡店，發現中野已經坐在窗邊的桌前正喝著冰咖啡。這家很時尚的咖啡店在大廈的二樓，窗外可以看到下方的街道，街上有許多穿著單薄衣服的年輕人，很不適合和他這種人約在這裡見面。

「不好意思，假日還約你出來。」

雪見用這句話代替打招呼，在他對面坐下，藉此告訴對方，今天打算冷靜地和他談話。

「沒事沒事。」中野抿嘴而笑，雪見看到他裝腔作勢的樣子，不禁想皺眉頭，但最後還是忍住了。

「你聽我說，」雪見點完冰紅茶後立刻進入正題，「我希望可以趕快澄清，昨天的事和事實不符。」

「和事實不符是什麼意思？」他一副目中無人的態度問。

「就是我寄信給你那件事，而且……明明是百分之百不可能的事，你卻說『也許吧』這種會讓人誤會的話，未免太可惡了。」

「原來妳找我是為了這種事。」中野聳肩，「我還以為我們要重新開始呢。」

「別亂說話。」雪見原本想說「噁心死了」，但還是把話吞了下去。

「那妳想要我怎麼做？打電話給梶間道歉嗎？」

「你不必這麼做，只要在這裡把事情寫清楚就好。」

「既然是妳拜託我，我當然可以幫忙。」

姑且不論他的措詞，雪見聽到他一口答應，內心鬆了一口氣。

但是，當雪見點的飲料送上來時，中野繼續說下去。

「那妳要給我什麼回報？」

「回報？」雪見火冒三丈，只能藉喝冰紅茶，努力讓心情平靜，「沒有什麼回報，怎麼可能嘛。」

「這未免太一廂情願了。」中野以諂媚的表情抬眼看著雪見，「我馬上可以幫妳寫，『雖然我不可能讓她懷孕，但的確收到了她寫給我的信。』妳寫了信給我，然後又後悔，想要當作沒這回事，還試圖解釋為我無理取鬧。妳倒是為我的處境想一想，既然我可以答應妳這麼無理的要求，妳不是應該有所回報嗎？如果這樣讓妳聽起來不舒服，也可以說是拜託人時的誠意問題，妳該展現一下誠意啊。」

「所以你還是堅稱是我寫信給你嗎？」

「看來妳也很堅持。」中野無奈一笑，緩緩從手拿包裡拿出信封，「我猜想妳會找我談這件事，所以就帶來了……這個郵戳，不是妳住家附近嗎？在收到這封信之前，我根本不知道妳搬去了那裡。」

雪見只是瞥了一眼，就瞪著中野說：

「你說不知道，這也只是你的一面之詞而已。」

即使他出示這種東西，事實真相也很明確。他如此堅持自己的謊言，到底有什麼目的？他是用這種挑起事端的方式威脅，想藉此得到某種「回報」嗎？果真如此的話，俊郎所提出的疑問「他以為這樣可以追到妳嗎？」就有了答案。他一開始的目的就不是追求，而是威脅。

「你是不是偷偷溜進了我娘家？如果你不希望我報警，我勸你還是先道歉比較好。」

「我根本沒有做這種事，所以不會說『也許吧』。」

難道他料定自己沒有證據，所以才這麼泰然自若？

「你給我看昨天那封信的正本。」

即使筆跡很像，只要仔細看，一定可以發現細微處有問題。雪見打算指出這些問題，告訴中野自己不會這樣寫字。

「昨天的就是正本，不是在梶間手上嗎？也許他打算用來打離婚官司，但這是我的紀念，妳叫他寄還給我。」

「那不是影本嗎？」

「信封裡就只有那封信，妳是不是影印了一份，結果把影本裝進了信封，所以正本在妳自己手上。」

「什麼嘛……這根本太明顯了吧。」

既然堅稱只有影本，簡直就在承認自己動了手腳。但既然中野裝糊塗，雪見也找不到證明這一點的方法。

事情還是無法解決。

最後，雪見無法要求中野寫下字據證明，對方一下子改變措詞，一下子改變態度，三番兩次要求「回報」，雪見感到噁心，最後起身。

她拒絕中野請客，付了自己的飲料錢走出咖啡店。

「妳要回去了嗎？」走下樓梯時，中野問。

「當然啊，繼續耗時間也沒有意義。」

「下次什麼時候可以見面？」

「一輩子不會再見面。」

雪見冷冷地回答，中野冷不防抓住她的下巴，把她的臉轉過去。雪見整個視野都被他的臉佔據了。

「別這樣！」

雪見把頭轉到一旁，濕潤的感覺從嘴唇滑向臉頰。她推開中野，狠狠瞪著他，全身都散發出厭惡感。

「光是我來這裡，就應該得到這樣的回報。」中野厚顏無恥地說，「妳告訴梶間也沒問題，我可以為了妳奮戰，這次應該有勝算。」

雪見看著他臉上得意的表情，忍不住火冒三丈，努力表現出輕蔑的眼神，然後無視仍然苦苦追上來的他，快步走回車站。

只不過被強吻一下……雖然這麼想，但內心仍然不斷湧現憤怒的情緒。她終於體會到什麼叫作怒不可遏，她覺得自己很髒，很不甘心。

她在車站的洗手台前洗了嘴唇，把口紅洗乾淨後，又重新搽上。

真是的，自己為什麼要來這裡。

雪見回家的路上感到更加心浮氣躁，在三點半過後，去小梓家接圓華。

「沒想到妳這麼快就來了。」

小梓的媽媽在玄關看到雪見後面帶微笑說，聽她說話的語氣，似乎並沒有發生什麼狀況，但還是決定問一下。

「圓華在妳家乖不乖？」

「嗯……嗯……」小梓的媽媽頓時結巴起來，她似乎很在意屋內的情況，然後拉著雪見走到玄關外。

「發生什麼事了嗎？」雪見忍不住感到不安。

「並不是什麼嚴重的問題，」小梓的媽媽擠出笑容，壓低了聲音說，「因為我對圓華說，『妳要和小梓當好朋友喔』，所以圓華就卯足了全力，小梓也玩得很開心，圓華是個好姊姊。」小梓的媽媽越來越難以啟齒，臉上的微笑也越來越尷尬，「圓華感覺在和小梓玩遊戲，兩個人牽著手，在我稍微離開時，聽到小梓哭了，好像是圓華用力拉扯小梓的手，結果小梓就哭了。」

「啊呀啊呀，真的很抱歉。」

因為沒有親眼看到當時的情況，所以不太瞭解狀況，只是雪見不太能想像圓華動粗的樣子，可能是玩的時候不小心弄痛了小梓。雪見當然不會把這種想法說出口，所以立刻向小梓的媽媽道歉。

「我覺得應該沒什麼問題，但小梓看起來很痛，我婆婆擔心手是不是脫臼了。」

「啊？」雪見不禁驚叫起來。

「不，沒事，後來小梓不哭了，手也可以正常活動。只不過我婆婆這個人很愛操心，說擔心萬一有什麼狀況，所以剛才帶小梓去看了急診。」

「是嗎？」雪見覺得這種事無法一笑置之，忍不住有點沮喪。面對只有一歲的孩子，只要孩子稍有不適，就會忍不住緊張。

「真的沒事，所以妳不必放在心上。我只是想告訴妳，其實根本沒事，結果我婆婆大驚小怪。」她以為難的笑容向雪見道歉，「所以妳不要罵圓華，剛才我們忙來忙去，她好像有點難過。」

小梓媽媽還關心圓華的狀況，雪見頻頻向她鞠躬道謝。

「我沒想到會發生這種事……真的很對不起。」

「不。是我該向妳道歉，我婆婆太容易大驚小怪了。」小梓的媽媽一臉歉意地繼續說道，「我不知道妳瞭不瞭解我婆婆的個性，反正她是這種人，搞不好會去妳家說這件事，應該也只是去說一下而已，希望妳不要放在心上。」

哇，這下子傷腦筋了。

「我會向妳婆婆道歉。」

但小梓的媽媽搖著頭說：

「對她來說，只是一種形式。她覺得她在這個家是老大，所以必須和妳的婆婆說這件事。我也沒辦法阻止她，真的很對不起。」

「這樣啊……」

雪見頓時感到心情沉重，但即使留在這裡也無法解決問題，所以只能帶著圓華離開小梓家。

如小梓的媽媽所說，圓華看起來很沒精神。因為離家只有一兩分鐘的距離，雪見抱著她，她像無尾熊一樣緊緊抱著雪見。

「聽說小梓一直說很痛很痛，妳對小弟弟和小妹妹要溫柔一點啊。」

即使雪見對她說話，她也沒有回答，把臉趴在雪見的肩膀上。

雪見希望只是偶然的行為。在公園玩的時候，也從來沒有看過圓華欺負其他孩子，她會借玩具給其他人玩，也會遵守秩序。雪見覺得自己在這方面教得不錯。

為了以防萬一，等一下再好好教她。

回到家裡，婆婆正在打掃浴室。

「怎麼樣？好看嗎？」

婆婆問電影好不好看。

「嗯……原本打算去看電影，後來改變主意，去關根家玩了……」

雖然雪見覺得趁現在主動說明比較好，但又覺得對方未必真的會上門來告狀，所以就含糊其辭敷衍了一下。

帶圓華上完廁所，走去二樓後，雪見開始教導她。

「圓華，妳聽好了，對待小弟弟、小妹妹要這樣。」

她把明華放在圓華面前，輕輕撫摸著娃娃的頭。

「要說好可愛、好可愛。知道嗎？妳來試試。」

「我要吃點心。」

一回到家，圓華立刻有了活力。

「等一下再吃，妳先做好媽媽教妳的事。」

雪見又示範了一次，圓華也跟著模仿。

「對，要說很可愛，很可愛，要溫柔一點，知道了嗎？」

「我要吃點心。」

「嗯，那我們去樓下吃，也讓娃娃一起吃。」

雪見牽起抱著娃娃的圓華走去一樓，然後把餅乾和柳橙汁送去客廳。

「要餵娃娃吃，叫娃娃張開嘴巴。」

「張開嘴巴。」

「沒錯沒錯，這樣小弟弟、小妹妹就會很高興。」

圓華在吃點心時，聽到玄關的門鈴響了。雪見衝出去，但婆婆搶先開了門。

「妳好，我姓關根。」

果然上門了。是小梓家的奶奶。她戴了一副有色鏡片的大眼鏡，一看就是很愛抱怨的人。雪見不禁同情小梓的媽媽要和這樣的婆婆生活在一起。

「今天真的很對不起，不知道該怎麼道歉……」

雪見先發制人地向她道歉，婆婆一臉茫然，完全不知道發生了什麼狀況。

「喔，沒事，沒事，我和妳婆婆聊，妳不用在場沒關係。」

小梓的奶奶很客氣地拒絕道，雪見只能垂頭喪氣地走回客廳。

把小孩子暫時寄放在朋友家並不是什麼稀奇的事，小孩子之間發生摩擦也是家常便飯。雖然對方上門抱怨，但不可能有多嚴重。然而，即使雪見這麼告訴自己，仍然無法擺脫內心的愧疚。今天想要解決問題，竟然招致這樣的結果，不僅沒有比昨天更好，反而更增加了一件麻煩事。

這一陣子壓力很大，當她坐在沙發上時，可以感受到身體的疲勞漸漸湧現。圓華每天鬧到晚上兩點，但自己早上七點就起床了，睡眠時間只有五個小時，長時間下來，身體真的有點吃不消。

真的很希望有兩三天的時間不必照顧圓華，可以自由自在地過日子……她忍不住這麼幻想。

不一會兒，聽到了玄關開門和關門的聲音，她以為小梓的奶奶回家了，正準備站起來，聽到俊郎的聲音說：「妳好。」他似乎參加補習班的模擬考回來了。

但是，雪見看向走廊，發現俊郎一直沒有走進來。她猜想俊郎也在門口聽小梓的奶奶說話，心情更加沮喪了。

兩三分鐘後，俊郎出現在走廊上，向雪見招招手。雪見順從地跟著他去了二樓。

「妳怎麼回事？沒有向我媽打一聲招呼，就把圓華送去別人家裡，白天一個人去了哪裡嗎？」俊郎劈頭就生氣地問：「妳去了哪裡？」

「哪裡……」

雪見遲疑起來，不知道該如何回答。她知道因為小梓的事，家裡人早晚會知道她把圓華送去別人家裡，但真的可以如實回答自己去了哪裡嗎？因為這一趟一無所獲，所以有點難以啟齒。

俊郎看到了雪見的猶豫，搶先問她：

「妳去找中野嗎？」

被俊郎說中後，她感到格外窘迫。正因為俊郎內心有這種疑問，才會來質問自己。

雪見覺得狡辯也無濟於事。

「我去找他，是希望他寫清楚，昨天的事並非事實。」

「是喔。」俊郎冷笑著問：「所以他寫了嗎？」

「他沒寫，他不是能夠輕易說服的人。」

俊郎冷冷地搖著頭說：「我搞不懂。我搞不懂妳因為這種理由偷偷跑去見他，而且最後他不願意寫，不是更加深了昨天的懷疑嗎？為什麼昨天才見了面，今天又去找他？這不是太奇怪了嗎？妳就別再演了，趕快實話實說吧。」

「我說的都是實話，你不是搞不懂，而是根本不想搞懂。」

雪見憤慨不已，不想繼續和他爭辯，回到一樓。即使說不清楚也罷，她只希望趕快結束這種無中生有的懷疑。

來到玄關時，看到婆婆獨自在整理鞋子，小梓的奶奶似乎已經離開了。

「她說什麼？」雪見隨口問道。

「雪見，如果妳有事要出門，不必特地把圓華送去別人家，把她留在家裡就好啊。」

「嗯……只是順便。」雪見含糊地掩飾道。

「關根太太是專門教人家穿和服的老師，還說如果妳想學，可以去找她學穿和服。」

「喔，喔。」

看起來小梓並沒有什麼問題。

但對方既然特地上門，應該會抱怨一兩句，婆婆似乎並不打算說出口。

雪見喘了一口氣，走回客廳。

當她看到正在客廳深處的圓華時，忍不住停下腳步。

圓華抓著明華的手，用力甩著娃娃。

雪見驚愕地愣在那裡。

她不禁怒火攻心。

這個孩子什麼時候變得這麼粗暴？

已經再三警告她不可以這樣，為什麼就是不聽？

圓華不知道有人看著她，得意地拚命甩著娃娃。雪見看著她的背影，簡直就像看到了惡魔的影子。

既然她會這麼對待娃娃，以後還會發生像對待小梓那樣的問題。今天的事絕非偶然，以後還會再次發生。

如果不及時阻止，就真的來不及了。

雪見一時想不到斥責的話。一方面因為突如其來的狀況讓她說不出話，但她很快就放棄了這個想法。她認為光用說的，無法讓圓華瞭解自己的失望。

雪見走到圓華所在的露台附近，內心的感情越來越高漲，對著她高高舉起了手。圓華面對窗外，完全沒有察覺。如果突然打她，她一定會嚇得哭出來，但必須這樣才有效。

她一隻手抓住圓華的肩膀，另一隻手用力打向她的腿。這是至今為止打得最用力的一次。客廳內響起清脆的聲音。

誰叫她不聽話。

「雪見！！」

身後突然傳來雷鳴般的叫聲，刺穿了她的心。

她驚訝地轉過頭，看到婆婆站在客廳門口。

婆婆氣勢洶洶地看著雪見。

雪見第一次看到婆婆這麼生氣的樣子。她不知道發生什麼事，腦筋一片空白，雙腳發抖。

婆婆抱起放聲大哭的圓華，再度遠離了雪見，然後抿著嘴唇，一臉嚴厲的表情瞪著她，簡直和前一刻判若兩人。

俊郎從樓上跑下來察看發生了什麼事，公公也從房間出來。婆婆的喝斥太強烈、太震撼，難怪他們父子兩人會有這種反應。

三個人都看著雪見。

「妳到底怎麼了！？」婆婆的語氣仍然很激烈，「之前兒童諮商所的社工來家裡，擔心妳是不是虐待圓華。」

雪見感到天旋地轉。

虐待？

這是虐待？

這才不是虐待。雪見知道什麼是虐待。因為她從小在母親的虐待中長大。虐待才不是這樣，這根本不是虐待。

那是什麼？管教……沒錯，這是管教。

管教和虐待不一樣。

因為這麼做是為了圓華……

不……

雪見無法肯定自己好不容易想出的答案，忍不住感到不寒而慄。她每次都意識到，比起管教圓華，自己是為了消除內心的怒氣，和趕快解決眼前的局面而輕易採取的行動，而且自己每次都帶有一絲明確的罪惡感。

「因為妳這樣，所以圓華最近才變得有點奇怪，妳為什麼沒有發現？」

雪見看著因為憤怒而眼眶濕潤的婆婆。

這果然是虐待吧……雪見也漸漸這麼認為。既然婆婆這麼說，應該就是這樣。雖然其他媽媽嘴上說很有共鳴，但實際上可能並不會這麼做。

既然這樣，圓華最近那些奇怪行為的原因就很清楚了。當場的效果全都是假的，只是造成了圓華的壓力，所以情況當然會越來越糟。

「妳這個人完蛋了。」俊郎的責備否定了雪見所有的一切，「妳走吧，圓華沒辦法再交給妳了，妳留在這裡也沒有意義。」

沒有人表達異議。包括雪見在內。

自己沒有這種能力……雪見得出了這個結論，覺得整個人都被擊垮了。自己努力想要讓圓華在關愛中長大，但自己從小沒有體會過這種關愛，所以根本沒有這種能力。她不知道如何是好，結果就在不知不覺中，將小時候承受過的痛苦加諸在圓華身上。

從小到大，都不知道如何愛人，也不知道如何被愛……她在成長的過程中，始終帶著這樣的自卑。原來自己並不是一個適合生兒育女的人。

「雪見……」婆婆稍微放軟了說話的語氣，「妳太累了，妳回娘家冷靜幾天，暫時不用擔心圓華的事。」

婆婆下了最後通牒，雪見無力地點點頭。婆婆的臉上帶著哀傷的表情。然後她才發現，因為自己帶著這樣的表情，所以婆婆也露出了這樣的表情。

「那……圓華就拜託了……」

雪見最後擠出笑容，走出客廳。

她走上二樓，把衣服和隨身物品隨手塞進行李袋。

她想起小時候曾經多次看過娘家媽媽這樣離家出走。即使是那麼不負責任的媽媽，在第一次離家出走時，雪見也曾經為了擔心不知道家裡會變成什麼樣而夜不成眠，但很快就習慣了，最後甚至覺得她不在家反而比較好。有其母必有其女。

俊郎上樓來察看，但只對她說了一句話。

「記得把車鑰匙留下。」

不知道俊郎是不是故意，他說話的語氣很冷淡。

「我放在這裡。」

雪見好像自言自語般說著，把車鑰匙放在衣櫃抽屜裡。

她想到要把今天洗好的衣服一起帶走，於是走去陽台。

武內站在隔壁窗前。

而且臉上帶著笑容。

雪見看到他的笑容，覺得他應該只是基於禮貌，但回到房間後，忍不住感到不太對勁，剛才真的是基於禮貌的笑嗎？

她再度隔著窗戶往外看，武內已經離開窗前。

雪見告訴自己這不重要，拿起了塞滿衣服的行李袋。

「祝你……考試順利。」

俊郎沒有回答。雪見在說話時也沒有看他。

婆婆送她到門口，雖然已經恢復平時溫柔的表情，但仍然帶著一絲陰影。

「有沒有帶手機？」

聽婆婆的語氣，似乎想在幾天之後打電話叫她回來。

但是，雪見不禁想，自己真的有辦法回來嗎？

這個家已經沒有自己的容身之處了。

因為太難過，她無法看圓華的臉。

她走出家門。

走了沒幾步，就忍不住回頭。

搬進這個家才四個月。

這棟房子雖然很漂亮……

但是不是和自己相剋？

早知道應該戴帽子。

無奈之下，她拿出手帕，邊走邊擦拭眼淚。

沿著和緩的坡道往下走，經過了小梓家，經過石階旁，轉過十字路口。

停在十字路口對面的黑色車子緩緩駛離。

13 妄想

「喂……喂……」

雪見來到站前路時，聽到背後有人叫她。雪見剛好覺得手上的行李袋太重，所以就放在地上轉過頭。

叫她的是和人的阿姨，她好像要抓住什麼虛無縹緲的東西般伸出手，搖搖晃晃走了過來。

「發、發生什麼事了嗎？妳眼睛這麼紅……是不是出什麼事了？」

這次不是在公園，雪見沒想到會在這裡遇到她，所以嚇了一大跳。

「不是啦，我剛才在那裡看到妳……因為妳看起來好像不同尋常……」她喘著氣說道。

她剛才在哪裡？雪見並沒有看到她。

「我、我們來聊一聊，即使只要一下子就好，好嗎？」

她又用一貫的態度問道。雪見現在根本沒那種心情，所以覺得很傷腦筋。

「今天我妹妹也在附近，我叫她過來，好不好？」

她的妹妹是保育員，今天似乎也在這裡。既然這樣，那就下定決心，和她妹妹聊一聊？如果斷然拒絕，又會像昨天一樣拉扯半天，反正圓華不在，自己也沒有在趕時間。

「呃……我今天要去住朋友家，所以要先聯絡朋友。」

雪見根本不想回去娘家，她以前在運動用品商店打工時認識一個朋友，她打算去那個朋友家暫住。

「妳、妳也可以住我家。」

「不，不用了。」

雪見斷然拒絕後，拿出手機。問了對方之後，對方說晚上幾點去都沒有關係。

「那，如果時間不會太久，可以稍微聊一聊。」

她聽了雪見的回答，連續輕輕點了好幾次頭，臉上浮現扭曲的笑容。

然後她神色緊張地帶著雪見走進一家位在地下室的昏暗咖啡店，推著雪見坐在角落靠牆的座位，把菜單塞給她說：「妳可以隨便點，點什麼都沒問題。」她拿出手機，用看起來很生疏的動作按了按鍵，焦急地撥著頭髮，一下子站起來，一下子又坐下。

「咦？這裡是不是收訊很差……我去外面一下……啊，可以了，可以了。」

她自言自語地說著，最後終於把電話放在耳邊。

「啊，是我，現、現在就在咖啡店。這裡是……呃，叫『日落』……不是，不是。成功，成功了。現在和她在一起，你趕快來，趕快過來。」

她的聲音因為興奮而岔了音。

這個人是怎麼回事……雪見再度覺得她有點可怕。她這麼三番五次邀請自己一起喝咖啡，看起來不像只是想要聊天交朋友，難道想要向自己推銷什麼嗎？如果是這樣，那就要找機會趕快離開。

和人的阿姨掛上電話後，對著雪見擠出了笑容說：

「除了飲料以外，隨便點餐點都沒關係。」

她硬是替雪見點了三明治、義大利麵和蛋糕，然後突然安靜下來。

「呃，馬上就到了。」

她一直用這句話拖時間，似乎決定等她妹妹出現之後再談，雪見完全不瞭解她到底有什麼目的。

冰歐蕾咖啡送了上來，雪見才喝了一口，咖啡店的門打開，但進來的是一個男人，雪見瞥了他一眼，就低下頭。

沒想到和人的阿姨卻向門口招手。

雪見再次看向走進來的男人。

那不是姓寺西的記者嗎？

寺西瞪大充血的雙眼，大步走向咖啡店深處。

「妳好，妳好。」他好像生氣般說完，在和人的阿姨身旁坐下。

「呃……因為我妹妹臨時有事……所以我就找我先生過來。」

和人的阿姨很牽強地找藉口說道，寺西拿起她的小毛巾，擦著脖子上的汗。

「請問這是怎麼回事？」

雪見毫不掩飾內心的不悅。雖然不知道他們有什麼意圖，但至少知道自己被騙來這裡。

「妳不要激動，妳不要激動。」和人的阿姨戰戰兢兢地說。

「不好意思，我先走了。」

雪見想要站起來，寺西慌忙撲過來按住她的肩膀。

「我會告訴妳一切，把所有的事全都告訴妳。」

雪見被這兩個人有點病態的氣勢震懾了。

寺西一口氣喝完了服務生送上來的冰水，沒有理會服務生，看著雪見說：

「我姓池本。」

雪見驚訝得張大了嘴。

「上次的名片上……」

「那是假的，我不是記者。」

「老公。」和人的阿姨很在意服務生，催促他點飲料。

他們似乎真的是夫妻。池本瞪著服務生，大聲地說：「冰咖啡。」

「你為什麼冒充記者？」

池本雙手放在桌上，一臉慚愧的表情說：

「很抱歉，真的很抱歉，因為我們完全不知道有什麼方法可以接近妳。之前我曾經多次在媒體的強勢態度下接受採訪，所以我以為只要自稱是記者，即使感覺不自然，也可以接近妳。那是曾經來找我的記者留下的名片，我竟然假冒曾經讓我們遭遇不愉快的人，這種行為太低級了，結果導致妳也產生警戒，計畫徹底失敗了，所以就決定由我老婆出面。」

「所以和人呢？」雪見問池本太太。

「他真的是我妹妹的小孩，我通常在中午前後借用一下，然後把車子停在去那個公園的路上等待。只有妳和圓華去公園玩，而且公園裡沒有其他人的時候，開著車子在公園繞一圈，然後在不遠處下車。」

原來他們三個人坐在那輛黑色車子上。雪見不禁目瞪口呆，但內心更加疑惑。

「你們為什麼要這麼做？」

「因為我們不知道你們一家誰和武內站在同一陣營，誰願意和我們站在一起，所以只能用這種繞圈子的方法。一旦被你們拒絕，我們就真的只剩下死路一條了。而且武內一旦察覺我們的動靜，可能會排除成為他敵人的對象。」

雪見聽不懂他們在說什麼。

「既然你們不是記者，那和武內先生是什麼關係？」

池本在回答之前，又一口氣喝完了送上來的冰咖啡，然後用手擦掉了嘴角滴下來的咖啡。這個人身上有一種好像即將崩壞的危險。

他喝完咖啡後，雙手放在腿上，聳起了肩膀。

「我們是武內引發的那起命案的被害人家屬。」

「啊……原來是這樣。」

他們突然表明了非比尋常的立場，令雪見不知所措。

「遭到殺害的那對夫妻中的太太是我的妹妹，我們和我媽一起住在他們家隔壁，我的妹婿的場是外地人，所以和我們住在隔壁。」

「但那起事件中，武內先生不是獲判無罪嗎？」

「但就是他幹的。」

「有什麼明確的證據嗎？」雖然雪見覺得如果有明確的證據，應該不可能被判無罪，但還是忍不住問。

「不管有沒有明確的證據，他就在現場。」

「但是，他也是被害人之一，不是嗎？」雪見憑著對新聞的記憶向他們確認。

「那是他自導自演。」

「喔。」雪見漸漸想起了那起事件，「但當時不是認為，自導自演無法製造出那樣的傷痕嗎？」

池本立刻語塞，「嗯，雖然是這樣，但他那個人很狡猾。」

雪見覺得他似乎仍然無法擺脫缺乏根據的憎恨。

「請問……你們知道我公公是誰嗎？」

「當然知道，他是那起事件的審判長。」

「所以你們憎恨我公公嗎？」

「我們嗎？怎麼可能？雖然當初他做出無罪判決時覺得簡直豈有此理，也曾經找他理論，但並沒有憎恨他，而且這次你們將成為被害人，不，搞不好已經受到危害了。」

池本的話令人感到害怕。

雪見對武內並沒有好印象，但只是對他過度熱心感到討厭，不喜歡他不時露出的眼神而已，而且認為他平時的言行是一位紳士，所以聽到池本說他們已經受到危害，覺得有點莫名其妙。

「他搬到你們家隔壁，就證明他已經鎖定了你們。」

「他之前好像說，只是巧合而已。」

「怎麼可能？」池本漲紅了臉，「天底下哪有法官和被告剛好住在隔壁這種巧合？他對判處他無罪的梶間法官產生了親近感，所以才會接近你們，因為他認為你們是他的朋友。」

「請等一下，既然他對我們家的人產生了親近感，我們又為什麼會成為被害人呢？」

「因為武內就是這種人。他對自己中意的人會盡心盡力，送各種禮物，幫各種忙，努力博取對方的歡心，但如果對方周圍有妨礙他建立這種關係的人，他就會千方百計徹底排除，於是對方原本的人際關係，或是家庭就會無情地崩潰，於是武內就可以取而代之，建立周圍都是自己朋友的舒適環境。」

雪見雖然無法立刻相信武內是有這種極端企圖的人，但又覺得有不少跡象，雪見在聽他們說話的同時，不禁感到不寒而慄。

「我們當時的情況也一樣，當我們回過神時，發現和隔壁的場家之間已經惡化到難以修復的關係。他對我媽胡說八道，讓我媽媽把妹妹和妹婿拒之門外。同時又對我妹妹和妹婿說，我對我媽說他們的壞話，讓我媽不想理他們，企圖在我媽死後獨吞她的遺產，他用狡猾的手法做到了這些事。」

「沒錯，沒錯沒錯。」池本太太在一旁拚命附和。

池本探出身體說：

「不僅如此，他最危險的時候，就是當他奉獻的對象想要離開他的時候。只要和他交往，早晚會對他的這種親切熱心感到厭煩，隱約覺得他這個人有問題，希望和他保持距離，對他來說，這就是背叛。他不僅狡猾，一旦得知對方背叛，就會在衝動之下行凶，我妹妹和妹婿，還有他們的兒子就成為他手下的犧牲品。」

雖然這些內容並不適合在咖啡店內討論，但幸好周圍並沒有其他客人。

「你們有沒有告訴警方，他是這種危險人物？」

「我們當時沒有發現，完全搞不清楚狀況之下，兩家的關係就出了問題。在發生那起事件，武內承認自己犯案後遭到逮捕時，我們還不太敢相信，更覺得怎麼可能因為沒有使用他贈送的領帶就情緒失控，殺害一家人，但是現在可以斷言，那很像是武內會做的事。他的供詞並不是警方逼供，而是事實。我之後發現了他個性中的異常和企圖，然後驚覺到，只要從這個角度思考，就可以解釋我和我妹妹家失和，以及之後那起事件，只不過當時審判已經接近尾聲，在上訴到高等法院時，審理的焦點集中在能否證明他身上的傷是自導自演這件事上，我的想法被認為是沒有證據的被害妄想。」

「所以你並沒有證據。」

雪見故意冷冷地這麼問。因為她覺得這對夫妻的舉動有一種可疑的味道，如果受到影響而盲目相信會很危險。

「如果因為沒有證據就置之不理，到時候就來不及了。」池本強硬地堅持，「妳家奶奶去世，也是因為那傢伙的關係。」

「你怎麼知道？」

「妳家奶奶在武內搬去妳家隔壁不到三個星期就死了，當然和他有關係。」
「這……」簡直太牽強附會了。
「武內和妳家奶奶之間絕對有交集，絕對和他有關。」
「他的確幫忙照顧奶奶，和奶奶有交集。」
「看吧看吧看吧。」他們夫妻得意地指著雪見說。
「但奶奶是因為吃了鹹稀飯嘔吐，卡在喉嚨噎死的。」
「鹹稀飯是誰煮的？」
「是姑姑，奶奶的女兒。」
「是誰餵的？」
「也是姑姑。」
「姑姑和武內有什麼關係嗎？」
「那天才第一次看到。」
池本一下子握拳，一下子鬆開拳頭，一臉痛苦，似乎在思考。
「但武內當時也在場吧？」
雪見在無奈之下，說明了當時的情況。因為之前就覺得似乎有哪裡不太對勁，現在又想起來了。也就是滿喜子在電話中所說的，奶奶在噎到之前，只有武內一個人在奶奶房間內。
池本聽了，雙眼發亮地拍了一下手，然後做出意義不明的手勢嘟噥起來，池本太太看著他，好像對他的痛苦感同身受。

池本停下，問雪見說：「所以武內有機會碰妳姑姑煮的鹹稀飯嗎？」

「不，姑姑做好之後，自己端去餵奶奶。」

池本皺起眉頭，扭著身體說：「怎麼可能？一定有可乘之機。」

雪見回想起當時的一個場景。

「吃完之後，是武內把碗送回廚房。」

池本立刻睜大了眼睛問：

「還有吃剩的鹹稀飯嗎？」

「對……還剩下一點。」

「那就對了！我知道了！」池本好像有一股電流貫穿身體般挺直了背，「他主動把碗送回去廚房，在走廊上用手抓了鹹稀飯，裝進了塑膠袋或是自己的口袋。原本剩下的鹹稀飯應該更多，他趁只有他和奶奶兩個人的時候，撬開了她的嘴，把鹹稀飯塞進她嘴裡。一旦這麼做，臥病在床的老人當然會嘔吐，也會窒息。這是他幹的，絕對錯不了。」

雪見對池本突然說的這番話無法浮現任何感想，只是突然想起武內那天走出奶奶房間後在盥洗室洗了手這件事。

「對你們來說，照護奶奶是一大負擔，至少武內這麼認為，所以他決定排除奶奶。」

婆婆的確因為照護奶奶，以及和滿喜子之間的談話造成了很大的壓力，也因此累壞了身體，才會找武內來幫忙……

「這麼可怕的事，妳必須趁現在趕快告訴妳的家人。」池本太太因為驚恐而顫抖地說。

「根本沒有證據，要怎麼說？」

怎麼可能因為無法排除這種可能性，就指控因為好意來幫忙照護奶奶的男人是殺人凶手？更何況他事後還包了三十萬圓奠儀。雪見不可能這麼做，而且也不認為家裡的其他人會相信。

「上次有一個男人去公園，不是和妳先生吵架了嗎？當時武內也坐在車上。那也是武內搞的鬼，妳說說看，到底是怎麼回事？」池本太太強烈要求。

雖然雪見並不想這麼做，但無法抗拒他們不同尋常的氣勢，最後把墮胎的事說了出來。

「這很簡單，」池本苦悶地想了一下後露出了詭異的笑容，「闖進妳娘家的當然就是武內，而且他應該多次潛入妳的新家，物色可以和你們家的人拉近距離的線索。他藉由這些行為得知妳在婚前曾經墮胎，所以就去訂購了水子地藏作為試探，然後又從妳保管的那些中野寫給妳的信中，得知他之前曾經糾纏妳，於是就假冒妳的名義寫信給中野。妳說妳的一些筆記都不見了，是因為他需要把妳寫的字一個一個剪下來拼成信，然後再影印。然後，武內應該事先調查了中野，得知他的長相。看到妳在星期六中午過後去了公園，武內就去圖書館的停車場監視，看中野有沒有來。這當然是因為妳先生就在圖書館，而且那裡剛好位在從車站往公園方向的途中，於是他就看到中野經過那裡。在確認中野經過之後，武內就走進圖書館，假裝巧遇妳先生，邀妳先生去開車兜風，又說看到妳和圓華在公園內，提議帶你們一起去散心，所以即使妳質問中野，也覺得在雞同鴨講，但只要把武內列入考慮，一切都有了合理的解釋。」

「武內先生為什麼要這麼做？」

如果認為那件事是中野幹的，的確存在很多無法解釋的疑問，但如果按照池本所說，完全搞不懂武內為什麼要冒著這麼大的風險做這種事，所以無法輕易相信。

「因為要排除妳。武內認為妳並不是和他同一國的人，不知道是因為他看到了妳和我們接觸，或是察覺到妳內心的警戒，他很敏感，總之，他認為妳是障礙。」

「圓華最近不是也有點奇怪嗎？」池本太太接連提出了疑問，「那也是武內搞的鬼，他一定給圓華喝了什麼。」

「他會給圓華吃點心，但飲料……」

「一定有。」池本斬釘截鐵地說，「他試圖讓妳為了育兒的問題費神，藉此惹是生非。他會做這種事，我們之前就想提醒妳這件事，只要事先瞭解，就可以防範。」

「現在……已經發生了問題。」

「什麼！？」池本誇張地表示驚訝，語帶顫抖地問：「怎麼回事？出了什麼事？」

「這件事和武內先生無關，是家庭內部的事。我在管教圓華時，養成了動手的習慣。在我用這種方式管教之後，圓華非但沒有更聽話，反而越來越叛逆，她開始甩娃娃，而且還拉扯比她年紀更小的小朋友手臂……」

「武內有沒有看到妳曾經對圓華動手？」

「這……好像曾經從隔壁二樓看到。」

「所以曾經看到過，對嗎？那就是他幹的，妳被他發現了弱點，他絕對不會放過這個機會，然後呢？」

「這件事和他沒有關係，因為圓華在甩洋娃娃，所以我就打了她的腿，剛好被我婆婆看到，她立刻大動肝火。」

「雖然當時的發展看起來順理成章，但其實武內已經打好了基礎，隨時可能發生這種狀況。他一定事先告訴妳婆婆，妳在暗中虐待孩子。」

「不是，是兒童諮商所的社工……」

雪見在回答的同時，想到一個疑問——到底是誰去向兒童諮商所檢舉？池本立刻說：

「想也知道，一定是武內去檢舉。」

「不，我也曾經和公園的媽媽聊過這件事……」

「是武內，就是武內，也是武內教圓華甩娃娃。」池本太太說得好像她親眼看到一樣。

「不可能，那個娃娃平時都放在二樓，從來沒有拿出去。」

「喔，老公，你想一想是什麼狀況？」

池本聽了太太的話，再度低吟起來。

「是怎樣的娃娃？」

「就是我剛才提到的嬰兒的娃娃。」

「原來是這樣，他讓圓華粗暴對待娃娃來激怒妳，妳等我一下。」

池本好像詭異的超能力者在透視一樣，時而仰頭看著上方，時而低頭注視地面，甩著手，扭動著身體。

「妳有沒有看過武內有相似的娃娃？」

「呃，不……但是……」

「但是什麼？」

「圓華曾經問我，娃娃是不是隔壁的叔叔送的，當時我覺得有點奇怪。」

「啊，我就知道，武內也買了嬰兒的娃娃……妳家二樓的房間窗戶是不是對著武內家的窗戶？」

「對。」

「我知道了，武內從那個窗戶觀察妳家，等待圓華一個人玩的時候看到他，當圓華看到他時，他向圓華出示自己的娃娃，表示自己也有同樣的娃娃。因為他之前曾經給圓華吃點心，所以圓華並不會對他產生警戒，於是他就一下子抱娃娃，一下子搖晃娃娃。因為看起來很好玩，圓華也就跟著模仿，接著武內越玩越瘋，在圓華面前甩娃娃。小孩子覺得甩東西很好玩，所以圓華也開心地模仿。他就是用這種方式教圓華惡魔遊戲，圓華並不覺得自己做了什麼壞事，她只是覺得好玩而已。」

「就、就是這樣，只要這樣說明，妳婆婆應該就瞭解了。」

「事情沒這麼簡單。」

連自己都半信半疑，婆婆不可能相信。更何況自己真的打了圓華，婆婆一定覺得自己在推卸責任。

「我們去妳家說明情況，」池本喘著粗氣說，「妳只要居中牽線就好。」

「請等一下。因為家裡的人要我暫時冷靜一下，所以我才剛離家。」

池本聽了，皺起眉頭，用拳頭捶著桌子，低吟著說：「原來已經晚了一步。那妳有什麼打算？我們該怎麼辦？要怎麼打敗武內？」

即使這麼問我……雪見看著池本懊惱地抱著頭的樣子，不知該如何回答。

「在武內搬家之後，我們不時在附近監視，設法揪住他的狐狸尾巴，但想要更進一步瞭解他的狀況，就必須透過他設法接近的梶間家的人，所以我們鎖定了每天都去公園，最容易接近的妳。」

「請問……你們的工作呢？」

「當然不可能工作，我們根本無心工作。他不僅毀了的場家，也毀了我們家。我媽在那起事件之後，因為傷心過度而去世了。諷刺的是，我媽留下了遺產，我們目前靠遺產過日子，但除此以外失去了一切。我說的『一切』就是指『幸福』。雖然可以過日子，但生命沒有意義，只有遺憾悔恨成為我們活下去的動力。妳能夠瞭解把遺憾悔恨當成是生命意義的人是怎樣的心情嗎？不，妳不需要瞭解，但無論如何都希望妳能夠協助我們打敗他。

我們沒有和他對抗的方法，也沒有力量和才華，我們原本就不擅長和別人打交道，唯一的優點就是腳踏實地過日子，結果被迫成為被害人家屬，我們到底該怎麼辦？照目前的情況下去，唯一的解決方法，就是殺了武內，但我也有一個在讀高中的女兒，我不希望她成為殺人凶手的女兒，這種兩難令我痛苦不已。

我每天漫無目的地坐在車上監視，假冒是記者，把老婆和外甥送去公園的行為根本沒有意義，妳可能覺得這種行為很丟臉，但我無法恥笑自己的行為，這是我經過左思右想之後採取的行動，這是我唯一能做的事。」

雪見聽了池本的訴說感到震撼不已，她在此刻終於清楚瞭解自己內心對他們是怎樣的感覺。

池本的雙眼佈滿血絲，看起來很異常，他的太太眼神空洞，有一種病態的感覺。雖然他們兩人看似完全相反，但其實完全一樣。

這兩個人……

只差一步就變成了廢人。

是什麼讓他們變成這樣？

被害人家屬會變得這麼悲慘嗎？

自己甚至無法輕易同情他們。

而且……事實上自己也想不到目前可以怎麼幫助他們。

進一步而言，也許需要慎重思考，處於這種狀態的他們或許正走向正確的方向……也許真的該懷疑武內。

「嗯……我已經充分瞭解了，但我今天剛離家出走，腦筋一片混亂，請讓我稍微思考一下，自己到底能夠做什麼，而且也會瞭解一下當時的事件。」

「是嗎？」不知道池本是否因為已經暢所欲言，他似乎稍微平靜了一些，「但是，我必須先告訴妳一句話，在我妹妹一家的事件上，已經無法再審判武內了，因為一事不二罰，即使有新的事實出現，也無法再審判已經無罪定讞的武內。」

「啊，是這樣啊。」

話雖如此，但既然當初是公公負責那個案子的審判，如果沒有發現足以推翻武內無罪的事實，恐怕很難說服家人。

「所以，目前最有希望的手段，就是證明他殺了妳家的奶奶。」

「不，這應該不可能。」

雪見不願他們對自己產生期待，斬釘截鐵地回答。

池本沮喪地嘆了一口氣，搖搖頭。

「那就只能等他步步逼近，最後露出馬腳了，而且必須在有人受害之前揭發他的真面目。雖然很難，但只能這麼做，如果袖手旁觀，逃避了犯罪責任的他一定會再引發第二起、第三起事件。」

「嗯……但我覺得因為這樣而開車監視他毫無意義，希望你們不要因為這種事讓自己太疲勞了。」

「是啊，也許妳說的對。」

池本駝著背，面露疲態，似乎聽了雪見的話，才終於意識到這件事。

雪見和他們交換了手機號碼，才終於擺脫他們。

話說回來……離開他們之後，她感到有點不知所措。

自己聽他們說了這些又該怎麼辦呢？

也許有助於重拾往日的生活……

不久之前，自己還過著正常的生活。

14 參戰

接下來的三天，雪見借住在川崎多摩區的女性朋友所租的公寓，一有空就去離那裡最近的圖書館和日比谷圖書館。幸好那個女性朋友很高興有人為她做晚餐，晚上的時候，她就在公寓研讀從圖書館影印回來的事件當時報章雜誌報導的內容。

第四天時，她發現已經無法從這些報導中掌握新的資訊，她大致瞭解了事件的大致情況。最初報導這起事件時，重點放在是一起連幼童也不放過，冷酷無比的慘案，當時被視為唯一倖存被害人武內的目擊證詞受到相當的重視，但警方並沒有在命案現場附近打聽到任何目擊消息，同時缺乏物證，導致偵查工作陷入了瓶頸。

之後，某本雜誌搶先報導，負責偵查工作的幹部對倖存者產生了濃厚的興趣，報導的風向就此開始完全轉向。事實上，那時候已經開始要求武內配合主動到案說明，他很快就招供了，媒體都爭相報導「自導自演」和「動機不夠充分」等這起案子的特異性。

這些報導中也提到了池本亨的證詞。正如他自己所說，當時認為武內「看起來完全不像是會做這種事的人」，如今卻說「絕對是他做的」，說詞前後不一。既然當初表達了這樣的意見，即使之後提出完全相反的意見，也只會讓周圍的人感到奇怪。

池本在那天下班回到家時，剛好聽到警車的警笛聲，當他看到警車就停在隔壁時，不知道內心有多不安。也許他覺得如果自己早回家二、三十分鐘，或許就會發現異常，也許可以逮到凶手。他是不是陷入了這樣的懊惱？這應該成為他遲遲無法放下這起案子的原因之一。

池本太太……池本杏子也表達了內心的後悔，當初在院子內聽到隔壁的聲音和動靜時，如果自己更加重視，也許事情就會大不相同。但是有辦法責怪有人在平凡的生活中，即使聽到隔壁鄰居家傳來一兩聲尖叫，也以為是發現了蟑螂或是打破杯子這種程度的事嗎？雖然他們是親戚，但終究有各自的生活。

也許即使災難在眼前發生，也很難發現。

還有報導追溯到武內的少年時期，他似乎沒什麼朋友，所以並沒有採訪他朋友的內容。在和他並沒有很熟的人眼中，少年時期的他是「能夠帶領周圍人的優等生」。他的父親是村議會議員，在當地很有聲望，武內是他父親在五十五歲時生下的孩子，在他讀中學時，他父親已經七十歲，得了重病之後臥床不起，然後就死了，留下的母親是和武內沒有血緣關係的後母，她也在武內讀高中時發生意外而喪生。

之後，武內在東京的大學畢業後，進入一家中堅貿易公司任職。大家對他的評價是待人親切，工作努力。不久之後，他自立門戶開了公司，十五年前和一名英國女子結婚，在事件發生的三、四年前離婚。難道是因為離婚之後，他開始在和朋友的交往中尋求溫暖嗎？

在掌握事件的概況之後，令雪見感到好奇的是，武內和的場夫婦雖然是在國際航班上相識而開始成為朋友，但兩家人住的地方竟然只相距五分鐘。

這是怎麼回事？感覺不像是巧合。雖然只是推測，但雪見認為武內在認識的場夫婦之後搬到調布。在調布那一帶的住宅區，即使想要找鄰近的房子，也只能找到相距五分鐘的房子……應該是這樣。

沒有任何一篇報導提及此事。這也許很正常，既然是好朋友，彼此住得很近，即使不是巧合，也不值得大驚小怪。想要搬去朋友所住城市的想法稱不上異常，這起事件只是彼此的良好交情生變造成的悲劇。

但是，武內現在又搬到了熟人家附近。這已經是第二次，但既然上一次朋友遭到殺害，這種行為就有了不同的意義。如果不是巧合，那就太可怕了。池本說「鎖定了你們」，武內的行動不正是如此嗎？

也許是因為持續看了多篇懷疑武內是真凶時期的報導，雪見的想像一直往壞的方向發展。尤其連六歲的孩子都不放過的殘暴行為，讓家中有圓華的雪見產生強烈的不安。雖然不太願意相信曾經親切地拿點心給圓華的武內會做出這種事，但在這個問題上不能樂觀。

在法院做出無罪判決之後，報導的方向轉向指責警方辦案手法粗糙。武內背後的傷成為無罪判決的關鍵，法院採納了律師方面提出不可能是自己故意所為的鑑定結果，除此以外，法院強烈認為武內的供詞出自檢警的逼供，和當事人供稱的動機缺乏說服力。

動機缺乏說服力這一點見仁見智，是否能夠接受因為領帶問題而產生殺機也會受到主觀的影響。池本認為那樣的動機很符合武內這個人的性格，當然不光是因為領帶這一件事，還有他之前為對方日積月累的奉獻，如果能夠證明武內這個人的人格異常，也許可以證明池本的說法。

當時擔任審判長的公公認為武內後背的傷是最大的疑問，反過來說，這是重大關鍵，只要能夠推翻這件事，就可以證明是武內犯案。

用金屬球棒反手打自己後背並不困難，也可以造成相應的瘀傷，但武內背後的傷並不是重複幾次這種程度毆打的輕傷，而是承受了十次到二十次左右的重擊造成的。

不過，雪見覺得既然能夠把自己打傷，也許打成重傷並不是完全不可能的事。只是既然檢方無法有效證明，用正常的思考可能無法解決這個疑問，如果換一個角度思考，或許有辦法解決這個難題。

無論怎麼想，都無法證明奶奶的死是武內動的手腳，所以，在一系列匪夷所思的事情中，應該只有墓地那件事能夠揪住對方的狐狸尾巴。在雪見離家第三天晚上，接到了池本關心的電話，雪見請他打電話到東京都內各家石材行打聽。如果能夠證明這件事是武內所為，足以讓其他家人瞭解他的異常性。

離家已經四天，雪見越來越覺得武內是一個危險人物。姑且不論自己是否能夠重新回去那個家，她認為必須提醒其他家人，武內有多麼危險。

只是必須慎重考慮提醒的方法。公公是當初對武內做出無罪判決的人，婆婆和武內的關係很好，也很信任他，而且在俊郎的論文考試結束之前，她不願破壞家中的平靜。

離家第五天時，雪見的手機接到了婆婆打來的電話，雪見告訴她，目前借住在向之丘遊樂園附近的朋友家中，婆婆說要來找她。她們約定四點見面，她留了字條給出門上班的朋友說要出門買東西，然後走出公寓。

婆婆牽著圓華走出車站。仔細一想就知道，除了婆婆以外，沒有其他人照顧圓華，所以當然會帶她一起來，但雪見當初是因為被指責虐待圓華而被趕出家門，沒想到可以見到圓華。因為完全沒有期待，所以不禁喜極而泣。

流淚是圓華的專利。在和雪見視線交會的瞬間，她一臉不知所措，但雪見坐下後向她招手，她立刻泣不成聲地撲向雪見。

「不要哭得這麼傷心。」

雪見抱起她，撫摸著她的頭。好久沒有感受到女兒柔軟的身體，雪見有點難以克制自己的情緒，很不願意和圓華分開。即使圓華就在她的耳邊哭，她也不覺得煩，反而為女兒為見到自己而哭感到高興。

「她每天都吵著要找媽媽、要找媽媽，都快受不了她了。」婆婆說完笑了起來。

「所以妳特地帶她來看我嗎？」

畢竟，當初自己是因為那樣的原因離家。

「那當然啊，如果只有我一個人來，妳也會很失望吧？」

婆婆態度很親切，簡直就像忘了五天前的事。

婆婆說想喝飲料，於是三個人一起走進了車站前的咖啡店。

圓華已經不再哭，雪見讓她坐在自己腿上。她覺得圓華太可愛了，一刻也不想分開。她為圓華點了聖代，一口一口餵她吃。

「我還以為妳回去娘家了。」

婆婆喝著紅茶，語帶擔心地問。

「因為總覺得回去不太方便。」

雪見沒有明說，但婆婆了然於心地點點頭。

「既然這樣，很希望妳能夠趕快回家，只不過俊郎還是很不開心。」

雪見看俊郎之前的態度，覺得婆婆說的沒錯，他也許並不想和自己修補關係。

「所以妳已經原諒我了。」

「談不上原不原諒，就像我那天說的，我只是希望妳冷靜一下，並不是不瞭解妳的煩惱。俊郎也是我一手帶大的，只要看圓華，就知道妳並沒有真的虐待她，只是妳太努力了，我覺得這是最好的方法。」

「原來是這樣……」

雪見得知婆婆並不是放棄自己，忍不住感到高興。

「妳的努力，我都看在眼裡，所以不要覺得自己的付出很不值得。但妳的方法不對，我當然會生氣，會糾正妳，這也是對妳的肯定。我很感謝妳願意嫁給俊郎，妳不在家，我也很傷腦筋。」

「嗯……我知道了……」雪見內心很感動，好不容易才擠出這句話。

「俊郎那裡，我會想辦法，但他最近快考試了，暫時沒有心情顧及這些事，所以妳再稍微忍耐一下，我也會再帶圓華來看妳。」

「好，謝謝。」雪見靜靜地笑著回答，用面紙擦掉圓華嘴角沾到的冰淇淋，「她最近的情況還好嗎？晚上會不會哭鬧？」

「妳不必擔心，因為媽媽不在身邊，她當然會有很多不滿，所以也常常會哭鬧，但不會再像以前那樣，晚上睡覺也很正常。」

「是喔……圓華，妳真乖。」

雪見雖然鬆了一口氣，但其實心情很複雜。圓華沒有和自己生活在一起，生活節奏和情緒都很穩定，所以這意味著自己的管教方式造成了她很大的壓力嗎？還是……

「媽，我想問妳一個有點奇怪的問題……」

「嗯？」

「武內先生有沒有給圓華喝什麼飲料？」

雖然這個問題很唐突，但也許是因為她問話的語氣很輕鬆，婆婆面不改色地回答說：

「喔喔，有啊，他常常給圓華喝養樂多。」

「啊？」雖然是雪見主動發問，但聽到了意想不到的回答，忍不住感到震驚，「從什麼時候開始？」

「妳問我從什麼時候開始，我也很難回答，傍晚在院子裡遇到時就會給她喝。最近，圓華好像喝上癮了……怎麼了？有什麼問題嗎？」

「沒有……我向朋友請教圓華夜晚會哭鬧的事，對方問我，會不會有人把藥物混在飲料中給圓華喝……」

「啊？」

「但家人不可能做這種事，所以我在想，會不會有其他可能。」

婆婆立刻板著臉說：

「不可以把責任推到別人身上，雖然我不知道妳的朋友是誰，但我相信對方是為了讓妳不要太自責，隨口說這種話安慰妳。」

「嗯，也許吧，但我再問一個問題，養樂多的蓋子事先就打開了嗎？」

「是我打開的，而且他現在也會給圓華喝，圓華完全沒有任何問題。」

「這樣啊……」

雪見聽了婆婆的回答，仍然沒有消除對武內的懷疑。也許是因為得知武內給圓華喝飲料這件事造成了太大的衝擊。

「雪見，妳沒事吧？」婆婆皺起了眉頭，「妳還在懷疑嗎？真不像妳。」

「我沒事，只是問問而已。」

婆婆的反應完全符合雪見的預期，繼續表明和武內對決的態度，會造成和婆婆之間的對立。但是，也許遲早要面對這一刻。

喝完咖啡後，她們一起去逛大榮超市買晚餐的食材，婆婆連同雪見的份也一起結帳。今天晚上，雪見打算和婆婆一樣都煮奶油燉菜。

回程時，雪見送她們去車站。婆婆買好車票，站在驗票口時，雪見把抱在手上的圓華放下。

「很希望早日恢復之前的生活，無論如何，尾七那一天妳要出席，記得不要安排其他事。」

「嗯，我知道。」雪見在回答之後，依依不捨地摸著圓華的頭，「那就再見嘍，妳要乖喔。」

「媽媽不回家嗎？」

圓華不安地抬頭看著雪見。

「嗯，媽媽現在還不能回家，妳要聽奶奶的話，知道嗎？」

「圓華，那我們走吧。」

婆婆說完，想要牽圓華的手。

但是圓華注視著雪見，一動也不動，垂著嘴角，眼淚撲簌簌地流下來。

「對噗起。」

圓華擦拭著順著臉頰滑下來的眼淚，抬頭看著雪見道歉。

「媽媽，對噗起。」

雪見不禁納悶，她在為什麼事道歉。

隨即恍然大悟。

雪見之前曾經威脅她，如果她不乖，媽媽就要離開家裡……雪見感到一陣揪心，蹲下把圓華抱了過來。

「圓華，妳不用道歉，媽媽並不是因為妳不乖才離開家裡。」

圓華泣不成聲，雪見感受著她肩膀的抖動，不禁難過不已。

圓華很天真無邪。

她需要我。

她很努力，相信只要自己乖一點，媽媽就會回家。

我也需要她。

不久之前，母女兩人每天形影不離，從早到晚都出入相隨，為什麼如今需要分離？

「媽媽很快就會回家，妳再等一等。」

我一定會回家……雪見撫摸著圓華的背，在心裡一次又一次發誓。

到時候……

絕對不會再動手打妳了。

隔天，雪見去了調布。她在國領車站下車，池本杏子在北口等她，然後一如往常的手足無措，帶著她去家裡。

在梅雨季節過後的炎熱中，從車站走了十五分鐘。隨著離車站越來越遠，不時看到農田，有著濃濃的郊外氣氛。有些房子用圍牆圍了起來，裡面種了好幾棵大樹，看起來像大地主的房子，也有些房子很小巧，院子只有巴掌大，車庫也很小，感覺稍不留神，車子就會擦撞到。

池本家屬於後者。房子的屋齡大約十年左右，雖然和雪見的娘家相比，看起來乾淨多了，平時有清潔整理，但外牆開始褪色，整棟房子有種寂寞冷清的感覺，小院子內也沒有綻放的鮮花。

「請進，請進，不必客氣。」

雪見跟著杏子走進玄關，放好鞋子進了屋。

「老公、老公。」

杏子急切地叫著，打開了位在很短的走廊盡頭的拉門。拉門內似乎是客廳。

「果然有給小孩子喝飲料，給她喝了養樂多。」

來這裡的路上，雪見說了養樂多的事，杏子立刻興奮起來。她一路上說著「我就知道，我就知道」，然後越走越快，帶著這股興奮向池本報告。

「你好。」

即使雪見向池本打招呼，池本也沒有反應，興奮地紅著臉說：「就是嘛，就是嘛。」

「呃……但是蓋子並沒有打開，而且現在也會給圓華喝，但圓華目前情緒很穩定。」

即使雪見這麼說，池本也完全聽不進去。

「這是理所當然的事啊，因為妳已經離家了，他不需要再繼續加藥物了，而且養樂多的蓋子即使打開了一半再蓋回去，乍看之下根本不知道。」

雪見點頭，覺得也有道理。這麼一想，就覺得武內更加可疑了。

「石材行方面有沒有進展？」

「嗯，我目前正在打電話簿上所有的石材行，請妳再稍等一下。」池本看著電話簿，抓了抓頭，「我和我老婆都不太擅長打電話，所以每次打電話都緊張得直冒汗，進度很不理想。」

「這樣啊，那接下來由我來……」

「不，不，請交給我們處理，而且仔細思考之後，我認為他也可能找埼玉和神奈川的店，妳一個人沒辦法打這麼多電話。武內這麼奸詐，很可能會故意找比較遠的石材行，讓人不容易查到。」

既然這樣，恐怕不會這麼快就有結果，所以無法抱有期待。

杏子為她倒了麥茶，她坐在開著冷氣的客廳內涼快了一下。

「請問……隔壁仍然維持當時的樣子嗎？」

喘了一口氣，感到涼快些，雪見改變了話題。

「對，仍然保持原樣，的場的父母也沒有提出任何想法，所以我老婆有時候去打掃一下。」

「如果方便的話，我可不可以參觀一下？」

「可以，可以。」

三個人一起走出門外。

隔壁的場家在外觀上和池本家很像，簡直就像是雙胞胎，不知道車子是否賣掉了，還是原本就沒有買車，車庫內沒有車。

仔細一看，池本家的院子和的場家的房子占左右兩邊。兩戶的排列順序為池本家的院子、房子、的場家的院子、房子。院子很小，為花木澆水時根本不需要走動，但按照這樣的格局，即使杏子在自家院子時，的場家發出可疑的動靜或聲音，也不至於會感到不安。也許當時的場家發出的動靜和叫聲比杏子聽到的更大聲，另一側的鄰居家建了很高的圍牆，後方是一棟扁平的公寓，中間夾了一個可以斜向停車的小車庫。雖然看起來房子很密集，但其實聽不太到左鄰右舍的動靜。

「請進。」

杏子推開門，雪見走了進去。

沒有主人的房子寂靜沉默，完全感受不到生命的氣息，從空氣中就可以感受到這裡已經停水停電。

進屋後左側那道門是廁所，後方是盥洗室，右側是廚房和客廳……也就是所謂一房一廳的格局，和室也在那一側，中間的走廊深處是往二樓的樓梯。

客廳在和室旁呈L形，和室差不多三坪大，打開一看，中間放了一張暖爐桌，周圍是衣櫃和電視，應該是一家人團聚的地方。

客廳內放著餐桌和沙發，牆邊放著書櫃和展示櫃。

「他們向武內買的或是他送的東西都被我丟掉了。」

不知道是否因為這個原因，客廳看起來很簡單，但反而可以感覺到這一家人很年輕，掛鐘和窗簾的設計很有品味，展示櫃內放著娃娃和手工藝品，散發出池本家所沒有的華麗感。

雪見難以相信這裡曾經發生過慘案，和這個家的感覺完全不相襯。

「就在這裡，」池本指著沙發前說，「久美子就倒在這裡。」

然後，他又看向客廳入口附近說：

「的場倒在那裡。」

旁邊就是樓梯。

「健太倒在往上走兩三級樓梯的地方。」

武內倒在放電話的走廊中間。

實際來到現場，就發現狹小的空間內陳列了很多具屍體。警方趕到現場，一打開玄關的門，就看到了奄奄一息的武內，同時看到洋輔的半個身體倒在客廳外。走去那裡往上看，就看到健太矮小的身體倒在樓梯上，看向客廳深處，又發現了久美子……光是想像當時的情景，就覺得慘不忍睹。

「所以，」池本開始說明犯案過程，「他們原本在客廳聊天，武內得知的場不喜歡他送的領帶，情緒激動起來。武內怒氣沖沖地拂袖而去，來到玄關時，看到放在雨傘筒內的金屬球棒，衝動之下產生殺機，拿起了球棒。的場為了安撫武內追出來，武內突然舉起球棒，朝他的腦袋打下去。的場退到了樓梯旁，被他打中要害，久美子見狀，嚇得驚叫起來。武內聽到驚叫聲後惱羞成怒，走進客廳，轉眼之間就收拾了嚇得魂不附體的久美子。

武內這時才回過神，思考該如何收拾殘局，最後得出了只能謊稱有暴徒闖入施暴的結論。如果自己逃走，反而可能增加嫌疑，與其這樣，還不如偽裝成被害人之一，或許有辦法騙過警察……在做出了這樣的判斷後開始故布疑陣。差不多就在這個時候，健太從二樓走下來。武內認為不能留下活口，否則自己犯案這件事就會曝光，於是就追上逃向二樓的健太，用原本送的場的領帶勒死他……」

這基本上就是武內最初招供的內容，身在現場聽著犯案過程的說明，更有真實感，同時覺得完全有可能，很納悶為什麼有人對此產生質疑。

案情的確存在匪夷所思的問題。武內後背的傷就是很大的問題，雪見原本以為看了現場，可能會有什麼靈感，但事實沒這麼簡單。客廳的牆邊都放著書架和展示櫃，再加上是L形的獨特格局，沒有足夠的空間讓球棒一次又一次從右側揮向左側。如果舉起球棒打下來，空間上沒有問題，無論客廳和走廊的天花板都很高，尤其走廊上方是樓梯的挑高空間，的場夫婦應該就是在那裡被打中頭部。

但武內的情況又是如何？觀察現場後，不得不承認他蹲在那裡，在雙手抱住後腦勺的狀態下被球棒打中的狀況最合理。的場夫婦還來不及做出這種防衛的姿勢就遭到了攻擊，所以只有抱住頭的武內受的傷都集中在後背也合情合理。

到底該如何推翻這種說法？武內真的動了什麼手腳嗎？

雪見猜不透武內動了什麼手腳，即使絞盡腦汁，也無法想出所以然。

「謝謝。」

雪見放棄了思考，向池本夫婦道謝。她認為很難推翻案情中的矛盾之處說服公公，目前只能蒐集疑點，讓家人瞭解到武內是個危險人物。

「請問，是不是……可以請兩位去梶間家說明相關情況？其他的事由我負責安排。」

雖然她很擔心家人不知道能不能接受池本夫婦身上散發的獨特氣氛，但還是認為由當事人訴說最有說服力。

「我、我們很樂意。」池本欣然同意。

雪見告訴他們，俊郎這個星期六、日參加司法考試，她打算在俊郎完成司法考試之後採取行動，然後婉拒了他們要送她去車站的建議，離開池本家。

雖然忘記了來路，但雪見隱約記得車站的方向，所以決定隨便走走。她思考著的場家的事，漫不經心地在甲州街道過了馬路，不一會兒就來到了舊甲州街道。

國領車站應該就在附近，但她不知道該沿著這條路向左走還是向右走。最後她決定相信自己的方向感往左走，走了一小段路，看到金屬圍籬上掛了一塊用黑色油漆手寫的周邊示意圖。她看了示意圖，發現自己果然沒有走錯，前方就是轉向車站方向的路口。

當她的視線準備離開示意圖時……

她發現有哪裡不對勁。

她站在人行道上凝視著示意圖。

然後終於發現了問題。

這條路上有一家名叫岡井石材的店，位在和車站相反的方向。她回頭張望，可能離這裡有一段距離，所以看不到招牌。

雖然她對這裡竟然有石材行感到意外，但也許這種店開在哪裡都很正常。這條路是很久以前就有的路，有不少米店、工作服店、釣具店等讓人聯想到傳統商店街的店家，岡井石材行應該也在那裡經營了好幾代。

平時她完全不會在意石材行，但今天無法忽略。雖然不知道武內以前住在哪裡，但既然可以從池本家走到這裡，武內應該也熟悉這一帶的環境。

她轉頭走向調布的方向。走了大約三分鐘左右，就看到了那家石材行，一輛卡車停在那裡，車上裝了搬運石材的重型機械，有屋頂的空間內排放了好幾塊墓碑，不知道是庫存還是樣品，也有好幾尊水子地藏。雪見見狀，覺得應該就是這家店。

石材行的辦公室就在車庫旁，隔著窗戶，看到一個中年人坐在桌前。

「不好意思，打擾一下。」

雪見打開門，那個男人從眼鏡上方看著雪見。

「我想請教一下，」她在對方還沒有認為她是客人之前就開了口，「請問你們最近有沒有為多摩野靈園的梶間家做墓碑？」

「嗯，有啊。」

老闆很乾脆地回答，雪見覺得老闆只是心不在焉地附和，又重新確認了一次，老闆這一次明確回答說：

「這個案子的確是我們做的。」

沒想到……

「那請問……」雪見花了點時間思考下一個問題，「請問你還記得當時來訂購的人嗎？」

「是梶間先生啊。」老闆竟然這麼回答。

「那個人也許這麼自稱……呃，我就是梶間家的人。」

「喔……」

「請問那個人長什麼樣子？」

「喔，是電話訂購的。」

「電話？」

「對，他說工作很忙，白天沒時間過來，所以會在晚上把戒名和墓地的區域號碼放進我們的信箱，然後就真的在信箱內看到了。」

「也是他訂購了水子地藏嗎？」

「對，他說要展示在外面最小的一個。」

「他是怎麼付錢的？」

「是用銀行匯款。」

好不容易查到了線索，沒想到還是一無所獲。

「怎麼了？妳不知道是誰訂的嗎？」老闆反過來問她。

「對，」雪見無力地回答，「請問那個人的聲音有什麼特徵嗎？」

「嗯，妳這麼一問，我想起來了，電話中的聲音很悶，感覺好像是捏著鼻子說話的奇怪聲音。」

完了。對方太精明了。

「但他留了家裡的電話，因為對方隨時和我們保持聯絡，所以我們沒有打過去。」

雪見猜想應該是隨便亂寫的電話，但老闆說可以借電話給她，於是她就試著撥了那個電話。

聽到電話鈴聲，她發現竟然可以接通，不由得有點緊張。

電話鈴聲斷了。

「喂？」在一次呼吸的時間後，聽到了聲音。是女人的聲音。這件事讓雪見感到意外，隨即發現自己知道這個聲音的主人是誰，頓時說不出話。

「喂喂？」電話中再度傳來聲音。

「呃……喂……」

「咦？雪見？」

「對……剛才謝謝款待。」

果然是杏子。確定這件事後，雪見的思考也跟著停擺。

「喔，嗯……有什麼事嗎？」

「那個……我找到那家石材行了。」

「啊?等、等一下。」杏子慌張地一口氣說道,然後對著遠處叫著:「老公!」

「喂,是我。」電話中傳來池本的聲音。

「我找到那家石材行了,就在你家附近,在舊甲州街道上。」

「喔喔,原來在那裡……是武內嗎?」

「不,那個人是用電話訂購,我撥打了那個客人留下的電話。」

「結果打到哪裡?不是武內家嗎?」

「就是這裡,是你家。」

「怎……」池本輕聲低吟,然後氣憤地說:「是他,就是他,他知道我家的電話,他猜到最後會查到,所以用了我家的電話,王八蛋,很像是他會搞的鬼。」

原來如此。武內冒用池本家的電話也很正常,這個傢伙做事真是縝密周到……

「至少證明了不是中野幹的。」

「……嗯,是啊。」

的確可以證明不是中野幹的。

但是,即使知道這件事,雪見也完全開心不起來,甚至可以說,又有了新的煩惱。

總之,她的心情很惡劣。

星期一,雪見去多摩文化大學找公公。因為她認為要邀池本夫婦去家裡,姑且不論婆婆和俊郎，至少必須事先告訴當初參與審判的公公。

對只有高中畢業的雪見來說，大學這種地方令人畏縮。警衛告訴了她公公研究室所在的位置，她混在校園內昂首闊步的學生中走向研究室。研究室位在學校中心那棟大樓的五樓。

來到研究室後，她向內張望，發現裡面並沒有任何研究設備，狹小的房間周圍都是書，一個四十多歲瘦瘦的男人坐在辦公桌前，另一張似乎是公公的辦公桌，兩位老師共用同一個辦公室。

一問之下才知道公公正在上課，於是她就在隔壁那間有橢圓形桌子的研討室等待。

她在安靜的房間內一動也不動地坐了三十分鐘左右，聽到公公的聲音從隔壁傳來。公公正用在家裡從來不會聽到的親切聲音聊著什麼，不一會兒，研討室的門打開了，公公抓著脖子走進來。

「對不起爸爸，跑來這裡找你。」

公公微微點頭，用淡淡的語氣問：「怎麼了？」

雪見很少有機會坐下來和公公談話，他們之間沒有共同的話題，而且公公看電視時只看新聞，也對小孩子沒興趣。

但雪見發現在外面見到公公時，感覺聊起來比較輕鬆。

「我想請教爸爸關於住在隔壁的武內先生的事。」

「武內先生？」公公挑挑眉毛，「不是俊郎的事？」

「對，並不是完全沒有關係……我總覺得自從他搬到隔壁之後，發生了很多奇怪的事，因為媽媽和他關係很不錯，所以我不方便說。」

公公始終一臉訝異，雪見把墓地的事、中野收到的信，以及圓華的哭鬧和養樂多的事告訴了公公，但她暫時沒有提到池本夫婦。

「是不是有問題？」

雪見徵求公公的意見，公公偏著頭問：

「這和武內先生有關係嗎？」

雪見在無奈之下，說出了池本的推理。

「嗯。」公公為難地低吟，遲遲沒有結論，雪見只好繼續說下去。

「爸爸，請問你當初審理他的案子時，是基於怎樣的想法對他做出無罪的判決？」

「什麼意思？」

「你覺得他是無辜的，所以才判他無罪，還是雖然覺得可疑，但因為沒有證據，所以判處無罪？」

「兩者都一樣，無罪就是無罪，不必分是白色還是灰色。」

「雖然是這樣……」

聽了公公冠冕堂皇的回答，雪見有點洩氣。

「武見先生最初不是招供了嗎？我覺得整體聽起來很合理。」

「妳是說那個嗎？會不會太穿鑿附會了？」

「自認是為對方所做的事，對方不領情，不是會覺得心有不甘嗎？」

「但會因為一條領帶惱羞成怒嗎？」

「也許之前還有一些積怨，如果是情緒容易失控的人，不是有這種可能嗎？」

公公只是微微偏著頭。他向來不是那種全心投入某一件事的人，也許無法理解這種齟齬會產生怎樣的感情。雖然只因為一條領帶就殺人未免太激進，雪見很希望能夠不排除這種可能性，只是很難說服別人。

「更何況那是警方逼供、誘供的結果。」公公說。

「即使遭到逼供，會輕易承認自己沒做過的事嗎？」

「不瞭解冤案的人的確會產生這樣的疑問，但實際上，普通人很難應付偵訊的壓力。我當初聽了他遭到逼供的情況，認為是典型的冤案模式。」

向法律專家提出這種低階的質疑根本沒有勝算。

「爸爸，你認為武內先生搬到我們隔壁純屬巧合嗎？」

「嗯？」公公發出有點困惑的聲音。

「武內先生和的場先生雖然是在國際航班上認識，但住得很近，走路只要五分鐘，是武內先生搬去的場先生家附近嗎？」

「不太清楚……我記得的場家以前就住在那裡……只是我不太記得武內先生是在遇見的場先生之前還是之後搬去那裡。」

公公似乎第一次發現的場家和梶間家的相似之處，有點手足無措。

雪見決定繼續增加公公的危機感。

「在他協助照護奶奶不到十天，奶奶就死了，你覺得那也是巧合嗎？」

「什麼？」公公皺起眉頭，提高音量。

「雖然我並沒有任何根據。」

只要發揮危言聳聽的效果就好。雪見主動退縮了。

「不要開這種不負責任的玩笑。」公公不悅地責備雪見。

「但我覺得你刻意和武內先生保持距離，都由媽媽和他打交道，是不是也覺得他有點問題？」

「妳不要亂說話，我很同情他遭受的苦難，也對他的奮鬥表達敬意，正因為這樣，所以之前邀請他和學生分享自己的經驗，但作為鄰居或是朋友交往，則又另當別論。在外人眼中，我和他終究是前法官和被告，所以彼此的關係還是必須保持分寸，我也這麼告訴尋惠。」

「所以你完全不懷疑他嗎？」

「當然啊。」

雖然雪見能夠理解公公堅持自己的判決，但總覺得聽起來不像是基於信念，而是基於固執正當化自己。即使自己發出了這麼多警戒信號，仍然無法撼動公公嗎？

「爸爸，你認為這樣沒問題嗎？」雪見嘀咕，「那我可能會和大家為敵，因為我覺得他有問題。」

「妳打算做什麼？」

「我見到了的場久美子的哥哥和嫂嫂，爸爸，你知道他們嗎？」

「知道……他們對判決很生氣。」

「對……但他們說並不恨你。因為他們在判決之後，才發現了一些事，所以我希望你和他們見面，聽聽他們說的情況。我會在大家都在家的時候帶他們去家裡。俊郎已經考完試了，我想選在下個星期天。」

「嗯……這麼做有什麼意義？」公公的回答很不乾脆，皺著眉頭問。

「不知道，我只是希望你聽一下他們說的情況。」

公公用不置可否的態度低吟一聲。每次看到他這種態度，就很懷疑他是不是真的是法官。

「和俊郎修復關係不是比這種事更重要嗎？我更擔心這件事。」

原來你會擔心……雪見忍不住帶著諷刺想道。

「我打算用這件事證明自己的清白，如果爸爸不多關心一下家裡，很快就會在家裡沒有容身之處。」

雪見在離開研討室前，最後撂下這句話。

15 對決

星期天下午，雪見和池本夫婦約在多摩野台的車站前見面。他們在三點依約抵達，還帶著和人一起來。

「因為我想他可以和圓華一起玩。」

他們想得很周到，而且今天還穿了西裝，大大減少了之前給人的頹廢印象，可以感受到他們認為今天是重要的日子。

「和人，你願意陪圓華玩嗎？」

「嗯，我還帶了玩具。」

和人打開掛在肩上的背包給雪見看。不知道是不是因為他父母教育方針的關係，背包裡放著撥浪鼓和小沙包等傳統玩具。

「你的玩具真稀奇啊，要借圓華玩喔。」

雪見笑著對和人說完後，稍微收起了笑容，轉頭看向池本夫婦。

「那我們走吧。」

走去梶間家期間，池本夫婦神色緊張，幾乎沒說什麼話。雪見昨天聯絡他們時，請他們在說明情況時盡可能保持冷靜，看他們目前的態度，應該不需要擔心他們情緒失控。

雪見回到久違的家。

她不知道進門時該說什麼，而且覺得按門鈴也很奇怪，於是請池本夫婦先等在外面，自己默默走進屋內。她在上午時曾經打電話回家，俊郎接了電話，雪見只告訴他，有事情要談。

公公和婆婆的房間內沒有人，去客廳張望，發現婆婆正在角落熨衣服。

「啊呀，外面很熱吧，冰箱裡有別人中元節送的果汁。」

「謝謝……爸爸呢？」

「大學不是有司法考試學習會嗎？他今天去參加那裡的慰勞會。」

「他出門了？」

「他要我轉告對妳的問候。」

如果公公有事，可以配合他調整時間。公公真的需要今天出門嗎？雖然雪見不願意認為公公是逃走了，但他明顯刻意迴避這個場合。

原以為已經充分激起了公公內心的危機感，原來那樣還不足夠。目前只能先不管公公了。

「媽媽，我想讓妳和俊郎見兩個人。」

「啊……是誰啊？」婆婆一臉錯愕地看著雪見，公公似乎並沒有告訴她。

「等一下我會介紹，我先請他們進來。」

雪見帶著池本夫婦與和人進屋，然後走進客廳。

「午安，敝姓池本，她是我太太。」池本鞠躬說道。

婆婆也跟著深深鞠躬，但顯得困惑。

「奶奶，妳好。」和人一如往常，口齒清晰地打招呼。

「你好，真乖。」

婆婆忍不住眉開眼笑。雪見再度覺得在池本家族中，只有這個孩子像是希望之星。

「他在二樓吧？」

雪見向婆婆確認，然後帶著和人走上樓梯。

俊郎正在二樓和圓華嬉戲玩耍。

「媽媽！」

圓華一看到雪見，立刻撲上來。她今天沒有哭，雪見覺得幾天不見，圓華似乎又長大了些。

「為什麼和人會來我們家？」

「因為和人說想要和妳一起玩，妳要和他玩嗎？」

「嗯。」

看圓華的態度，讓她與和人玩三十分鐘到一個小時應該沒問題。和人立刻從背包裡拿出玩具，圓華興奮地叫了起來。「哇！」

「要談什麼？」俊郎一改前一刻和圓華玩耍時的態度，露出冷靜的眼神看著雪見。

「我想讓你見兩個人，他們已經等在樓下了。」

「律師嗎？」

「不是。」

他以為要和他談什麼事？雪見根本笑不出來。

來到一樓，婆婆正把茶放在池本夫婦面前。

「你坐在那裡，媽媽，請妳也坐下來。」

雪見要求他們在池本夫婦對面坐下後，把座墊放在沒有沙發的下座，跪坐在座墊上。

「這兩位是池本先生和他太太，是隔壁武內先生成為被告那起事件的被害人家屬。」

雪見說明了他們之間的具體關係，以及兩家人是鄰居等情況。

婆婆和俊郎似乎還猜不透他們來家裡的意圖，但並沒有迫不及待地發問。悲慘事件被害人家屬這種處境，具有讓人無法輕易發問的氣氛。

雪見打算趁婆婆和俊郎認真聽她說話時趕快說明。

「這兩位很瞭解武內先生，他們認為武內先生在那起事件中絕對不是清白無辜的。」

池本聽雪見說完後，用手帕不停地擦著汗，說明自己的看法。武內會用過度親切的態度接近他人，願意為自己中意的對象做任何事，而且不求回報，持續賣人情。然後遇到他認為是自己阻礙的對象，就會用盡一切方法加以排除。當武內中意的人想要遠離他時，他認為這是重大的背叛，就會惱羞成怒……

池本在說明的場一家遇害經過的同時，又將他招供的動機、行為和他的性格進行比較，認為兩者完全吻合。

池本說話時沒有像平時一樣激動得口沫橫飛，而是保持適度的熱忱，杏子只是在一旁默默點頭。

即使如此，俊郎從中途就開始心神不寧，婆婆的臉上露出了既同情又困惑的表情，但俊郎板著臉不吭氣，臉上沒有任何情緒，抱著雙臂，不停地換著蹺起的二郎腿。他們顯然無法全然接受池本所說的話。

「我想問一下……」當池本的長篇大論終於告一段落時，俊郎開了口，但並不是問池本，而是問雪見，「剛才聽了被害人家屬說的這些情況，但重點是什麼？是要說給爸爸聽的吧？」

「雖然我也很希望爸爸也一起聽這些事。」

「我跟妳說，這根本沒什麼意義。我很同情池本先生的處境，但即使對我們說，爸爸當年的判決錯誤也沒用。爸爸應該是在苦惱很久之後做出的判決，我和我媽沒有理由說三道四。雪見，既然是家人，不應該是這樣嗎？」

俊郎冷冷地問，雪見說不出話。

「而且再怎麼討論判決已經確定的事件也無濟於事，我們生活在法治國家，武內先生也搬離了調布，在這裡展開新生活，我們作為鄰居，建立了友好的關係，接下來還要相處十年、二十年，即使聽了這些事，也不可能幫你們什麼。」

「我並不是希望你們幫我什麼，而是來提醒你們提高警覺。」

池本加強了語氣，但說話還是彬彬有禮。

「警覺？」俊郎說完這兩個字，發出輕笑聲，「你的意思是說，武內先生現在接近我們家，狡猾地排除他人，打造對他而言的舒適環境嗎？」

「我不是已經遭到排除了嗎？」

「妳？」俊郎一臉錯愕地看著雪見。

「像是中野的事，我不是說了我根本不知道嗎？既然這樣，就代表有人寫了那封信，也有人在墓地搞鬼。池本先生和他太太根據自己的經驗，認為武內先生很可疑，我也這麼認為。」

「什麼意思？為什麼會扯到武內先生？」俊郎露出嚴肅的眼神。

池本再度針對雪見遇到的一連串匪夷所思的情況說明自己的見解，也提到了養樂多蓋子可能被動了手腳的事，並且強烈認為在墳墓那件事上，除了武內以外，不可能有其他人會留下他們家的電話號碼。

俊郎起初閉著眼睛，認真聽池本說話，似乎在腦海中整理，但是在池本接連說出自己的推理後，他時而皺眉，時而偏著頭看向池本。

「好好好，我大致瞭解了。」

在池本說完九成的內容，開始反覆說明武內是多麼狡猾的人時，俊郎打斷了他。

「從剛才聽你說到現在，完全沒有提到任何證據。既然你有這麼多指控，應該有什麼證據吧？」

「如果執著於有沒有證據，到時候就為時太晚了。」

池本努力想要閃避，雪見為他補充說：「養樂多的事可以算是證據。我之前一直不知道武內先生給圓華喝養樂多，但他真的有這麼做。」

「開什麼玩笑，如果從養樂多中檢驗出藥物的成分，才算是證據。」

雪見沒有退縮，「那中野去公園時又怎麼解釋？不是武內先生去圖書館找你嗎？」

「我們的確在圖書館遇到，但是我拜託他，希望坐他的賓士。」

池本探出身體說：「這是因為你之前剛好說過這句話，然後他創造出那樣的情境，讓你開口說要坐他的車子。如果你不說，武內早晚也會說。」

「這種可能性隨便怎麼說都行，但無法成為證據。訂購水子地藏時留了你家的電話這件事，也無法證明是武內先生做的，既然有可能是他，也不排除有可能是你做的啊。」

「開什麼玩笑！我為什麼要做這種事！？」池本瞪大了眼睛。

「對不對？你是不是會覺得很冤枉？這就和你對武內先生的指控一樣。」

「完全不一樣，我是在瞭解他這個人的基礎上談論這件事，你們不瞭解他隱藏的那一面。既然我都說到這種程度，你們仍然無法相信，那我就再說另一件事。在聽雪見太太說了之後，我有十分的把握相信，武內殺了梶間曜子老太太。」

現場的空氣凝結，池本沉重的呼吸在凝結的空氣中擴散。

雪見認為提出這件事時必須格外小心謹慎，事先也再三叮嚀池本，沒想到事與願違。

婆婆的臉色變得嚴厲。

「他把曜子老太太吃剩的鹹稀飯偷偷藏了起來，趁只有他和曜子老太太兩個人時，硬塞進她嘴裡，用這種方式讓她窒息。」

「夠了沒有！」婆婆表達了她的憤怒，「飯可以亂吃，話不能亂說。不管怎麼說，他幫了我們很大的忙，我無法原諒有人隨便亂猜疑。」

婆婆瞪著雪見問：「妳為什麼對這些話信以為真？」

雪見手上沒有足夠的籌碼能夠阻止婆婆不相信這一切，但既然當初已經做好了不惜與婆婆、俊郎為敵的心理準備，事到如今，當然不可能背棄池本夫婦。

「很抱歉，繼續聽下去也沒有意義，可以請兩位離開嗎？」婆婆義正詞嚴地說。

「等一下，事情就這樣結束心裡會很不舒服。」俊郎巡視著在場的所有人，「全都是你單方面說的話，聽你說了這麼一大堆，以後不知道該怎麼和武內先生相處。」

「按照以前的方式相處就好。」

婆婆似乎覺得沒必要再理會池本夫婦，但俊郎沒有點頭。

「我也想聽聽武內先生的意見，這簡直就像是缺席審判，對他太不公平了。我現在去叫他過來。」

「不要把他捲入這種莫名其妙的事。」

即使婆婆勸阻，俊郎也沒有理會，「不不不，即使為了武內先生，也該這麼做。池本先生，你的意下如何？只是希望你見到他時能夠保持冷靜。」

「好啊，我們完全沒問題，你去找他過來。」池本也正面迎戰。

「那就沒問題了，我去叫他。」

「啊……」雪見不禁微微起身，「先別提奶奶的事，因為那不是能輕易談論的話題。」

俊郎斜眼瞥了雪見一眼，快步走出去。

「真的很抱歉，我不慎脫口說了出來。」池本小聲道歉。

雪見不想責備他，只是輕輕搖搖頭。

婆婆無事可做，在為武內準備茶的時候，俊郎回來了。

武內也跟在他身後。

「不好意思，為這種無聊的事把你找來。」

婆婆用和室內氣氛完全不相襯的高亢聲音說道，向他鞠躬。

「不會不會。」武內只應了這麼一句話，臉上的表情有點僵硬，「啊呀啊呀……好久不見了。」他好像自言自語般說完，坐在俊郎剛才坐的沙發上。

俊郎在武內旁邊盤腿坐下。

武內嘆一口氣後開了口。

「剛才聽俊郎簡單說了情況，雖然我很樂意加入這個話題的討論，但有關的場事件，無論討論多少次都會變成各說各話，把梶間家的人捲進來很莫名其妙，真的很不希望在這裡談。只不過既然指控我用各種手段把雪見趕出這個家，我就不能忍氣吞聲了，所以想瞭解一下到底是什麼狀況。」

這麼一看，就覺得武內在各方面看起來都比池本更像紳士，不知道其他家人的印象如何。雪見忍不住擔心起來。

「要求池本先生再重複一次不太好，就由我來總結剛才聽到的內容，如果池本先生在聽完之後，認為還不夠充分，再補充就好。」

俊郎主動簡單明瞭地概括了池本剛才說的內容。不愧是想要當律師的人，只花了一半的時間就說完了，而且如果由池本來說，不知道他又會說出什麼，所以雪見也鬆了一口氣。

俊郎說明結束之後，池本並沒有需要補充的內容。俊郎在說明時也如實傳達了池本提到的「他會做那種事」、「很像是他的手法」這些話，包括說話的語氣在內，幾乎忠實還原了所有內容，向武內提出質疑。

「這樣啊……」武內垂下眼睛，嘀咕著，「真傷腦筋啊」，然後抬起頭說，「因為池本先生今天很平靜，所以我也聽得很認真，沒想到竟然是這麼異想天開的內容。」

「你要不要老實承認！？」池本眼神銳利地說。

雪見小聲地勸阻了他。

「雖然是巧合，但也有說對的地方。」武內淡淡地說。

「哪個部分說對了？」俊郎問。

「因為我之前做進口歐洲雜貨的工作，所以剛好在法國買了一個嬰兒的娃娃，也的確在二樓的窗前給圓華看過，但如果因為這樣就說我教唆她粗暴對待娃娃未免言過其實。我絕對不是把責任推卸到小孩子頭上，相反地，我只是模仿圓華，一下子抱娃娃，一下子搖娃娃。圓華看了之後很高興，然後就想出很多玩的方式，也許是因為這個原因，她對待娃娃的方式越來越大膽。我也反省自己太不知分寸了，但原本只是想陪圓華玩而已，做夢也沒有想過要把圓華變成一個行為粗暴的孩子，更從來沒有想過要藉此把雪見趕出去。」

「你完全有可能這麼想，藉由讓圓華變得難以管教，造成雪見的精神壓力。」

「請你不要隨便亂指控，」武內平靜地說，「雪見，妳千萬不可以相信這種話。」

「但不是說中了嗎？」杏子難掩興奮地說。

「不，按照常理來說，不可能藉由這種行為把雪見逼入困境。」俊郎為武內幫腔。

「但結果就是把我逼入了困境啊。」

對雪見來說，這是向武內展開反擊的砲火。雪見終於表明了向武內宣戰的態度。

「雪見，」武內露出難過的表情，「我不是說了嗎？妳不可以相信他們。」

「武內先生，你曾經看到我打圓華的腿，是不是你去向兒童諮商所檢舉？」

「雪見！」婆婆情緒激動地說，「明明是妳自己的問題，妳在說什麼？」

「如果你覺得我不應該打小孩，只要當面對我說就好，這種手法根本就是充滿惡意。」

「我並沒有去檢舉。」武內露出嚴肅的眼神說，「我當然無法證明，但難道面對毫無根據的指控，該由我出示證據證明自己的清白嗎？」

「沒這種必要，只要搖頭說不是你就好了。」俊郎用挑釁的態度看著雪見。

雪見情緒越來越激動，「中野不可能去訂購水子地藏，然後留下池本先生家的電話號碼，所以這就衍生出另一個問題，到底是誰杜撰了那封信。雖然每一件事都只是惡作劇，但所有的一切都是基於相同的意志所做出的行為，那就是把我逼入困境，從這個家裡趕出去。」

「即使真的有人有這種意志，那也不是我，不需要證明也顯而易見。」武內說。

「除了你以外還有誰？你搬到我們隔壁之後，才開始出現這些匪夷所思的事。」

「我說了，不是妳想的那樣，雪見，請妳冷靜一下。」

「我很冷靜！」

他為什麼能夠這樣泰然自若地面對這一切？如果有任何一個證據，就可以成為一支箭，射中這個傢伙的心臟。

「雪見太太，我可不可以說出來？」池本的聲音因為情緒激動而發抖。

「池本先生！」

「不，我一定要說。武內，你是不是殺了這家的奶奶？你把剩下的鹹稀飯塞進她嘴裡。我相信我只要這樣提示，你就知道我在說什麼了，你到底要殺幾個人才願意善罷甘休？」

「池本先生。我的忍耐也有限度。」武內忍不住面露慍色。

「武內先生，這是妨害名譽，你可以告他。」俊郎怒不可遏地說。

「如我所願，我們就在法庭上見真章。」

即使池本接受挑戰，武內仍搖著頭說：

「我不會這麼做，因為告他也沒用。」

「武內先生，那天你從奶奶房間走出來時，曾經去洗手，之後姑姑去奶奶房間時，奶奶已經噎到了……」

「雪見，妳連這種鬼話也相信？在照護過程中東碰西碰，當然會洗手。我不記得那時候有沒有洗手，所以無法回答，但我做這一切都只是想要助一臂之力。當發生意外狀況時，因為我這個外人剛好在場，所以就懷疑我嗎？這也未免太不公道了。妳對我有偏見，認定我和的場家的事件有關。梶間教授已經證明我是清白無辜的，我和妳一樣，都是普通老百姓，只要消除偏見，就不可能懷疑到我的頭上。」

「不可能。在的場家的事件中，我也不認為你是清白的，只是無法證明而已。」

「因為我是清白的，所以當然無法證明。」

「無論你怎麼否認，我都會懷疑你。因為我覺得你這個人很危險，只要看的場家就知道，被你接近的那戶人家會是怎樣的下場。這個家目前正走在相同的路上，我必須挺身阻止。」

「沒有什麼相不相同的路，兩者根本就沒有任何關聯性。」

「你不要再裝無辜了！」池本怒斥道。

「你說話小心點。」俊郎冷冷地警告他。

「我們在戰鬥！」雪見厲聲宣告。

她對著武內宣洩內心的憤怒。

「武內先生，無論你現在如何掩飾，我媽媽和我老公早晚會發現你這個人不正常，我會讓他們發現。到時候，不，我請你在發展到這一步之前，你自己主動離開。我絕對不會讓圓華像的場健太一樣，為了保護圓華，我會和你對戰到底，即使在這個家裡沒有立足之地也在所不惜。」

「雪見！」武內忍無可忍地發出焦躁的聲音，「請妳看清楚真相！」

「我已經看清楚了！」

「雪見，妳搞錯了！」

「搞錯什麼？！」

武內一臉悲痛的表情，露出銳利的眼神看著雪見，然後對她說：

「並不是因為我搬到隔壁，而是池本先生開始在這周圍出沒，妳周圍才開始出現很多匪夷所思的事，不是嗎？」

雪見一時說不出話，感覺時間好像停止了。武內的這句話直接打中雪見的思緒，造成的衝擊波甚至讓她產生了錯覺，覺得有點天旋地轉。

「你、你不要胡說！」池本臉色大變地叫了起來。

但是，雪見無法認為武內的反擊只是抵賴而完全不予理會。他說這句話的時機、他的語氣和臉上的表情，到底是臨時想到，還是一直藏在心裡的想法……雪見的心證已經很明確，否則不會受到這麼大的衝擊。

「我曾經是冤案的受害人，不願意輕易告發別人的犯罪行為，因為無論看起來有多麼明確的證據，任何事件都無法排除被冤枉的可能性。但是，今天這件事，如果照此發展下去，我可能會承受莫須有的罪名，所以我必須挺身奮戰。而且，雪見，我也很擔心妳，我希望妳趕快清醒。剛才的那些話，我會聽過就算了，我接下來說的這些話，希望各位也聽過就算了。」

「不准你胡說八道！」

池本的叫罵聲聽起來好像有點心虛。

「請你快說清楚。」

「雪見，事情很清楚，為什麼向石材行訂購時，留下的聯絡電話是池本先生家的電話？因為就是他訂購的。」

「王八蛋，你別造謠！」

「池本先生，先聽他說完。」雪見用沒有感情的聲音制止池本。

「池本先生，如果你有不同的意見，可以等一下表達。」武內恢復了冷靜繼續說下去，「隱瞞身分是他慣用的手法，不久之前，他謊稱是記者，在我以前住的地方附近向左鄰右舍說一些毫無根據的話，試圖讓我孤立。他用這種手法想讓我精神崩潰，也持續寫信給我，而且竟然假冒是已經去世的的場洋輔寫信給我，說什麼『是你殺了我，你就乖乖承認吧』。我猜想他應該是把的場寫的字剪貼後用影印的方式加工製作的，他連續寄了幾十封這樣的信給我。如果你們想看，我也可以給你們看。不僅如此，他還多次非法闖入我以前住的地方。他從二樓進屋內，我起初沒有察覺，在我開始鎖門之後，還曾經打破玻璃，於是我才開始養看門狗。雖然我覺得很對不起雪見，但那隻狗第一次咬的人就是池本先生。」

池本和雪見眼神交會時，臉頰微微抽搐。

「那、那時候我不知道該怎麼做，事後才知道這種方法並不正確，但當時只是努力做該做的事。」

「雪見，妳和池本先生聊天之後，難道完全沒有察覺嗎？」

「啊？」

「他陷入了妄想，如果我不是殺害的場一家人的凶手，他就會很傷腦筋。」

「就是你幹的！」

「池本先生，在你媽媽肝臟出問題後，你捐給『幸求祈禱會』多少錢？」

「那、那是……」池本停頓了幾秒鐘，才終於說了下去，「那是你在背後搞鬼！是你讓我落入圈套！」

「你又要用這種妄想式的回答逃避嗎？那是你根據自己的意志做出的行為，而且不只是一兩百萬而已。當時，無論的場夫婦說什麼，你都完全聽不進去，認定他們是為了爭奪遺產，完全不聽取他們的意見。的場先生好幾次都為這件事向我訴苦，在的場夫婦去世之後，你終於可以自由運用你媽媽留下來的錢了，不是嗎？」

「太荒唐了！你在說什麼鬼話！和那個邪教沒有關係，都是你的過錯！」

「你是在你媽媽去世之後，才發現那是邪教吧？而且是因為那起事件發生，她傷心過度，很快離世。你非但沒有拯救你媽媽，而且等於逼死了她。當你清醒之後，你為自己犯下的罪受到良心譴責，精神出了問題，所以你要尋求靈魂的救贖，於是你試圖藉由發自內心相信被冤枉的我是真凶來拯救自己。」

「你說什麼！竟然想要嫁禍給我！？」

池本齜牙咧嘴，怒不可遏。

「我也不想說這種話，那個暴徒用絲襪套住了頭，我無法斷言，而且即使再怎麼懷疑，原本也打算一直放在心裡，但既然你想要陷害我，我也必須用我的推論來保護自己，至少我有自信，我的說法比你的更接近真相。

命案發生時，杏子太太說在隔壁聽到動靜的時間，讓我將原本說受到暴徒攻擊的時間是五點四十五分左右，改口為五點三十分左右。因為杏子太太這麼說，我想應該就是這樣。當時只是覺得在受到攻擊之後，到緩過神報警為止，可能在不知不覺中過了三十分鐘。在我改口之後，警方就認為我這個人供詞反覆。

但這並不是重點，必須注意的是，在杏子太太說了這樣的證詞，我也深信不疑地承認之後，你就有了不在場證明。」

「我哪需要什麼不在場證明？我回到家時，就已經聽到警車的聲音了。」

「你只是想要讓自己這麼相信而已，聽好了，你或許不記得了，但我記得很清楚。你之前曾經為了『幸求祈禱會』的事衝進的場家，當時我剛好在他家談生意。那天是非假日，時間是五點半剛過，差不多是四十分或是四十五分，也就是說，如果你準時下班，立刻回家，就可以在這個時間到家。」

「等、等一下，我、我並沒有說謊。」杏子結結巴巴地否認。

「杏子太太，」武內搖搖頭，「妳也打算配合妳先生的妄想自掘墳墓嗎？」

「哪裡是妄想！？」

「難道不是嗎？如果我不是凶手，你就會很傷腦筋，因為如果我不是凶手，你的世界就會崩潰，所以為了達到這個目的，編造出好幾個妄想，硬是要把我逼入困境，做出各種惡劣行徑，想要讓我被這個世界孤立。當你得知我和梶間家建立了良好關係後，又產生新的妄想，試圖搞破壞。先是讓雪見離開梶間家，讓她加入你的陣營，用盡各種方式讓我和他們家之間產生裂痕。」

武內露出嚴肅的表情看著雪見說：

「妳只是被他的妄想操控了，他會用異常的熱情來說服妳，涉世未深的女人都會上他的當，但他騙不了我和的場先生，所以他只能用暴力這種強硬的手段。正因為這樣，我之前就提醒妳，他很危險，希望妳不要和他扯上關係。

奶奶的死就是意外，但妳聽了他的妄想之後，就覺得是謀殺。養樂多的事也一樣，我必須很遺憾地說，圓華之前哭鬧的最大原因，就是妳的情緒不穩定。小孩子都很敏感，再加上奶奶的不幸，所以等於雪上加霜。池本先生應該曾經看到我給圓華喝養樂多，無論在院子還是柵欄附近，從馬路上都可以看到，於是他又產生了妄想。他假裝不經意地打聽圓華的事，一旦有什麼發現，就暗示發生了重大問題，但其實根本沒有發生任何事。」

武內說完之後，好像在確認自己正在思考的事，獨自點著頭。

「剛才在談這些時，我想到一件事。尋惠太太也曾經看到，圓華的腿上曾經有瘀青，那天中午，雪見在公園內和俊郎還有那個姓中野的人發生爭執，我在車上等俊郎，當時是杏子太太在一旁看著圓華。」

「什、什麼意思？你是說我對圓華做了什麼嗎？」杏子驚慌失措，「我怎麼可能對她做什麼？圓華又不是洋娃娃，如果我對她做什麼，她當然會哭。對不對？雪見，對不對？」

她徵求雪見的同意。

「那並不是瘀青，只是沾到了藍色顏料。」雪見在回答時並沒有看杏子。

「喔……原來是這樣啊。」武內和婆婆交換了眼神，聳聳肩，「沾到這種東西，可能會傷到圓華的皮膚，她可能會覺得癢。因為圓華在摸自己的腿，我發現之後，看到了那個，當時還以為是瘀青，如果只是顏料，當然更容易塗在她腿上。」

杏子只是不停地搖頭，露出求助的眼神看向池本，但池本一臉茫然。

「那一天，」雪見指著俊郎說，「那一天不是你把他帶去公園嗎？」

「喂喂喂，妳什麼時候變成律師了！？」俊郎一臉不耐煩地說。

雪見不由得冷靜思考，自己要維持和池本同一陣營到什麼時候，但至今仍然找不到離開的時機，明知道很可笑，但只能垂死掙扎。

「雪見，」武內語重心長地說，「很遺憾，那天真的只是巧合。俊郎那時候忙著讀書，即使我策劃了什麼，也不可能順利，更何況那天我們只是想帶你們大家，包括尋惠太太在內一起去兜風，公園剛好只是在從圖書館回到這裡的路上。

池本先生的實際目的應該只是讓中野出現在妳面前，讓妳精神動搖而已。被俊郎看到事情會鬧大，但我猜想這並不是他原本的目的，否則妳可能會被趕出這個家，就好像目前的這種狀況。既然他想要吸收妳一起對抗我，當然不能讓妳被趕出這個家，所以俊郎和我那天出現在公園並不在他的意料之中，但是，他也巧妙地把這種偶然編織進他的妄想之中，妳千萬不要被他迷惑了。」

「是你在妄想！」

池本用拳頭敲打著沙發的扶手，突然起身，猛然撲向武內。

武內立刻閃躲，簡直就像早就預料到他的反應。

但其實他根本不需要用力閃躲，因為池本想要撲過去的瞬間，腳被茶几勾到，整個人用力向前倒下，杯子打破了，發出了巨大的聲響。

「別鬧了！」

俊郎隨即大喝一聲，上前騎在池本的背上制服他。

「媽！趕快打電話報警！」

婆婆聽到俊郎的說話聲，慌忙打算站起來。

「啊啊……啊啊……」池本被俊郎壓住，發出呻吟。

「俊郎，你放開他。」武內語帶憐憫地說。

「這根本是行凶未遂！」

俊郎仍然怒氣未消，武內搖搖頭說：

「沒事了，你放開他。」

俊郎謹慎地緩緩起身。

「老公！」杏子用快哭出來的聲音叫著，上前抱住他。

「啊啊……」池本抬起頭，不知道是否嘴巴破了，嘴角滴著血，打破的杯子碎片也割破了手臂。

原本打算伸手拿電話的婆婆走進廚房，拿著急救箱走了回來。

池本受傷並不嚴重，杏子為他處理後，很快就止了血。雪見和婆婆一起收拾打破的杯子，沒有人說話，房間內瀰漫著鬱悶的安靜。

這完全是慘敗……雪見收拾完畢後，癱坐在座墊上。武內的說明並沒有釐清那些匪夷所思的事，完全沒有那種撥雲見日的感覺，她現在只想詛咒自己的愚蠢。

「我想……池本先生應該並沒有惡意，」武內靜靜地說，「池本先生，你只是精神狀況出了問題，你聽我一句，最好去接受心理諮商。」

「我早就去過了！」

池本發出了近似悲痛的叫聲，發現周圍的沉默之後說：

「怎麼了？被害者家屬接受心理諮商有什麼好奇怪的？」

「沒有人說你奇怪。」武內靜靜地說。

雪見終於受不了地說：「池本先生，今天就到此結束吧。」

這句話徹底擊垮了池本，他微張著嘴，無力地看著雪見，然後輕輕點頭。

沒想到會變成這樣……雪見感到渾身無力。

她邁著沉重的步伐走向二樓，圓華與和人正玩得很高興。

「和人，你阿姨他們要回家了。」

「我還要玩。」圓華撒嬌地說。

「和人，你下次再來陪圓華玩。」

不可能再有下次了……雪見對自己的謊言感到厭惡，但還是擠出了僵硬的笑容。

和人乖巧地把玩具收進背包，向圓華揮手說「拜拜」。和人的落落大方讓雪見感到一陣難過。

雪見送他們三個人去車站。雖然沿途走得很慢，但沒有人說話。

「我想……以後不會再聯絡了。」

來到車站後，雪見對池本夫婦說，不等他們回答，就鞠了一躬沿著來路往回走。

回到家中，婆婆立刻走過來，把她叫去臥室，小聲對她說：

「妳剛才說了那麼失禮的話，要向武內先生道歉。我相信這樣也澄清了俊郎對妳的懷疑，妳可以搬回來了。」

雪見很感謝婆婆的心意，但還是無法接受。

自己被打敗了。比起終於清醒的感覺，她更強烈感受到自己的挫敗，在這種被擊垮的狀態下，還要認錯、道歉，未免太痛苦了。雖然之前自己把圓華惹哭了之後，也要她道歉，連圓華都可以做到的事，自己現在卻做不到。

所以，她不認為自己能夠就這樣回家。這個家沒有自己的容身之處，也不知道用哪張臉面對其他人。

雪見搖搖頭，走出婆婆的房間。

俊郎和武內正在客廳開心地討論等俊郎考完試要痛快地喝一杯，她和俊郎對上眼，所以已經有預感，當她上樓時，俊郎追了上來。

「妳是什麼意思？難道妳打算就這樣回來？」

這根本是在傷口上撒鹽。

「我並沒有這樣想。」

「妳還真是個笨女人，完全被他們矇騙了，竟然否定爸爸的工作，戴著有色眼鏡看冤案的當事人，把家裡搞得一團亂，簡直蠢到極點。這已經不是和中野有沒有關係的問題了，妳根本是和我們槓上了。」

「不用你說我也知道，因為這就是我的目的。」

「妳又惱羞成怒了。」俊郎很受不了地說，「我生氣的是，妳腦筋不靈光，卻什麼事都一個人做出判斷。墮胎的事也一樣，妳這樣讓我很丟臉。既然不夠聰明，就該聽取別人的意見。」

認識至今，他們共度了很多時光，但他以前從來不會這樣說話。雪見覺得裂痕一旦出現，就會越來越大。雖然是自作自受，但既然他把話說得這麼難聽，雪見乾脆豁出去了。

「我知道了啦，你別再跟著我，我要和圓華獨處一會兒。」

俊郎聽了她的回答，輕蔑地哼了一聲，轉身離開。

雪見獨自走進圓華所在的房間。

圓華立刻跑過來。

「媽媽，妳看。」

圓華說完，好像在耍性子一樣肩膀前後擺動著，然後甩著手。

「猜猜這是什麼？」

「是什麼呢？」

「撥浪鼓！」

「對喔，真像啊。」

「媽媽，妳也和我一起玩。」

雪見聽圓華這麼說，也甩動著手。

「我是撥浪鼓。」

雪見也模仿撥浪鼓時，圓華停下，目不轉睛地看著她。

「媽媽……媽媽，妳為什麼哭了？」

「嗯？為什麼呢？」

「因為爸爸罵妳嗎？」

「妳都知道啊。」

雪見硬是擠出笑容，摸著圓華的頭。

但是，圓華沒有吭氣，然後紅了眼眶，用手擦著眼淚。

「怎麼連妳也哭了？」

雪見破涕為笑地緊緊抱住圓華。

❖

那天晚上，勳將近十一點左右回到家中，一打開玄關，聽到客廳傳來熱鬧的談笑聲。

雪見回家了嗎？勳這麼想著，沿著走廊來到客廳一看，發現是武內。他坐在勳平時看報紙時坐的那張背對著露台的單人沙發上蹺著二郎腿。

「啊，你好，打擾了。」

武內心情愉快地向他打招呼，高舉起手上的葡萄酒杯。

尋惠和俊郎分別坐在他的左右兩側，他們也都拿著葡萄酒杯，帶著聊得很開心的笑容對勳說：「你回來了。」

「爸爸，你要不要也來喝一杯？這可是瑪歌酒莊的高級葡萄酒。」

那似乎是武內帶來的酒，勳以前沒有看過那幾個葡萄酒杯，所以應該也是他帶來的，茶几上放著好幾盤看起來像是尋惠做的下酒菜。

勳觀察著這一切，婉拒加入他們。

「不，不用了，我已經喝過了。」

勳覺得眼前這一幕讓自己的酒也醒了。三個人愉快聊天的景象，簡直就像是理想的家庭，即使自己是這裡的主人，也覺得不該破壞他們。

「已經這麼晚了，我也差不多該回家了。」武內說完，放下了蹺起的二郎腿。

「為什麼？酒還沒喝完呢！」

「那要不要去我家繼續喝？」

「好啊，媽，要不要一起去？」俊郎問。

尋惠露出好不容易發揮了自制力的笑容說：「我已經喝很多了。」然後瞥了勳一眼。勳覺得她的態度顯示，如果勳不在場，她應該會有不同的回答。

俊郎和武內離開，勳在臥室換衣服時，尋惠走進來。

「啊，好久沒喝醉了。」

尋惠笑著掩飾了自己的尷尬。

「今天雪見不是要回來嗎？」

「喔，來過了啊，搞得亂七八糟。」

「亂七八糟？」

勳追問道，尋惠慌忙說：「沒有啦，說亂七八糟有點奇怪，反正就是產生了誤會，最後搞清楚了。」

勳搞不清楚狀況。雖然他去參加大學司法考試學習會「學法會」的聚會沒有在場，但內心有點在意。雪見那天有點故弄玄虛，勳預感可能會引起一場風波。雖然他並不期望發生什麼風波，但也不認為完全沒事。

從剛才踏進家門時看到他們三個人開心的樣子，似乎並沒有發生什麼事。以前從來沒有看過他們三個人在一起喝酒，所以顯然和平時不一樣。

「雪見說了什麼？」

「沒說什麼，她本性很乖巧，只是想太多，有點鑽牛角尖。今天俊郎也把想說的話說了出來，應該澄清了誤會，我想她應該很快就回來了。」

「但她不是又走了嗎？」

「那是因為需要一段時間修復關係啊。」

尋惠可能不想讓雪見難堪，所以說話拐彎抹角。勳只好解讀尋惠的回答背後隱藏的意思。

雪見對武內在的場滅門案中無罪這一點表示質疑，說要帶被害人的家屬池本來家裡。既然武內在家裡，意味著池本和武內白天也曾經對決嗎？雪見說並沒有明確的證據，所以即使把自己的推測攤在武內面前，恐怕也無濟於事，武內可能堅決不承認，最終沒有任何結果，只是留下尷尬的氣氛，雪見和被害人家屬只好垂頭喪氣地離開……八成就是這樣。

問題是武內為什麼心情大好？看起來並不像白天受了委屈，晚上借酒澆愁，剛才看起來簡直就像在慶功。

勳很想瞭解詳細的情況，尋惠似乎不打算多提，勳過度緊張地太關心這件事似乎有點奇怪。家裡的大小事都全權交給尋惠處理，只有這次打破規矩似乎也不太正常，更何況自己是當初判決武內無罪的法官，不能太在意別人對這個判決說三道四。

但是……

他還是很在意。

16 偽證

「喂，雪見還不回來嗎？」

把早報放在一旁，慢條斯理地喝著味噌湯的勳突然抬頭問道。原本以為今天也是和平時一樣的早晨，沒想到勳的語氣和表情格外嚴肅，尋惠不禁覺得是不是發生了什麼狀況。

但她完全猜不透。

「上次到現在不是已經有一個多星期了嗎？」

「你不用擔心，她會在尾七那天回家，到時候我會和她談一談。」

「喂喂，不要不問我的意見就和她談這件事好嗎？」剛才帶圓華去廁所的俊郎走了回來，

「雖然這並不值得稱讚，但她也是不得已。我相信她已經汲取了教訓，你不要一直這麼冷酷無情。」

「她沒有說一句道歉，想等事情平息就回來的態度讓人太不爽了。」

「這不是可以輕易原諒的事吧？即使她現在回家，我也沒有自信可以像以前那樣和她相處。」

「上次到底是什麼狀況？」勳皺著眉頭，難得關心地問道。

「你看你，這麼逞強，所以連爸爸都忍不住關心了。」

「是我的錯嗎？」俊郎搞笑地嘛著嘴。

尋惠想把責任推給俊郎失敗，偷偷瞄著勳。

「這件事已經解決了，老公，你不必擔心。」

「我認為說出來也沒關係，沒必要隱瞞。」

「哪有隱瞞？你這孩子不要用詞不當。」尋惠責備著隨便亂說話的俊郎。

「但她受那對夫妻的慫恿，找武內先生麻煩是事實啊，我認為不能夠就這樣不了了之。」

「武內先生完全沒放在心上。」

「而且她的行為根本是在踐踏爸爸的專業。」

「雪見根本沒有這個意思。」尋惠不小心和勳對上眼，慌忙移開了視線，「你不要隨便亂牽扯。」

「男人才瞭解這種感覺，反正就是面子問題。」

「說來聽聽。」勳催促著俊郎。

「啊喲……老公，這不是一大清早能討論的問題，你時間不是來不及了嗎？」

「不，」勳語帶遲疑，「那天之前，雪見已經向我說明了大致的情況，只要告訴我最後的結果就好。」

「搞什麼，她還事先找你溝通啊。」

俊郎有點掃興地說。尋惠也有同感。

「既然這樣，爸爸，你竟然還放任她。」

勳聽了俊郎的話，忍不住板起臉，於是俊郎簡短地說明那天的事，沒有再多加評論。

勳沒有任何感想，只有聽到武內指出池本才是那起命案的真凶時，挑了一下眉毛，喉嚨深處發出低吟，但並沒有任何表示。

「老公，你時間快來不及了。」

尋惠收拾空碗盤時，催著仍然坐在那裡的勳。

「啊，昨天的事，妳跟爸爸說了嗎？」

俊郎也恢復平常的樣子，聊起新的話題。

「啊……還沒有。」

俊郎聽了尋惠的回答，撇著嘴角，露出無奈的表情轉頭看著勳。

「下個星期，我靠朋友的關係可以借到山中湖那裡的別墅，到時尾七也已經辦完了，所以我想說一起去散散心。」

「俊郎竟然邀我們一起去散心，是不是很難得？」

這是俊郎第一次提出孝敬父母的計畫，尋惠昨天聽到時，還懷疑自己聽錯了，而且有點害羞。看來俊郎對自己的論文考試很有把握。

「大學已經放暑假了，應該沒有什麼推不開的行程吧？」

俊郎也跟著問，觀察著勳的反應，但勳仍然沒有明確表達意見。

「嗯……是啊……」

不知道他在煩惱這個問題，還是仍然在想剛才那件事。

俊郎看向尋惠，無奈地做出投降的姿勢。

中午過後，立刻聽到玄關的門鈴聲。

打開門一看，武內站在那裡，手上拿著自己做的花架。昨天傍晚看到他在隔壁院子內忙了半天，看來已經完成了。

「哇，做得真精巧啊。」

花架有四層，像金字塔一樣，越往上面越小。

「最上面只能放一盆，但第二層就可以放兩盆，然後三盆、四盆，總共可以放十盆。」

「是喔，這樣的大小剛好。」

他們立刻一起走去院子。婆婆去世之後，尋惠有空出門時，就會買蘭花盆栽回家，雖然目前還不到十盆，但至少放在花架上已經不會有冷清的感覺。

「還可以放兩盆。」

「要不要從我家院子搬兩盆過來？」武內蓋上紗罩時問。

「那怎麼行？光是這個花架，就不知道該怎麼感謝你了。」

「不不不，不必謝。雖然很希望改天再有機會嚐嚐妳的廚藝，但我不能這麼厚臉皮。」

「我才不好意思，如果你不嫌棄，今晚我打算做蒜泥白肉，要不要來家裡吃晚餐？」

「不，真的不必客氣。其實我今天心情有點不太好。」

「是喔……是身體不舒服嗎？」

雖然武內看起來和平時沒什麼兩樣，但仔細觀察後，發現他的確滿臉愁容。

「不是，是我朋友發生了不幸。」

「啊喲！」因為武內單身，所以一直覺得他是個孤獨的人，所以聽到他也有對方死了，會讓他感到難過的朋友，不禁感到意外。

「是在我之前打官司時很盡力的律師。」

「啊喲，原來是這樣啊。」尋惠在回答的同時，有點好奇不知道勳認不認識對方，「他叫什麼名字？」

「關孝之助律師。雖然已經七十多歲，但很熱心，我現在能夠站在這裡，也是因為他努力幫我打官司。我被關在看守所期間，他還幫我照顧那些蘭花，他真的是一個好人，我還來不及好好回報他。」

「是嗎？所以今天是守靈夜嗎？」

「不，我也是今天看報紙才知道。」

「報紙……嗎？」尋惠原本以為是報紙上的訃告之類，但聽他的語氣似乎不像。

武內壓低聲音說：

「聽說是謀殺，在自己家中遭人殺害。」

「啊？」

「他太太兩年前去世，目前他一個人住，那天晚上他女兒和女婿剛好回家，想和他一起吃飯，結果才發現。」

「那……凶手呢？」

武內搖搖頭說：「目前還沒有抓到。」

「是嗎？還真是可怕，既然這樣，目前還不知道什麼時候舉辦守靈夜吧。」

「是啊，我看到報紙後，立刻打電話去律師事務所打聽，事務所的人似乎也不知道何時舉辦。」

律師這個行業是不是牽涉到各種不同案子的恩怨，容易招人怨恨。尋惠不由得為俊郎的未來感到擔心。

「尋惠太太……」武內看著他動手做的花架，有點難以啟齒地開口，「昨天……我在院子裡做這個的時候，妳也曾經來院子吧？」

「對……是啊。」

「那是差不多幾點的時候？」

尋惠不瞭解他問這個問題的意圖，努力回想著。

「我記得五點左右買菜回家，然後在家裡忙了一下，所以可能五點半左右吧？」

「啊，原來是這樣……」武內一臉懊惱，皺起了單側的臉頰，「在那之前，妳沒有來院子嗎？」

「對……」

「也對，我在做了一個多小時之後才看到妳。」他像是自言自語般嘀咕後，輕輕咂著嘴。

「請問……怎麼了嗎？」

「不是啦，雖然這有點杞人憂天，」武內有點心浮氣躁地抓了抓頭，「我聽律師事務所的人說，關律師家……我之前曾經去過，是很漂亮的大廈公寓……同樓層的鄰居看到有男人從通道逃走。那個男人遮住了臉，所以鄰居沒有看清楚他的長相，但當時的時間大約四點半過後……當聽到事務所的人這麼說時，我覺得有點傷腦筋，因為那時候我正在做這個花架，沒有遇到任何人。」

「但這不……」

尋惠原本想一笑置之，但武內一臉嚴肅的表情垂下了雙眼。

「我知道妳想表達的意思，光聽到律師過世的消息就已經夠難過了，還為這種事擔心真的太傻了。但是，自從那起事件之後，只要周遭有任何狀況，警方都會第一個懷疑我，上次雪見的事不就是這樣嗎？我真的深刻體會到，在大家的眼中，即使冤案遭到平反，當事人並不是清白，而是變成了灰色。」

「沒這回事。」

既然他提到雪見，尋惠也沒辦法再多說什麼，只是想到自己家人的成見傷害了武內，內心有點隱隱作痛。

「謝謝妳的鼓勵，但是現實問題就是警方恐怕已經盯上我了，目前正在針對關律師擔任顧問和曾經辯護的客戶進行調查，很快就會來找我。一想到這件事，我就很鬱悶。警察真的很可怕，只有經歷過像我那種遭遇的人才能夠體會，一旦他們認定某一個人，就會用各種手法徹底誘人入罪。這種事我不想再遇到第二次，所以一直安分守己過日子……」

一朝被蛇咬，十年怕草繩，他會這麼神經質也情有可原。尋惠覺得他很可憐。

武內眼眶有點濕潤地看著尋惠說：

「尋惠太太……我絕對不會給妳添麻煩，只是希望妳姑且一聽。」他意味深長地聲明後，又好像在辯解似地一口氣說：「因為除了妳以外，我沒有其他人可以討論……所以請妳不要告訴其他人。我知道這樣不對，但希望妳瞭解，我也是情非得已。」

「喔……」尋惠偏著頭，等待他的下文。

「如果警察上門，我會說我昨天四點左右就在院子裡做花架，這是事實，所以沒有問題……然後我會說，妳在院子時，我曾經和妳聊過天，時間大約在四點半左右……」

啊？尋惠差一點驚叫，但勉強克制住了。

武內心神不寧地眨著眼睛。

「對不起，但我真的不想再被警察盯上了，我沒辦法再承受那種事第二次。我昨天的確曾經和妳聊過天，在剛才向妳確認之前，我也以為昨天可能在四點半左右和妳聊天。因為在做花架時，對時間比較沒有概念，所以我只是在說自己認為的情況。」

武內好像在對自己說話般點頭，然後瞥了尋惠一眼。

「我相信警察也會來向妳確認，如果妳可以回答的確在四點半和我聊天，我將感恩不盡，也不會因此帶給妳任何困擾。不，我不是勉強妳答應，妳想怎麼回答警察的問題都沒關係，這一切都是我這個人運氣太差的結果，想要尋求妳的協助實在太一廂情願了，只是覺得如果妳願意幫忙，我會很感激。對不起，和妳聊這些莫名其妙的事。」

「不……不會……」

武內最後露出僵硬的笑容，走回自己家裡。尋惠第一次看到他這麼純真的樣子，看著他的身影感到有點可憐。

但是……尋惠無法還以笑容，並不是因為覺得他可憐，而是內心感到困惑。

❖

那天傍晚，勳處理完學法會的工作，離開了大學，開著Cedric前往八王子的京王飯店。

勳今天一整天都覺得心煩意亂，最後鼓起勇氣打電話給東京地檢的野見山。野見山接到電話時，「喔！」的感嘆中帶著笑聲，不知道他接到意外的電話時，是否都是這種反應。當勳說有事想和他談一談時，他指定五點半在京王飯店的咖啡店見面。

野見山準時出現，坐在咖啡店角落的勳面前已經放了一杯咖啡。

「真是稀客啊。」野見山露出歪著嘴角的獨特笑容走過來，即使這麼熱的天氣，他仍然穿著三件式西裝，領帶的結打得很大，而且竟然沒有流汗。

野見山在勳的斜對面坐下，點了一支菸，向服務生點了一杯冰紅茶。

「令堂還好嗎？」

「不，過幾天就是尾七了。」

之前野見山在工作上和勳接觸時都會用敬語，當時他們經常針鋒相對，也許野見山內心早就已經對勳沒有任何尊敬，但勳覺得他這種態度反而比較自然。

「那還真是令人難過啊。」他用沒有感情的聲音說，「你當初為了照顧她，不惜放棄了工作，真是太令人惋惜了。」

雖然他說了一番哀悼的話，但在冰紅茶送上來後，立刻露出冷峻的眼神，似乎決定閒聊到此結束。

「請問今天有什麼事嗎？」

「我想向你打聽一下武內真伍的事。」

「武內……你是說那個被判無罪的？」

「沒錯，就是那個武內真伍。」

「打聽他的什麼事？」

「法庭上沒有提到的任何事都可以，沒有得到證實的傳聞也行。」

「為什麼突然打聽他的事？」

野見山慢條斯理地問，簡直讓人感到著急，但他的眼神很犀利。

「因為他目前住在我家隔壁。」

野見山的食指放在鼻子上，眉毛抖了一下。

「武內嗎？」

動點點頭。

「你和武內是舊識？」

「不是。」勳聽到這種無恥的猜測，不禁皺起眉頭，「他在兩個月前搬來隔壁。」

勳告訴野見山，在大學的校園說明會時和他重逢，於是邀他在研討課上分享經驗，沒想到三個星期後，他就突然搬到了隔壁。

「這樣啊，」野見山冷笑著，「簡直就是民間故事白鶴報恩的現代版。」

「這不是說笑，他搬來之後，我家出了很多事。」

「比方說？」

「我媽死了。」

野見山瞇起眼睛問：「你的意思是遭到謀殺？」

「不，表面上並不是，但感覺有問題。」

「梶間先生，」野見山以無奈的表情說，「這簡直就像外行人在說話，請你說說具體的根據。」

「我並不是說因他而死，而是說他搬來之後，發生了一些奇怪的事。」

「那不是一樣嗎？」

「你應該知道關律師昨天遭到殺害的消息吧？就是為武內辯護的……」

野見山沒有眨眼睛，一動也不動地看著勳。

「有證據嗎？」

「沒有。」

野見山無力地嘆了一口氣。

「什麼意思？難道你要我指導警方辦案，在關律師的命案中鎖定武內嗎？我怎麼可能因為這種莫名其妙的理由下這種指導棋？對檢警來說，他一度成為冤案當事人，是一張鬼牌，而且我們一度失手，不允許有第二次，如果沒有明確的證據，不會輕易翻這張牌。但你沒資格對我們遲遲不敢採取行動說三道四，因為是你讓他變成了鬼牌。」

「請你不要誤會，我並不是說當初判他無罪判錯了。」

野見山往前傾。

「武內的確無辜，但他周圍接連發生了奇怪的事。你真認為只是這樣而已嗎？」

「你們當初曾經懷疑過池本亨嗎？」

「池本？」野見山尖聲問道，「怎麼又拋出一個名字？我們怎麼可能放過關係這麼近的人？我記得他公司下班的時間成為他的不在場證明。」

「這樣啊……不，我只是隨口問一下。」

勳本身也無法認同武內認為池本是的場滅門案的真凶這個說法，果真如此的話，為什麼之前沒有向任何人提起？只要告訴律師，就可以質疑池本杏子證詞的真實性，勳認為很可能是武內事後想到這套說詞，所以無法苟同。

勳並不是因為池本的關係，無法斷言武內這個人有問題，而是勳自己陷入了自我矛盾，他想把原因歸咎到池本頭上，但很快發現太牽強，所以只能收回。

「你看起來好像陷入了混亂，以前從來沒有看過你這樣。」野見山露出冷笑說完，突然面無表情，用香菸指著勳說，「根據我的猜想，你之前坐在法官席上高高在上，用事不關己的態度審判法官席下面發生的事件，但現在風向突然變了，火星濺到自己身上，你大驚失色，開始慌了神。」

「你不要用這種孩子氣的方式說話，我既不覺得自己之前工作時高高在上，現在也沒有慌了神。」

「那為什麼會來找我？」

勳覺得野見山說的沒錯，自己不該來找他。為什麼會想來找他？自己在不知不覺中失去了平常心。

「既然你來找我，就該這麼說。自己身為法官，一直秉公審判案子，但害怕做出死刑判決，因為在這件事上沒有做好充分的心理準備。那起命案，包括小孩在內，總共有三名被害人，一旦認為被告有罪，就必須被判處死刑。想要避免判死刑，就只能判他無罪，剛好在證據方面不夠充分，所以你就針對那一點——」

「太荒唐了，我並不是廢死論者。」

「你只是不想自己做出死刑判決，不想因為殺人玷污自己的手，這就是你的想法。你應該認為法官抽到會被判死刑的案子很倒楣，像你這種不求有功，但求無過主義的人，就會遇到這種瓶頸。在武內的案子之後，你手上還有另一起絕對會判死刑的案子，所以你對法官工作心生厭倦。當初你並不是為了照護問題辭職，你沒那麼孝順，你只是用這個藉口逃避做出死刑判決的膽小鬼。難道我說錯了嗎？」

「你這番言論完全不值一哂。」

勳雖然這麼說，但無法發自內心感到憤怒。

「如果你很盡心盡力地照護令堂，現在腰一定不好，你的腰還好嗎？」

野見山捺熄了香菸，語帶挑釁地問。

動沒有回答。

「今天來找你，並不是為了聊我自己，而是來問武內的事。」

「這也令人難以苟同，」野見山露出絲毫稱不上爽朗的笑容，「我是檢方的人，不得不承認這個世界的確有冤案，的確有人因為過去那種意想不到的偵查被羅織入罪，深受其苦。他們中有些人在之後的逆轉判決中遭到平反，證明了自身的清白。那些人很值得稱讚，但是梶間先生，你現在正在褻瀆這些人。」

「我並沒有談論其他冤案的當事人，而是在討論武內這個人。」

「有什麼不一樣呢？武內獲得了無罪判決，關於他背後的傷，我無法進一步證明。雖然很不甘心，但我只能認輸，你想要打聽關於他的一些沒有根據的事，到底有什麼目的？」

「你似乎對我身陷困境樂在其中。」

「你不要轉移話題。」野見山抬眼看著他，似乎要看透他眼中的動搖，「在法律界，經常有檢察官改行當律師後，開始說一些和之前完全相反的話，你辭去法官一職，現在無論說什麼都無所謂……但至少要先解釋武內背後的傷，才有辦法討論其他事。他無法自己造成那樣的傷是合理的懷疑，我無法解決這個懷疑。如果你覺得武內很可疑，想要把這個疑問告訴第三者，首先必須解決這個合理的懷疑，到時候我再聽你細說分明。」

「算了，我不該來找你談這件事。」

野見山聳了聳肩，輕笑著說：「悉聽尊便。」然後喝著冰紅茶。

勳也喝著已經冷掉的咖啡，打算找機會結束這場不愉快的見面。

「不瞞你說，我是多摩文化大學的校友，」野見山說話的語氣，好像徹底忘記了前一刻在談論的話題，「我也是學法會的人，我沒想到你會去我的母校任教。」

勳覺得沒必要附和，所以沒有吭氣。

「我至今仍然會收到校刊，忘了是哪一期，看到了你接受校刊採訪的報導，『聽前法官・與眾不同的教授怎麼說』，呵呵呵……」

野見山不知道覺得哪裡好笑，發出了令人不悅的笑聲。

「那篇採訪實在太有意思了，你對『法官需要具備什麼資質？』這個問題的回答是『熱愛世人』，我懷疑自己看錯了，因為我向來以為你討厭世人。」

「你才討厭世人吧？」

「的確。」野見山滿不在乎地承認，加強了語氣說：「我非常討厭世人，尤其看到那些大言不慚地說什麼熱愛世人這種偽善話的人，會忍不住反胃。」

兩人無言地相互注視。

勳拿起帳單，野見山拿出皮夾，抽出一張一千圓。勳搖搖頭拒絕。

「你應該不會再來找我了，所以我就先告訴你。」野見山把一千圓放回皮夾時說，「武內在讀中學時，父親生病死亡，高中時，後母意外身亡，他變成了孤兒，你應該也知道他的身世很悲慘……」

他的臉微微湊向勳的方向。

「問題在於他的後母發生的那起意外，真的是意外嗎？」

「什麼！？」

「武內和他的後母，以及後母的男性朋友三個人一起去爬山，另外兩個人從懸崖跌落，武內獨自下山衝進派出所。搜索隊出動，在懸崖下方發現了兩人的屍體。表面上完全是意外，但左鄰右舍都知道他後母很凶，聽說武內從小學時就遭到虐待，而且那個後母和那個男性朋友即將結婚，把武內視為眼中釘……」

「這是……你從瞭解當時狀況的人口中聽說的嗎？」

「都已經三十多年了，誰還會記得這種事？你來找我，不就是想聽這種胡說八道嗎？」

動有一種不寒而慄的感覺，忍不住不悅。

「這也太無憑無據了。」

「是嗎？那真是太失禮了，我還以為和令堂過世的事差不多。」野見山撇著嘴角說完，抓抓鼻子，「我不希望被你懷恨在心，所以就提示一個名字。有一個姓鳥越的男人，從少年時代開始就是武內的朋友，在武內做進口雜貨的生意時也是合夥人，和武內交往的時間最久，在清查武內的過去時，曾經多次出現他的名字。」

「你們有沒有去找過他？」

「當時曾經找過他，希望作為公審時的秘密武器，但後來得知他因為持有毒品之類的罪名在法國的監獄服刑，既然這樣，即使特地去找他，也無法為審判發揮正面作用，所以這條線就斷了，但現在他可能已經回到日本。如果你想要他老家的電話，我可以查一下當時的紀錄告訴你。」

雖然勳很不想接受這個提議，但又覺得冷淡拒絕很幼稚，於是輕輕點頭。

「那我明天打電話給你。」

野見山站起來，正準備離開時，又轉過身說：

「我再說一次，要是又發生什麼事，也不要反過來恨我，即使你來找我，我也幫不上忙，你的工作，就是自己撥掉那些火星。」

「我目前還不認為那是火星。」

野見山微微瞇起眼睛。

「你似乎在緊要關頭無法做出決斷……我一直有這種感覺，希望只是杞人憂天。」

他說完這句話，頭也不回地離開了。

他只是在挖苦，隨便他怎麼說。勳目送野見山離去的背影，努力消除內心的不愉快。什麼是緊要關頭？他完全沒有真實感，也不覺得自己將面對什麼緊要關頭。

❖

這天傍晚，尋惠買完菜之後去了花店，為後天尾七的法事買了幾種花。雖然滿喜子打電話來說，會送花過來，但如果只等她送花上門，自己什麼都不準備，她到時候不知道又會說什麼。

每週舉行法事時都會換上新的花，因為是尾七，所以這次比平時多買了一些。

回到家後，尋惠把陶瓷的廣口花瓶拿到餐桌上，裝了水之後，把插花海綿泡了水，然後把百合、蘭花等大型的花插在中間，再混入黃、白、紫色的菊花，最後用滿天星填補縫隙，整體感覺很華麗。

她把花瓶拿去和室，想了一下後，決定把滿喜子送來的花放在祭壇旁，那就把這個花瓶放在靠窗那一側……她一邊這麼想，一邊把花瓶放在架子上。

就在這時——

不知道哪裡傳來好像男人怒吼的聲音，以及好像地面震動般的沉重聲音。

怎麼回事……

尋惠不禁縮起身體。可怕的動靜刺激她的神經。

聲音持續了幾秒鐘後停止，接下來又斷斷續續傳來沉悶的聲音，但很快就聽不到了。

是隔壁傳來的嗎？

她不敢走出去。俊郎和動都還沒有回家，因為白天和武內之間曾經有那樣的對話，所以她今天不想看到武內。但如果發生了什麼意外，就顧不了那麼多了。

尋惠走去二樓，站在靠陽台的窗前偷偷看向隔壁。

隔壁沒有任何動靜。

她打開窗戶，來到陽台上，看向隔壁的院子和門前那條路。

什麼都沒有。周圍一片安靜。

尋惠放心地鬆了一口氣，順便把陽台上的衣服收進來。

17 癖好

隔天，尋惠從一大早就忙碌不已。

動說學法會還有事沒有處理完，傍晚才會回家。俊郎去了圖書館。雖然論文考試的結果尚未公布，但他已經開始為口試做準備。

尋惠送他們出門後，邊照顧圓華，邊為明天的法事做準備。她清理了神桌，找出家中所有的座墊，發現比親戚人數少了兩個，決定下午再去添購。同時還要準備供在墳墓前的鮮花，茶點也要在今天準備好。對了，她想起還要整理分贈的遺物，於是就去婆婆的衣櫃中翻找，上午的時間就這樣過去了。

快中午的時候，玄關的門鈴響了。尋惠拿起對講機，聽到是花店的宅配。

「叮咚，宅急便來了。」

尋惠帶著興奮模仿的圓華來到玄關。

「是相田滿喜子女士送的花。」

尋惠在宅配員遞過來的宅配單上蓋章，接過了包裝好的花籃。

「川越的姑奶奶送來的。」

她出示給圓華看了之後回到走廊，仔細打量著手上的花籃後，發現比想像中更小。原本以為滿喜子一定會送難以想像是喪事所用的豪華花籃，沒想到今天送的花很樸素，甚至還不如自己昨天插的花，感覺象徵了滿喜子這陣子的萎靡無力。

她把花籃放在和室，覺得有點不妥當。也許可以從花瓶中抽幾枝花，裝飾在玄關比較好。

不一會兒，門鈴又響了。

「叮咚，宅急便來了。」圓華又得意地說著。

這次是禮品公司送貨上門。那是明天要回贈給滿喜子和登的椎茸及海苔禮品組合。幸好在自己出門之前送到了。

尋惠把禮品放在客廳，正準備吃午餐，門鈴又響了。

「叮咚，宅急便來了。」

法事相關的物品都已經收到了……尋惠這麼想著，拿起對講機。

「我們是警察。」

對講機中傳來的聲音簡直就像一把抓住了尋惠的心臟。

「是……」

尋惠用緊張的聲音回答，移動了畏縮的雙腳。

「這次不是宅配，妳自己去那裡玩。」

尋惠把圓華趕去客廳後開了門。

兩名身穿白襯衫的高大中年男人站在通道上，他們緩緩走過來時，腳步不像宅配員那麼輕快，全身都散發出嚴肅的感覺。

站在前面那個理平頭的刑警出示證件。

「我們是警視廳搜查課的人，有些事想要請教。」

他開口時稍微移開視線，站在後方那個皮膚黝黑的刑警目不轉睛地注視著尋惠。

「我們正在針對一起命案四處查訪……那起命案的被害人認識妳家的鄰居武內先生，所以我們剛才去向武內先生瞭解了情況。妳應該認識隔壁的武內先生吧？」

「對，當然……」尋惠只回答了這幾個字，但覺得舌頭都快打結了。

「聽說你們有時候在門口遇到時會閒聊。」

「嗯，是啊。」

「請問妳最近一次看到他是什麼時候？」

「啊？」尋惠感到意外，腦筋一片空白。

前天傍晚見到武內時是幾點？尋惠原本以為刑警會問這個問題，但現在這個問題簡直就在確認他們是否有機會串供。尋惠不知道該如何回答。

「嗯……」尋惠驚慌失措後，鼓起勇氣回答說：「應該是……前天。」

「這樣啊。」平頭刑警面無表情地看著尋惠，尋惠感受到一股異樣的壓力，「昨天有沒有見到他？聽武內先生說，他送給妳一個放在院子裡的花架。」

「喔喔，」尋惠誇張地表示驚訝，那是不自覺地想要掩飾謊言的表現，「沒錯，是昨天。」

「請問差不多幾點左右？」平頭刑警淡淡地問。

「嗯……我記得是中午之前……」

刑警用力吸了一口氣，尋惠忍不住不安，擔心自己又說錯話，但那似乎是刑警的習慣，他沒有改變語氣，繼續發問。

「妳見到他的時候……武內先生眼睛下方有瘀青紅腫嗎？」

尋惠完全聽不懂這個問題的意思，微微偏著頭。

「妳沒有發現嗎？」

「嗯……」

「不，那沒問題，因為武內先生也這麼說。」平頭刑警似乎自己找到答案，結束這個問題，「你們前天也有見面吧？請問大約幾點左右？」

「嗯……」尋惠摸著臉頰，假裝思考，努力讓心情平靜，然後擠出了沙啞的聲音，「我記得好像還不到傍晚……」

「差不多三點，或是四點左右嗎？」

「四點左右我還在買菜。」

「五點之前嗎？」

「對……因為我買菜回家就立刻遇到他……差不多四點半左右吧。」

尋惠覺得並不是憑自己的意志在說話，好像是嘴巴自動說出這些話，讓她有一種不舒服的感覺。

刑警又用力吸了一口氣。

「原來是這樣，謝謝妳的配合。不好意思，都是一些芝麻小事，因為我們必須用一些細節消息拼湊出想瞭解的問題。」

刑警在說這句話時，臉上的表情稍微柔和了一些，但隨即露出訝異的眼神看著尋惠問：

「妳還好嗎？聽妳的呼吸好像有點急促。」

尋惠聽到刑警這麼說，才發現自己過度換氣。

「身體有點……」尋惠硬是擠出笑容，掩住了嘴。

「是嗎？不好意思，我們在這種時候上門打擾，那就告辭了。」

兩名刑警鞠躬後，頭也不回地離開了。

尋惠走回廚房，把塑膠袋放在嘴上調整呼吸。

這樣回答沒問題嗎……她很擔心自己的回答會不會有某些讓刑警感到不自然的地方。

但是，即使說錯了一個小時左右，警察也不可能發現。前天買菜時並沒有遇到熟人，而且也把印了四點四十六分這個時間的收據撕毀丟掉了。自己又不是在掩護凶手，只是在幫助有困難的人。不久之後，警方就會抓到凶手，這種小謊言根本無足輕重。

然而，即使努力這麼想，仍然無法欺騙自己，內心因此產生疙瘩。昨天聽武內說起之後，她看報紙確認了那起事件，得知關孝之助律師似乎住在稻城，就在鄰町，無論開車或是搭電車，都不需要三十分鐘。尋惠沒想到武內的朋友就在這附近，這種感想也讓她產生一種難以釋懷的感覺。如果關律師家住在千葉那種地方，內心應該就會坦蕩蕩。

雖然應該只是自己想太多了……

尋惠努力擺脫這種想法開始吃午餐，她用冰箱裡的剩餘食材做了菜，像雪見以前那樣，為圓華做了小飯團。

雪見打算什麼時候回來？不要等到明天，今天回來的話可以幫忙很多事。當事情一忙，就無法同時照顧圓華，等一下打電話給她……

吃完午餐，帶圓華洗了手，把碗盤收去流理台時，門鈴又響了。

「叮咚。」

圓華聽到有人按門鈴似乎很開心，但尋惠只覺得心煩。

萬一又是警察該怎麼辦……她拿起對講機時這麼想，沒想到是花店來送貨。

滿喜子的花已經送來了……難道是登送的花……

她走出門外。

「是武內先生送的。」

宅配員手上抱著一個大花籃，足足是滿喜子送的一倍大。雖然以白色、黃色和紫色等素雅的色調為主，但中央是盛開的蘭花，周圍有好幾朵大菊花綻放出滋潤的色彩。目前這個季節，這麼大的菊花不便宜，而且藤蔓交錯其間，一看就是經過精心設計。滿喜子的花最多三千圓，如果是五千圓，花未免太少了些，但眼前這個花籃即使要兩萬圓也很正常。

尋惠把武內送的花拿到和室，但和滿喜子的花放在一起，感覺有點不太協調。雖然她想到該去向武內道謝，但很快決定先做其他事，首先要考慮如何讓這兩個花籃看起來比較協調。

在訂購花籃時可能不會看到實物。尋惠從自己插的花中拔下幾枝菊花，插在滿喜子的花籃裡，即使這樣，兩籃花的差異還是一目瞭然。她在無奈之下，只好把自己的花和滿喜子的花合併在一起，武內的花單獨放在那裡，終於有了協調的感覺。

調整完花籃後，她又開始在意插在花後面的名牌。可能是因為向不同花店訂購的關係，和「相田家」的名牌相比，「武內」的名牌又大又醒目。雖然是配合花籃的大小，但這也未免太不相襯了。也許在勳和其他人看到之前，重新做一個小一號的牌子比較好。

尋惠把「武內」的名牌拔了出來，拿去餐桌，從壁櫥拿出厚紙板，剪成適當大小，用麥克筆畫了外框後，再用墨筆寫了「武內」的名字。正想借用原本的木籤插上去時，門鈴又響了。

「宅急便來了。」

尋惠沒時間理會圓華，拿起對講機。

「我是武內。」

「喔……好……」

尋惠雖然感到困惑，但還是走去玄關，打開了門。

「你的臉怎麼了？」

她覺得必須先為他送的花道謝，但脫口問了另一個問題。

武內左眼下方有一大塊瘀青，而且腫了起來，眼睛都有點睜不開。

「沒事沒事，」武內嘴角露出笑容，「說起來真丟臉，昨天在家跌倒了，剛好撞到桌角。」

「啊喲……那還真是災難……」

原來刑警就是在問這件事。昨天見面時，武內臉上並沒有瘀青。

尋惠想起昨天傍晚，隔壁傳出巨大的聲響，難道就是他跌倒時發出的聲音嗎？天快黑的時候，曾經瞥見武內在院子裡，所以當時覺得應該沒有發生什麼狀況。圓華雖然去院子玩，但尋惠不想和武內打照面，所以只在窗前瞥了他的身影一眼。早上去院子時，發現隔壁院子放蘭花的花架移動到露台的對面，應該是昨天傍晚移動的。

「我記得明天是尾七？」武內問。

「對，謝謝你送這麼漂亮的花……」

「不，妳太客氣了。」武內輕鬆地說，「我可以今天先祭拜嗎？」

「請進，請進。」

尋惠拿了拖鞋，看著武內進屋……然後想到剛才把花籃裡的名牌拔了出來，立刻獨自衝進廚房，用旁邊的報紙把做到一半的名牌蓋了起來，拿起原本的名牌，藏在手心，從飯廳走進了和室，然後跑過去插在武內送的花籃裡。回頭一看，武內剛好走進來。

「真是太漂亮了……」尋惠擠出了笑容。

武內心滿意足地看著自己送的花，坐在祭壇前，把一個信封放在骨灰罈旁，搖了一下鈴，合起雙手。

希望不會又是很離譜的金額……尋惠想道。

「時間過得真快，一下子就尾七了。」武內看著婆婆的遺像說。

「是啊，真的很快。」

「等尾七辦完之後，妳可以稍微喘口氣吧？妳該好好放鬆一下，如果不嫌棄，我可以帶妳去走走，無論妳想去哪裡都可以。」

尋惠陪笑，沒有接話，武內繼續說：

「可以帶圓華一起去，像是日光，或是比較近的鎌倉，有很多地方可以去走一走。」

尋惠發現武內的眼神意外認真，不知該如何回答。

「呃……其實俊郎說，下個星期要帶我們去朋友的別墅，所以想說可以去那裡好好放鬆一下。」

「喔喔，原來是這樣啊。」武內露出了尷尬的笑，「那很好啊，原來是這樣，太好了。」他落寞地收起笑容，嘀咕說：「我最近也發生了很多事，那就一個人去散散心……」

尋惠雖然有點於心不忍，但這種事無法輕易答應，所以只能跟著一起尷尬。

「你把花架移過去了，你之前不是做了花圃嗎？」尋惠改變話題。

「對，因為我想搬去那裡，妳也可以看到。」

尋惠之前曾經開玩笑地這麼提議，沒想到他當真了，只不過她並沒有感到高興。

尋惠總覺得有點悶悶不樂。

「那我就告辭了。」武內起身，尋惠簡單地道了謝，走去玄關。

「啊，對了，」他穿好鞋子後，側臉對著尋惠問：「警察有來過嗎？」

「有……差不多三十分鐘前。」

「是嗎？真不好意思，因為我的事打擾了……他們有沒有問什麼？」

「問了你臉上的瘀青……」

尋惠不想主動提串供的事，所以就說了刑警最先問的問題。

「臉上的瘀青怎麼了？」

「我說昨天見面時沒有發現。」

「原來是這樣。」武內垂著雙眼發出冷笑，「他們應該是懷疑和關律師的命案有關，警察就是會把毫無關係的事硬扯在一起，真的很慶幸昨天和妳見了面，否則搞不好後果不堪設想。」

尋惠覺得如果沒有自己為武內作證，警察可能真的會這麼懷疑他。想到這裡，就覺得武內因為單身，很難證明自己的清白，所以找自己作偽證似乎也情有可原。

武內並沒有主動提作偽證的事，只是抬眼瞥了尋惠一眼說：「謝謝妳幫我這麼多。」他似乎覺得根本不需要問尋惠是否按照他的要求作了偽證。

「別擔心，請妳相信我。」

他補充了這句話，嘴角露出笑容。

尋惠覺得這句話有點畫蛇添足。

雖然不知道他是基於什麼心態說這句話，但尋惠從這句簡短的話中感受到獨特的煩膩。

尋惠在出門買菜前，撥了雪見的手機和她聯絡。

「妳在哪裡？」

尋惠在電話中問，雪見有點為難地吞吞吐吐。

「這個……」

尋惠猜想她一整天都無所事事，所以就不逼著她回答。

「妳打算什麼時候回來？」

「嗯……我會在法事之前回家。」

「別說這種話，妳今天就回來。」

「但是……」雪見似乎有顧慮。雖然已經過了好幾天，但她的聲音聽起來仍然無精打采。

「有很多事要妳幫忙。」

「是喔……那我傍晚之前會到家。」

「嗯，快回來，之前的事沒必要放在心上。」

尋惠鼓勵了她兩三句後，掛上電話。

沒想到雪見和俊郎之間的疙瘩比想像中更嚴重，原本打算利用這個機會讓他們好好談一談，但事情似乎沒這麼簡單。

尋惠帶著圓華去了購物中心，座墊、墳前的供花、茶點和晚餐的食材都買齊了，也買了旅行必要的物品，和打算去那裡放的煙火。因為是星期六，平時採買結束後都會去咖啡店或是漢堡店坐下來休息，但今天沒這種閒情，在食品賣場買了零食給吵鬧的圓華，就立刻趕回家。

四點之前就回到了家，她讓圓華在客廳玩，然後開始整理買回家的東西。她用放在盥洗室的水桶裝水，把買來的花放進水裡。

她今天還買了毛巾被，打算出門旅行路上，圓華在車上睡覺時可以使用，於是決定先拿去二樓，順便準備收衣服。

走進二樓的和室，把裝了毛巾被的紙袋放在衣櫃旁。

就在這時——

尋惠整個人愣在那裡。

她察覺到房間內有人的動靜。

該不會……她這麼想著，努力感受著背後流動的空氣。

她想到靠陽台的落地窗沒有關，只隔著紗窗。自從上次發生糾紛，雪見說武內溜進來東翻西找，後來武內又說其實是池本幹的，之後她不僅在出門時都會關窗戶，就連長時間不在二樓時，也都會關好窗戶上鎖，但畢竟是新養成的習慣，像今天這種忙碌的日子就會鬆懈，今天一整天都沒有注意到二樓的情況。

她緩緩轉向窗戶的方向。果然只有紗窗，反正現在要去收衣服，所以沒有問題……

下一剎那，尋惠再度愣在那裡。

有人躲在窗簾後方！

雪見，是妳嗎？她正打算發問，立刻把話吞了回去。顯然不是雪見。雪見不會躲在窗簾後方，而且從窗簾隆起的形狀判斷，應該是男人的身體。

尋惠愣在那裡，感受到異常的心悸。

突然……

窗簾無聲地掀了起來，直逼在眼前。

她在慘叫一聲的同時，胸前受到重擊，整個人仰倒在地上。

❖

因為昨天說好要打電話，於是動在這天上午打電話給東京地檢八王子分廳的野見山。

「鳥越果然已經回到日本了。」

「他在老家嗎？」

「不，不在。你很幸運，他就在離你不遠的地方。神奈川縣的秦野，最近的車站是小田急線的東海大學前站。」

秦野離動住的地方根本不近，但想到鳥越可能住在日本任何一個地方，的確算是很近。

「聽說他開了一家二手樂器行，專門做學生的生意。樂器行名叫『雜音堂』，詳細地址是……」

動把野見山告訴他的地址寫在便條紙上。

「所以……這個鳥越和武內現在已經沒聯絡了嗎？」

「這我就不知道了，我只是向他媽媽問到了聯絡方式。」

「不好意思，可不可以請你幫我打這個電話問他一下？我昨天也說了，武內就住在我家隔壁，如果被武內知道我在調查他的過去會很尷尬。」

「莫名其妙！」野見山語帶憤慨地尖聲說，「這種事，你只要叫他不要說出去就好，我為什麼要幫你張羅到這種程度？」

「啊，不是啦……」

「你首先要改一改這種當官的做事風格。」

勳正打算反駁，電話已經掛斷了。

根本沒必要這麼生氣……勳掛上電話時覺得有點掃興。

這個名叫烏越勝彥的人只是武內年輕時的朋友，即使和他見面，也無法保證能有什麼收穫。論心情，他並不是很想去見對方。

但勳很在意檢方還沒有見過烏越一事，這讓他產生了輕微的強迫症，感覺如果不去見對方一面，會錯過什麼重要的事。

今天他跟家人說學法會有事，所以出門時沒有開車，但其實學法會從昨天就開始放暑假。他舉棋不定，不知不覺來到了神田的二手書店街，一直在那裡逛到中午過後。雖然忍不住自問，自己到底在這裡幹什麼，但在到處都是書的環境逛街心情很平靜，也發自內心感到快樂。

在開始感覺有點熱時，看到一家氣氛很輕鬆的蕎麥麵店，他走進去點了蕎麥涼麵，吃蕎麥涼麵時思考著接下來該怎麼辦。從這裡去東海大學前車站感覺有點遠。

自己當年為什麼會選擇法官這個職業？辭職之後，他不時為這個明確的疑問煩惱。在大學任教之後，他覺得當初一開始就應該走這條路。研究學問這條路上，自己的腦袋就是財產，大學這個環境也很尊重這種財產。研究和指導的日子雖然缺乏變化，但能夠得到穩定的充實感。

法官的工作原本也應該是能夠保持精神安定，確保充分發揮智慧的神聖職業，他當初就是深信這一點走向法庭。

但是，現實也有例外。對勳來說，死刑判決就是例外。他無法抱著平常心面對死刑判決，在其他領域有這種被迫面對如此沉重決定的工作嗎？自己的判斷明確決定了別人是生或是死，別人沒有理由指責自己對此採取小心謹慎的態度。

現在回想起來，勳覺得自己辭去法官一職的時間點錯了。當初辭職是煩惱許久之後做出的決定，雖然他認為自己痛下決心很值得讚許，但他花了將近一年的時間才做出決定。因為是影響人生的大事，所以必須小心謹慎，但當初應該在的場滅門案的審判之前辭職。

自己並沒有為當初做出無罪判決感到後悔，那是法律審判的必然判斷。

然而，自己目前受到了那場審判的影響。他感受到暴風雨即將來臨的詭異氣氛，到底是哪裡出了什麼差錯？

勳走出蕎麥麵店，走進新御茶水車站，搭上了千代田線。雖然他並不是很積極，但只是走進電車，電車就自動駛向目的地。他又換了小田急線，在電車上坐了很久，在腦袋有點昏沉時，到了東海大學前站。

「雜音堂」位在一棟磁磚看起來比較新的大廈公寓的一樓。

櫥窗內陳列了掛著手寫價格牌的吉他，其中有一把顏色鮮豔、形狀奇特的吉他不知道是稀有品，還是價格很便宜，使用了特大號的價格牌，而且還在價格下方畫了線。

店內似乎還有出租錄音室。店門口貼著告示。

推開玻璃門走進店內，立刻聽到了音量很大的音樂，那是一首分不清有沒有旋律的曲子，年輕男子慵懶地唱著歌。那是勳完全無法接受的世界，他很想捂住耳朵。

店內就像玩具屋，陳列著吉他、小號、爵士鼓和小提琴，有幾個年輕人正專注地挑選著。勳沿著狹窄的通道走向深處。

一個叼著菸，年約五十的男人站在店後方狹小的櫃檯內，正在清理吉他。勳在仔細觀察那個男人的五官後，知道他的年紀大約五十歲左右，但他的打扮很奇特。頭髮和眉毛都是金色，鼻子上套著鼻環，穿著夏威夷衫和短褲。

對方可能也覺得像勳這個年紀的客人很少見，從頭到腳打量著他。

「你是鳥越先生吧？」

在兩人視線交會時，勳開口問道。

「你是哪一位？」

鳥越瞇起單側眼睛問道。眼尾下垂的雙眼看起來很親切，但感覺也很精明。

勳報上了自己的名字，然後補充說目前在大學當教授。

「教授？」鳥越臉上的表情比剛才更訝異。

「因為我聽說你以前是武內真伍先生的朋友……所以不知道能不能向你打聽一些他的事。」

「武內？」他驚叫起來，「你和武內是什麼關係？」

「我……在大學研究冤案問題，我不知道你是否知道，武內先生──」

「喔，我知道。」鳥越用低沉的聲音打斷了勳的話，「聽你的語氣，你應該也知道我在去年之前在哪裡，是武內告訴你我在這裡嗎？」

「不，我並不是透過武內先生的關係找到這裡。」
「那就好……因為突然聽到這個名字，嚇了我一跳。」
鳥越苦笑著，打開了櫃檯後方的門。裡面是差不多兩坪多大的倉庫兼辦公室。
「這裡交給你了。」
鳥越對店裡的工讀生說完，關上辦公室的門，音樂聲稍微變小了。勳在鳥越的示意下，在鐵管椅上坐下。這裡除了辦公桌以外，雜亂地堆放著各種樂器，兩個人坐下後，室內頓時變得擁擠。
「武內喔……雖然我不是怕他，但和他在一起，會覺得很煩。」
鳥越語氣直爽地開始談。
「我和他認識很多年，差不多快四十年了。一旦他覺得你是朋友，就甩也甩不開了，所以我在法國坐牢也算是因禍得福。在我被抓之前，他的英國老婆回英國之後也搬了好幾次家，武內鍥而不捨地尋找她的下落，但她最後似乎終於甩掉了武內。他老婆在女士優先的國家長大，當初覺得武內很紳士，但一起生活之後，就發現了他的本性，一旦分手，如果逃不掉，就會死在他手上，所以那個女人當然死命地逃。」
鳥越劈頭就說了這麼可怕的事，然後伸手拿了第二支菸，在狹小的房間內噴雲吐霧。
「但只要懂得妥善運用他，他這個人還真的很好用。我之所以能夠和他混在一起，就是決定要利用他。只要我講義氣，他就會像狗一樣為我做很多事，和他一起合作很輕鬆，但應該只有我懂得巧妙利用他。」

鳥越說完之後，輕輕笑了笑，似乎覺得這種事根本不值得炫耀。

「聽你剛才的意思，就是如果你不講義氣，他就會不高興嗎？」

「他當然會生氣啊。」鳥越立刻瞪大眼睛說，「那起滅門案就是這樣。」

「但是……他在那起命案中被判無罪……」

「哼！」鳥越冷笑一聲，「審判根本不可信，那根本就像是傳話遊戲，最後由從來沒有去現場看過一眼的人，根據從別人那裡聽來的、分不清是不是證據的東西做出判斷。簡直太沒天理了，像他那種罪大惡極的人無罪釋放，像我這種小市民卻要坐好幾年的牢。我犯了案，也算是罪有應得，但怎麼可以讓殺人兇手逍遙法外呢？法院也太無能了。」

勳很想皺眉頭，但還是忍住了，輕咳一下。

「但你是在回國之後從新聞或是傳聞中聽說這件事而已，我覺得就憑這樣下定論，似乎有點缺乏現實根據。」

「你不也是因為內心懷疑，才會來這裡嗎？」鳥越冷冷地看著勳，「研究冤案的人要追查他的交友關係，不就證明了這一點嗎？因為我太瞭解武內，所以很瞭解內情。你既然是研究冤案的人，在和他接觸時，應該對他深表同情，他這個人就會得寸進尺，越來越討好巴結你。一旦遇到他這種人，就只有閃避或是利用他，如果讓他得寸進尺，就會落入像那家人一樣的下場。」

鳥越露出試探的眼神看過來。

「我猜想你在和他接觸的過程中，是不是開始感覺不太對勁？於是就背著他偷偷來找我。正因為我是這麼想的，所以才會告訴你這些。」

「先不談這件事……」勳對這個問題不置可否，「我想瞭解的是，你為什麼確信他是凶手？」

「這不是我確不確信的問題，他自己不是招了嗎？」

「不，當時認為那是檢警逼供和誘供的結果。」

鳥越笑著搖搖頭，「他才不會上這種手法的當。我猜想刑警中有人扮白臉，假裝對他很親切，所以他不小心說了實話，因為他在這方面真的毫無抵抗力。」

雖然鳥越說得好像在開玩笑，但勳笑不出來，甚至覺得鳥越說中了自己的盲點。

「而且那根本就是武內的手法啊。」

鳥越若無其事地說。

「什麼意思？」

「他不是用金屬球棒把原本和他交情很好的一家人打死了嗎？而且是為了芝麻小事。」

鳥越不等勳的回答，就繼續說：

「那是我們讀大學時的事，我、武內，還有成田和後藤四個人組了一個樂團，要去參加業餘樂團的現場演出，武內為大家買了相同的短褂，說演出的時候就穿這個去演奏。大家看了都很傻眼，那時候披頭四到日本時的確曾經穿著短褂亮相，但因為他們是外國人，所以穿在身上很有型，但即使我們模仿他們，也就只是普通的日本人而已，永遠不可能是披頭四，而是搞笑團體漂流者樂團。」

鳥越開心地笑了，然後漸漸收起笑容，繼續說道：

「只不過我瞭解他的個性，二話不說就穿上了，還開玩笑說，我們樂團的名字要不要乾脆叫

『短褂四』，但武內在成田和後藤眼中，可能只是可以向他借樂器的凱子，所以他們根本沒把他放在眼裡，把短褂塞還給他說『誰要穿那麼土的衣服』。武內好說歹說勸他們，既然已經準備好了，就穿這件衣服，但成田他們根本不理他，結果他就安靜下來。我以為他終於放棄了，沒想到他揮起電吉他打他們兩個人。如果當時不是我阻止他，後果不堪設想……你覺得這件事和滅門案有什麼不同嗎？」

勳說不出話，鳥越撇著單側嘴角笑了笑。

「和他打交道要很小心謹慎。如果他送你衣服，下次見面時不穿，他就會問，是不是尺寸不合。即使是幾年前送的東西，他也會突然問，最近怎麼都沒有看到我使用，所以我把他送我的東西都放在家裡最顯眼的地方。我剛才說的義氣，就是指這種事。

你也許無法相信，我在法國蹲苦窯之前，武內每年都會為我慶生。十九、二十歲的時候，我甚至拒絕了當時的馬子在生日當天和我約會。我馬子覺得我有問題，還跟蹤我，結果發現我和武內兩個人在慶生。這可不是笑話，如果我拒絕武內，他一定會設法讓我和我馬子分手，搞不好會拿著球棒找上門來。在我結婚之後，每逢生日，我都會和老婆一起去武內的別墅，吃他親自下廚做的菜。他會在一個月前就寄邀請函，而且每年都寄，真的很想對他說，夠了沒有？這樣你就知道，要和他斷絕關係簡直比登天還難，即使他真的是凱子，還是會覺得很煩啊。他從小就很有問題，真的是瘋子。」

鳥越忍俊不禁地笑了，搖搖頭，收起臉上的笑容。

「對了對了……球棒從小就是他的標記，那時候當然不是金屬球棒，而是木頭球棒，但很少人有自己的球棒。他家是大地主，家裡很有錢，所以就買給他，我每天放學都會去他家玩，只要在學校遇到什麼不順心的事，他就會拿著球棒去後院。他家後院有一棵杉樹，他會像發了瘋似地用球棒猛打那棵杉樹，不知道打斷了幾根球棒。

至於說在學校遇到了什麼不順心的事……無非就是他在當營養午餐值日生時分配不均，導致有人沒有分到菜，或是他在班會上的提議遭到否決之類的事，真的都是一些無關緊要的屁事，他卻會為這種事沮喪，內心很有壓力，所以已經不是死心眼，而是異常的境界。每次遇到這種情況，他的眼神飄忽，面無表情，我一看就知道了。然後他一回到家，就抓起球棒去後院，簡直就像變了一個人，對著杉樹狂打。我看到之後就想，絕對不能惹毛他。他養的貓抓痛他時，也被他用球棒打死了。看到這一幕時，我心裡真的超毛。」

勳聽了鳥越的話，眼前浮現了武內的少年時光，但並不是像泛黃的照片，而是一種生動的黑色。勳感到不寒而慄。

「嗯，該怎麼說，他的神經繃得很緊，好像隨時會給自己很多壓力。他家裡的人應該對他有很高的期待，在那種鄉下地方的小學校，只有他一個人穿那種像私立學校少爺一樣的制服。在選班代表時，他都會主動爭取，但不知道為什麼，每次都只選副班長，所以他的綽號就叫副班長。我猜想應該是他家裡的人要他爭取，但他認為自己不是那塊料，所以不是選班長，而是爭取當副班長。是不是很微妙？那傢伙太扭曲了，然後推薦我當班長，真是池魚之殃。

他的畢業紀念冊中的作文，也不是寫戶外教學或是社團成果發表會的回憶，題目是『安排』，那根本不是小孩子會用的字眼吧？我至今仍然記得一清二楚，他在那篇作文中寫了在班上舉辦活動時，因為安排不周，挨了老師罵的反省內容。我真的很想對他說，你可不可以活得輕鬆點？

雖然我不知道是不是為了安排，但他當時的做法根本大錯特錯。他說為了促進班上同學的團結，以偵察為名，去每個同學家裡察看，然後躲在陰暗的角落偷窺同學家裡，簡直太可怕了。然後又去班導師的辦公桌偷成績單，躲去校舍後方偷看。他覺得做這種事根本無所謂。話說回來，他在長大成人之後，用這種方法籠絡了大客戶，作為生意的手段充分發揮，也算是很了不起，但即使來我家的時候，只要稍不留神，他就會偷看我的記事本，真是讓人不敢大意。

雖然他做這些事的目的只是為了討別人的歡心，但問題是他太糾纏不清了，又很奸詐狡猾，真的做得太過分了，所以那些會犯下滔天大罪的人，從小就有問題。只要仔細觀察他這個人，就會有這種感想，真的是太令人感慨了。」

鳥越似乎發自內心地毫不懷疑武內就是凶殘的殺人凶手。從他談論武內的少年時期，的確可以感受到令人害怕的感覺……

但動仍然覺得還缺乏關鍵性的因素，所以不能因此認定他殺害了的場一家人。那起命案並沒有那麼單純。

「他的家庭背景怎麼個複雜法？」

「喔，小時候對這種事沒有太大的興趣，但聽大人說，他爸爸結了好幾次婚，又離了好幾次。武內好像是他爸爸第四任太太的小孩，他出生時，他爸爸已經五十幾歲了。不久之後，他又把第四任太太趕出家門，在六十多歲時娶了第五任太太。他爸爸是當地的名人，又是大地主，那時候有很多女人都是戰爭寡婦。武內好像有同父異母的哥哥，但好像死在戰場上，所以在外人眼中，他們家就是一個獨生子和上了年紀的有錢老頭，想要嫁給他爸爸的女人當然都是為了錢，聽說就是第五任太太把武內的親生媽媽趕了出去，然後他媽就不知去向了，反正他們家很複雜。」

「所以武內和他的後母關係很差嗎？」

「我不知道他們家庭內的實際情況，因為小孩子都絕對不會讓同學知道家醜，不過我覺得那個老女人看起來很凶，風塵味很重，我知道的差不多就只有這些。」

勳很在意野見山之前說的話，武內的後母真的是意外身亡嗎？野見山似乎是信口開河，但這件事在勳的腦海中揮之不去。如果武內內心真的那麼瘋狂，他覺得有可能會做這種事。不知道鳥越怎麼認為。

「關於他後母意外身亡的事……有沒有什麼相關的傳聞？」

他問得很含糊，然後觀察鳥越的表情。

「嘿嘿嘿，」鳥越立刻察覺了他發問的意圖，毫不掩飾臉上的苦笑，「倒是沒聽說什麼傳聞，周圍人反而對他後母的風評很差。因為武內的老爸和他奶奶同時病倒，幾個月後就死了，所以大家都說那個女人為了錢嫁進豪門，不知道給他們吃了什麼，把他們害死了，而且又帶了新的男人進家門，在意外身亡時，大家都說她是得到了應有的懲罰，但並沒有人討論實際情況如何。只不過扯上武內，即使有什麼隱情也很正常，只是沒有證據。」

所以也不知道究竟有沒有隱情……勳雖然這麼想，但還是繼續問：

「武內讀小學的時候，有沒有遭到那個後母的虐待？」

「喔……因為他身上經常有很多新的傷，所以可能有人認為是遭到後母的虐待，但其實那是他自己造成的。那傢伙有自戕癖。」

「自戕癖？！」

動感受到強烈的衝擊，不禁反問。

「對，我剛才不是說了，他很容易感受壓力嗎？他想要發洩的時候，並不是隨時隨地都可以揮球棒亂打一通，而且他還要克制想要攻擊別人的衝動。至於這種時候他如何發洩，那就是打自己的身體或是自戕。我好幾次看到他用鉛筆刺自己的手掌，刺得滿手是血，然後不顧一切地用頭撞向鐵柱或是牆壁這種堅硬的東西，會發出咚、咚的可怕聲音，一次又一次撞過去。每次看到，都會覺得背脊發冷。」

動第一次感受到武內的異常性清楚地呈現在眼前。之前聽雪見說那些事，以及聽鳥越談論武內少年時代的事，都覺得缺乏某些關鍵的因素，無法認定武內是殺人凶手。如果殺人凶手武內真的存在，從他的人格形成剖析他演變成殺害的場一家人這個殺人凶手的過程，自戕癖這個事實無疑成為不可或缺的關鍵。

為什麼不可或缺……動在整理思緒的同時繼續發問。

「所以……他有沒有假裝受傷企圖吸引周圍人的同情。」

「有啊有啊，」鳥越拍著手，似乎覺得很好笑，「他的運動神經明明很好，但在玩棒球或是探險遊戲時經常會受傷，大家每次只好中斷遊戲，跑過去看他。當大家都很擔心他，他似乎就會感到很滿足，然後大家就覺得他是狼來了小孩，漸漸不理他了，他的受傷情況就越來越嚴重，雖然不知道他怎麼弄傷自己，反正會把額頭弄得不停淌血。小孩子玩遊戲，哪有可能那樣嚴重流血？

在升上高中，之後讀大學後，這種情況仍然沒有改變。每次運動時，他就會跌得很慘，有點像在看足球比賽時，有些球員只是腳被勾到一下，就大聲慘叫著跌倒在地，讓人覺得哪有痛得那麼誇張，差不多就是那種感覺。他說自己可能骨折了，我只好陪他去醫院，最後根本沒事。每次當我想和他保持距離時，他就會玩這一招，真的被他煩死了。」

鳥越發出了乾笑的聲音，當他的笑聲停止時閉上眼睛，緩緩轉動脖子，似乎在消除肩膀痠痛，又好像在仔細回想什麼回憶。

他睜開了眼，意味深長地看著勳。

「不久之前，高院針對他的案子做出了判決……焦點不是集中在他背後的傷上嗎……」他用低沉的聲音說，「我小時候也看過。」

勳忍不住倒吸一口氣。

「身上的瘀傷很嚴重，好像用什麼東西重重地打到……我當時覺得那個傷口不可能是自己造成的，猜想應該是他爸打他，雖然我沒有問他……」

沒想到……

武內在少年時代也曾經發生過後背傷勢嚴重的情況。

所以……

他在那起命案時，也用了少年時代曾經使用的方式讓自己受傷嗎？

如果是這樣，就可以解釋他一時衝動犯下了凶殘的犯罪行為後，為什麼還能夠做出故布疑陣這種需要冷靜判斷行為的疑問，因為他之前有過相同的經驗，所以沒有任何不自然，但是，究竟……

究竟如何才能讓自己整個後背都被打傷？

也許是很簡單的方法。因為武內在小時候就想到了這個方法……反過來說，以小孩子的腕力來思考，應該是他自己用盡全力造成的。

這個疑問至今都無法解決。

武內是危險人物。聽了鳥越的話之後，勳建立了明確的心證。必須讓自己的家人趕快遠離他。

但是……

事到如今，很難把這句話說出口。正如野見山所說，在背後的傷勢問題解決之前，自己沒有資格懷疑武內。

因為當初是自己做出了那樣的判決。

18 襲擊

雪見接到婆婆催她趕快回家的電話之後，仍然躺在朋友家中，心不在焉地翻著求職雜誌。這幾天面對強烈的虛脫感，整天都無所事事，但不能一直這樣懶惰下去，所以她想到也許可以先找工作以防萬一，同時也為了轉換心情，去買了一本求職雜誌。

但是，自己目前陷入進退兩難的處境，即使翻閱雜誌時也提不起勁，而且又覺得即使今天就找到工作，也無法解決眼前的問題，於是在四點之前出發回梶間家。她不希望又聽到俊郎說她想趁機留下來住，所以只帶了最低限度的行李，塞在一個小行李袋裡。

不知道圓華怎麼樣了？回家也不全然是憂鬱的事，也有快樂的事在等待自己。

她努力振作自己，正在穿鞋子時，手機響了，她從放在門口的行李袋裡拿出了手機。

「喂？」

「啊，請問……是雪見……嗎？」

電話中傳來病態的聲音。是池本杏子。

「我是、池本……上次很謝謝妳。」

「不客氣。」雪見冷冷地說，不知道她打電話來又有什麼目的，雪見心情馬上憂鬱起來。

「呃……不、不瞞妳說，我先生從昨天就一直沒回家。」

她用一如往常的緊張語氣說道。

「是嗎？」雪見故意冷冷地回答。

杏子停頓了幾秒後說：

「雪、雪見，妳聽我說，那是誤會，我先生不是那起命案的真凶，也沒有在妳周圍惹是生非，妳不要上武內的當。」

「那已經不重要了。」

「當、當然重要，很重要。不瞞妳說，聽到武內那麼說，我也差一點相信了，但我先生不是那種人，不會做那種事，我聽到隔壁傳來聲音和動靜的時間也沒有說謊。」

「……請問妳今天找我有什麼事嗎？」

「請問妳知道關孝之助律師前天遭到殺害的事嗎？他是武內的律師，那也是武內幹的。」

雪見重重地嘆了一口氣，對著電話說：

「妳怎麼知道是武內先生幹的？他殺律師有什麼目的？」

「有什麼目的？我先生之前不是說了，武內就是這種人，當他發現律師對他很好之後，就主動接近，時間一久，律師就發現了他的異常，開始避開他，於是武內就糾纏不清，我猜想律師揚言要報警或是告他，於是武內惱羞成怒。他只要情緒失控，什麼事都做得出來。」

「妳有證據嗎？否則別人又會說是妳先生更可疑，雖然我不知道誰更可疑。」

「怎、怎麼會這樣？我先生為什麼要殺律師？等、等一下，雪見，至少妳是相信我們的，對不對？」

「不要再把我捲進去了。」

「請、請妳不要這麼說。妳聽我說，昨天，我先生得知律師的命案後，說了一句『我一定要阻止』就出了門，他還說『如果袖手旁觀，後果不堪設想』，妳認為這是什麼意思？」

「我怎麼知道？」

「他要去殺了武內，他覺得這是唯一的方法，終於走到了這一步。我在他臉上看到了這樣的決心。雪見，我無法阻止我先生，只能做好心理準備。」

「如果發生這麼重大的事，我婆婆一定會告訴我。」

「所以我擔心我先生失敗了，因為他都沒有回家。別看我先生那樣，他這個人打架很弱。」

「妳的意思是說，結果他反而被殺了嗎？」

雪見不悅地反問，杏子語帶顫抖地說：

「啊，請妳不要繼續說下去，光是想像就讓我感到害怕。」

雪見這次用對方聽不到的聲音嘆了一口氣。

「妳要不要再等看看？如果他真的沒有回家，妳可以報警，即使告訴我，我也幫不上什麼忙。」

「喔喔，對喔，妳說的對。對不起，因為我不知道該怎麼辦，所以就忍不住打給妳。我會這麼做，我會這麼做……唉唉。」

杏子似乎終於理解了雪見的意思，沒想到最後發出絕望的嘆息聲，掛上電話。

這個人崩壞了……在和她保持距離之後，就越發覺得她有問題。雪見只有這樣的感想。

但是，當雪見在將近五點左右回到梶間家，發現已經出了大事。好幾輛警車停在家門口，員警和刑警都一臉嚴肅地進進出出。

雪見快步走進家門，客廳沒有開冷氣，感覺很悶熱，但婆婆嘴唇發紫，怕冷地抱著肩膀坐在沙發上。俊郎抱著圓華坐在她身旁，神情緊張地在和刑警說話。俊郎一看到雪見，皺起眉頭瞪著她，語帶責備地對她說：

「那個姓池本的人終於下手了。」

「下手了？」

池本殺了武內嗎？因為剛才聽了杏子在電話中的話，所以只想到這個可能性，雪見感覺雙腿發軟。

「他把媽踢倒在地。」

「把媽踢倒在地？」

她發現和自己的想像不一樣。

婆婆買菜回來後回到二樓，發現有人躲在窗戶旁的窗簾後面，那個人踢倒婆婆後從窗外逃走了。不知道那個人是沿著支柱逃走，還是跳下樓，總之是從陽台逃走了。

婆婆被踢倒在地上時，腰部重重地撞到地上，身體並沒有大礙。在歹徒逃走後，她膽戰心驚地關上了窗戶，下樓確認圓華平安無事後，打電話報警。之後，她聽到隔壁也傳來爭執，雖然聲音立刻停止，但武內也報了警。

警察趕到時，闖入兩戶人家的歹徒已經逃走。聽說警察去找武內時，他的額頭都被鮮血染紅了。

婆婆沒有看到闖入者的長相，但武內看到了。雖然歹徒戴著絲襪頭套，但武內在反抗時撕破了頭套，所以知道是池本。池本穿著鞋子，從沒有上鎖的露台落地窗進入武內家中，然後用鐵管攻擊正在客廳的武內。武內的頭部和肩膀遭到數次攻擊後，兩人扭打成一團，當武內撕破了池本套在頭上的絲襪，池本發現自己長相曝光之後，就踢倒武內，從玄關逃走了。

武內目前正在醫院接受治療。既然能夠接受警方的問話，顯然並沒有受到重傷。雪見為了並沒有發生最不樂見的狀況感到鬆了一口氣的同時，也因為聽了杏子的「犯罪預告」，所以總覺得有點不安，好像自己變成了池本的共犯。俊郎說話的攻擊語氣，也讓雪見有這種感覺。

但她難以理解池本來攻擊武內之前，為什麼先來襲擊婆婆這件事。

俊郎告訴警方，不久之前，武內和池本曾經在這裡對質，因為全家人對他的態度都很冷淡，所以他一定懷恨在心。雪見也認為如果要論動機，這應該是唯一的動機，但如果是這樣，婆婆受到的攻擊有點太輕了。池本並沒有用鐵管攻擊婆婆，只是把她踢倒在地，而且最初躲在窗簾後方。從當時的狀況研判，很可能為了什麼目的潛入這個家，結果婆婆走進這個房間，才慌忙逃走……這種狀況似乎更加合理。雖然不知道池本準備去攻擊武內之前，為什麼要闖入這個家，但想到池本以前也曾經闖入這裡和雪見的娘家，就覺得兩者的手法相同。

他在攻擊武內之後，因為被武內看到了臉，所以就立刻逃走，代表他並不想殺武內嗎？昨天離家，今天才採取行動，從這一點就可以瞭解他在採取行動時心情很複雜，但這種邏輯似乎只有池本本人才瞭解，別人可能難以理解。

以目前的狀況判斷，武內說的話似乎才合乎邏輯。池本精神出了問題，用異常的方法尋求心靈救贖。雪見感到難過不已。

雪見把接到杏子電話的事告訴了刑警，在說到池本得知武內的律師遭到殺害而衝出家門時，俊郎在一旁無奈地插嘴說：「那也是池本所為吧？他真是瘋了。」俊郎這麼說也情有可原，而且雪見認為也許事實就是如此。婆婆遭到攻擊的事實增加了池本的嫌疑，他的瘋狂並不是只針對武內，既然這樣，對武內的律師下手似乎很合理。

應該已經有刑警去了池本家。池本只有自己的家可回，所以早晚會遭到逮捕。

杏子知道所有的一切嗎？還是一無所知？如果她一無所知，只是相信丈夫，支持丈夫，雪見覺得她有點可憐。如果對她置之不理，她可能會深陷絕望，上吊自殺。即使她是在知道一切的狀況下配合丈夫，目前恐怕也無可救藥……

在說明完大致的情況後，看起來像是鑑識人員的人從二樓走了下來，那些刑警都離開了。不知道是不是因為稱不上是凶殘的事件，刑警的態度都很冷靜平淡。天黑之後，仍然沒有接到池本是否遭到逮捕的通知，迎接了缺乏現實感的平靜夜晚。

「妳的朋友竟然做這麼離譜的事。」

晚餐時，俊郎對雪見好久沒有回家煮的咖哩口味沒有任何評語，只是不停地對她挑剔。

「他又不是我的朋友。」雪見小聲回答，以免俊郎又說她惱羞成怒。

「妳不瞭解事情的嚴重性嗎？還不是因為妳輕率地帶那種腦筋有問題的人回家，才會發生這種事。」

「你責怪雪見也無濟於事，難得一家人在一起，別再聊這些了。」

婆婆袒護著雪見說道，但雪見內心覺得俊郎說的沒錯。如果自己當初沒有帶池本回家，就不會發生這種事。

俊郎之後也不時會囉唆幾句，但雪見都沒有反駁，只是低著頭，用湯匙攪動著自己的咖哩保持沉默。

公公在吃飯時始終不發一語，似乎在沉思，但他今天回家時，難得很嚴肅地問了婆婆和俊郎今天發生的狀況。自己的太太遇襲，當然會很緊張，但今天公公不再是一副事不關己的態度，和雪見之前去大學找他時完全不一樣。

公公一再問婆婆，有沒有看到歹徒的長相。婆婆說，非但沒有看到對方的長相，連身體也沒看到，公公一臉難以釋懷的表情發出了低吟。

晚餐即將吃完時，玄關的門鈴響了。

婆婆拿起對講機，應了一兩句話後，把對講機掛好，自言自語說「是武內先生」，然後就走去玄關。俊郎跟了出去，雪見也很好奇，站在廚房門口看著玄關。

「啊……你沒事吧？」婆婆一打開門，立刻這麼問。

站在門口的武內頭上包著繃帶。

「傷成這樣，實在太丟臉了，幸好沒有傷到骨頭，傷勢也沒有原本想像的那麼嚴重。」

武內的聲音聽起來很開朗，有一種強打起精神的感覺。他瞥了雪見一眼，雪見向他點頭打招呼，他視若無睹地移開視線。

「聽說妳也遭到了攻擊？」

「對，幸好只是跌坐在地上而已，可說是不幸中的大幸。」

「可能晚一點就會開始痛，最好還是去醫院做一下檢查。」

「警方有沒有說什麼？」俊郎問。

「沒有，他們什麼都不告訴我。」武內的言談之間充滿對警方的不信任，「但目前似乎還沒有抓到池本，所以我們都要注意安全，我只是想來提醒你們一下。」

雪見還在猶豫該不該為之前的無禮道歉，武內就轉身離開了。

「他的傷勢好像並不嚴重。」

聽到門關上的聲音之後，公公嘀咕著。雖然他剛才沒有走去走廊察看，但似乎豎起了耳朵。

「但頭上綁了繃帶。」

雪見把她看到的情況告訴公公，公公不悅地低吟了一聲，不知道對什麼事感到不滿。

收拾完晚餐之後，雪見去二樓拿換洗衣服。

這時，她看到放在行李袋中的手機。有杏子的來電記錄，而且連續打了好幾次。

杏子有什麼事嗎？雪見好像可以猜到，又似乎有點猜不透。既有點想知道，又好像不太願意多問。她猶豫了一下，覺得主動打電話也有點奇怪，現在雪見內心已經不太願意承認她是被害者的家屬，反而覺得是加害者的妻子。

雪見在拿衣服時，杏子又打來了。手機震動著，螢幕上顯示了杏子的手機號碼。既然對方打來，那也無可奈何，於是她按下了通話鍵，把手機放在耳邊。

「啊……啊啊……啊啊，是雪見嗎？」杏子的語氣極度慌亂，「剛、剛才一直有警察上門，現在也有警車停在門口……聽、聽說、我、我老公攻擊了武內和尋惠太太，然後逃走了……」

「嗯……我也是在傍晚才回到家，警察問了很多問題。呃……我也把妳打電話給我的事告訴了警方。」

「這樣啊……這種事沒必要說謊，所以沒問題……請問傷勢嚴重嗎？」

雪見把自己觀察到婆婆和武內的狀況告訴了她，杏子痛苦地發出了不知道是鬆了一口氣還是失望的無力聲音。

「那個……我、我老公還沒有回家，不知道是怎麼回事。」

雪見也不知道該如何回答。

「有沒有打他的手機？」

「昨天開始就打不通了。昨天傍晚曾經打來家裡，我接起來之後就掛斷了。我憑直覺知道是我先生打來的，但之後就完全沒消息了。」

「那也沒辦法了，妳要不要再繼續等看看？如果他和妳聯絡，妳勸他去向警方自首，我猜想他現在應該亂了方寸。」

「但他為什麼要攻擊尋惠太太？難以想像他會去危害無辜的人……」

「請問……妳有沒有聽他提過，要潛入我們家找什麼東西？」

「不知道，我沒聽他提過。」

「那我就猜不透了。」

「那真的是我先生嗎？警察剛才說，是武內這麼說的，尋惠太太是怎麼說的？」

「我婆婆……並沒有親眼看到……」

「我、我就知道，所以只有武內這麼說，對不對？」

「但如果不是池本先生，還會是誰呢？」

「是武內啊，不是只有武內說他看到了嗎？他可以隨便亂說啊，這次又是他擅長的自導自演，還是附近有目擊證人？」

「我不知道……杏子太太，妳要面對現實，池本先生出門時，不是說要去攻擊武內先生嗎？現在的確發生了。」

「但為什麼他昨天出門之後，到現在都沒有回家？為什麼他連一通電話都沒有打給我？唉，一定發生了最不樂見的結果，他根本沒有報仇，我猜想他已經……」

「他會回家，很快就會回家了。」

「雪見，謝謝妳，直到最後還和我站在一起，我不會忘記妳的大恩大德……而且讓妳也陷入危難的處境，真的很對不起……」

雪見覺得杏子的話聽起來像是臨別感言，慌忙說：

「請等一下，妳千萬別想不開，絕對不可以。」

「嗯，我知道……現在還沒問題。」

「現在還……」

「我沒事，謝謝妳，妳不用為我擔心……唉唉。」

杏子最後又發出悲嘆的聲音，掛上了電話，雪見陷入極度的憂鬱。

杏子果然不知情，她只是盲目相信自己的丈夫。也許星期一再去看看她。

走進浴室時，雪見才終於和圓華獨處。今天在這個家裡，只有圓華心情很好。雪見往好的方面想，認為是因為自己回來的關係。

「今天一直叮咚叮咚響。」圓華向她報告。

「這樣啊，太好了。」雪見為圓華洗澡時，決定暫時拋開腦海中的雜念，和她一起聊天真無邪的話題，「有沒有說『送宅急便』？」

「叮咚。」

圓華按著雪見的手臂，開始玩叮咚遊戲。

「來了來了，請問是哪位？」

「是花店。」

「哇，好開心，好多花啊。」

圓華看到雪見陪著她玩，咯咯地笑得很開心。

「叮咚。」

「來了來了，請問是哪位？」

「嗯、嗯……是香菇店。」

「是香菇店啊，那就請大家一起吃香菇。」

「叮咚。」

「來了來了，請問是哪位？」

「是警察。」

「喔，是警察啊，請趕快把小偷抓起來。」

圓華興奮起來，玩得不亦樂乎。

「叮咚。」

「來了來了，請問是哪位？」

「我是小偷。」

「小偷不會按門鈴啦。」

母女兩人哈哈大笑起來，雪見覺得小孩子純真的世界真美好。

「叮咚。」

「來了來了，請問是哪位？」

「我是隔壁的叔叔。」

「啊，隔壁的叔叔啊，請給我養樂多。」

對圓華來說，武內就是給她養樂多和點心的人。

「給妳養樂多。」

「謝謝，啊，真好喝。」

雪見假裝喝養樂多，繼續陪圓華玩。

「但是啊，可是啊，」圓華稍微收起了笑容，有點落寞地說：「隔壁的叔叔沒有給我養樂多。」

「因為叔叔今天很忙。」

「昨天也沒有給我。」

「是嗎？可能昨天也很忙。」

圓華用力點點頭。

「因為要把叔叔搬到車車上。」

「……」雪見偏著頭納悶，「誰？」

「隔壁的叔叔……」

這孩子看到了什麼？

「隔壁的叔叔把其他叔叔搬到車車上嗎？」

圓華和雪見一樣偏著頭，然後說了奇怪的話。

「還包了保鮮膜。」

「保鮮膜？那個叔叔身上包著保鮮膜嗎？」

圓華點頭表示同意。

「這樣啊……妳看得真清楚。」

「嗯……但是隔壁的叔叔沒有給我養樂多。」

「是嗎？隔壁的叔叔可能沒有看到妳……圓華，妳不可以告訴隔壁的叔叔，妳把這件事告訴了媽媽，否則隔壁的叔叔會生氣。」

「為什麼會生氣？」

「因為這是隔壁叔叔的秘密，是不可以說的秘密，也不可以告訴爸爸和奶奶，我們來勾手指。」

雪見和圓華勾了手指約定，然後結束這個話題。

圓華很喜歡編故事，經常發揮想像力說故事給雪見聽，但這件事聽起來不像是她編出來的故事。圓華編的故事主角都是娃娃，從來不會出現真實生活中的人物。

晚上，雪見很早就哄圓華睡著之後，在她旁邊翻來覆去睡不著。背脊上的寒冷感覺揮之不去，但燥熱在體內翻騰不已。

原本對武內的那種有點發毛的感覺已經明顯變成了恐懼。杏子說的沒錯，池本昨天被殺了。

雪見很想和杏子聯絡，但又覺得這不是可以在電話中說清楚的事，而且也很擔心她的反應，必須謹慎思考之後再採取行動。

該如何採取行動……

圓華說武內把另一個叔叔搬上了車子，是不是該認為已經將屍體遺棄到某個地方？但是，昨天才剛發生，今天不可能這麼簡單就找到棄屍的地點。

圓華說另一個叔叔包著保鮮膜，雪見想到了被子的壓縮袋。把屍身折起來，應該可以裝一個人。只要封好封口，用吸塵器把空氣抽掉，就可以暫時防止腐爛。

既然這樣，也不能排除仍然留在車上的可能性。也許就在那輛賓士的後車廂。

難道池本的屍體就在這棟房子外？

19 後車廂

隔天，雪見在吃早餐時問婆婆。

「今天川越的姑姑和千葉的叔叔他們怎麼來？」

「應該和之前一樣搭電車來吧。」

「那要怎麼去墓地？」

「開我們家的車子去就好了，反正他們的兒女不會來，兩輛車子坐得下。」

不包括圓華在內，總共有八個人，兩輛車的確足夠了。但雪見仍然堅持己見。

「但圓華不是要坐在兒童座椅上嗎？」

「嗯，那今天可以請妳抱著她嗎？」

雪見當然不能說不願意。

「如果非坐兒童座椅，那就坐爸爸的車子，爸爸的車子後面可以坐三個人。」

「嗯……」雪見無法堅持，所以說不出話。

「妳為什麼在這種時候故意找麻煩？」

俊郎不悅地說，婆婆也顯得困惑。

「沒有啦……」雪見很自然地越說越小聲，「我只是在想，能不能向武內先生借車。」

「啊！？」俊郎一臉錯愕的表情。

雪見覺得他的反應很合理，所以繼續說下去。

「只要說我們去納骨灰，但車子坐不下，我想他應該願意。雖然問我原因，我也不知道該怎麼說，但我想借他的車子。」

「我才不要。」俊郎斷然拒絕，「為什麼要做這種事？妳不要隨便濫用別人的熱心。」

俊郎冷冷地拒絕，雪見也不好多說什麼。有了上一次的經驗，她深刻體會到，即使說了真正的意圖，家人也聽不進去。就連池本和他太太費盡口舌都無法奏效，更不要說只是圓華說的童言童語。

餐桌周圍瀰漫著尷尬的沉默。雪見知道自己的言行很不自然，但不知道其他人怎麼看。好不容易回到家的媳婦不知道在想什麼？果然和這個家庭格格不入……雪見覺得其他人會這麼想。

但是，當她的眼神和公公相遇時，發現未必是這樣。公公停下筷子看著雪見的視線帶著某種意志，好像在洞悉雪見的目的……即使沒有到這種程度，至少也不是那種看難以理解的對象時的訝異眼神。這是她第一次和公公之間有眼神交流。

公公該不會也開始懷疑武內？他昨天認真瞭解事件的態度，讓雪見不禁有這種感覺。

吃完早餐後，雪見把圓華交給俊郎，和婆婆一起簡單打掃、倒茶，為法事做準備。

和室內放著寫了武內名字的花籃，上面的名字是婆婆重寫的。婆婆偷偷告訴她這件事時，似乎對武內的好意感到有點為難，雪見覺得很意外，但婆婆應該只是擔心滿喜子看了會不高興。

即使把名牌改小了，雪見仍然覺得那個大花籃格格不入。鮮花當然很無辜，但武內想要侵犯這個家庭的企圖讓人渾身不舒服。

聽說他昨天又包了五萬圓。雖然比之前奠儀時少，但就連滿喜子他們也不會包這麼多。雪見現在認為他殺了奶奶的可能性並不低。果真如此的話，他送的這籃花也許並不是表達哀悼，而是有慶祝的意味。

光是思考這件事，就感到不寒而慄。

法事在十一點開始，現在還有一點時間，公公已經換好了禮服，難得走去院子，無所事事地打量著院子裡的花草。雪見不經意地看著公公，公公緩緩轉過頭，再度和她眼神交會。公公平時都會立刻移開眼神，但今天並沒有這麼做，雪見也暫時放下幫忙婆婆做的家事，溜去院子。

武內並不在隔壁院子內，放蘭花的花架已經完成了，移動到露台正對面的柵欄前。之前他好像說，那裡要做花圃，後來又改變了心意嗎？

姑且不論這些事，雪見驚訝地發現自家的院子裡也有一個小型花架。無論怎麼看，都是武內的作品。沒想到他的手已經伸到了這裡。

雪見站在公公身旁。

「池本先生可能在武內先生車子的後車廂內。」

雪見壓低了說話的聲音，但說話的內容直截了當。

公公可能原本就感到懷疑，但似乎仍然感到很意外，目瞪口呆地看著雪見。

「圓華說，她看到隔壁的叔叔把其他叔叔裝上車子。」

「什麼時候？」公公簡短地問。

「前天，武內先生似乎沒有發現圓華看到他。池本的太太杏子也說，她先生是在前天離家，但昨天才犯案太奇怪了，而且沒有理由攻擊媽媽，攻擊的方式也手下留情。我猜想是武內先生為了讓自己的故布疑陣看起來更有真實性故意幹的。」

「但是……」公公沉吟著，「那對夫妻不是經常一起行動嗎？難道他沒想到他對池本先生動手，池本太太就等在附近嗎？」

雪見想到了這個問題的答案。

「杏子太太說，家裡曾經接到電話，但她接起電話之後，對方沒有吭氣就掛斷了，我猜想可能在確認她是不是在家。」

公公深深地嘆氣。雖然他還是像以前一樣，並沒有果斷地做出任何決定，但的確很認真對待雪見說的話。

公公果然也開始懷疑武內。雪見認為這是重大的變化。只要多一個人和自己站在一起，就可以成為拯救這個家庭的踏板。更何況追本溯源，當初是公公把武內帶進這個家庭，事到如今，希望他可以負起責任，親手保護這個家庭……但也許事情沒這麼簡單。遺憾的是，他至今仍然被自己做出的判決所困。即使他內心產生了疑惑，也很可能不採取任何行動，任憑事態發展。

正因為如此，必須掌握明確的證據，眼前正是或許有辦法掌握證據的機會……

將近十點時，雪見走去二樓，為圓華換上黑色洋裝，自己也換了正式服裝。她從西式房間的窗戶向外張望，看到那輛賓士停在隔壁車庫。雪見自己開車買菜時，通常都會把菜放在後座，很少打開後車廂，所以之前都沒有想到，但現在發現竟然有那麼唾手可得的隱藏空間。

如果武內此刻把池本的屍體藏在賓士的後車廂內，現在一定得意地嘲笑那些在尋找池本下落的人。因為他認為把屍體藏在了只有自己能夠打開的秘密空間，做夢也不會想到有人試圖想要打開。雪見很想利用這個機會展開攻擊，如果能夠出其不意，攻其不備，或許能夠成為他的致命傷。

她回到一樓後不久，滿喜子夫婦和登夫婦相繼抵達。

滿喜子看起來瘦了將近十公斤，雖然她努力擠出笑容，但已經缺乏以前的活力，看起來像是生了一場大病瘦下來。婆婆擔心地詢問她的身體狀況，她回說身體狀況並沒有出問題。

她看到了武內送來的花，但沒有說什麼，只是坐在祭壇前，一直看著奶奶的遺照。她的淚水很快就流下，發出抽抽噎噎的聲音。她用手帕擦了擦鼻涕，再度看著遺照。雪見深刻體會到，奶奶在別人的深愛中死去很幸福。

婆婆把奶奶的遺物放在客廳的茶几上和大家分享，大家談論著這些物品，時間慢慢過去。婆婆似乎並不打算把昨天發生的事告訴滿喜子他們。

十一點過後，住持上了門。每隔七天舉辦法事時，住持都會坐在祭壇前，但今天坐在佛龕前誦經。誦經大約一個小時後結束，奶奶進入了梶間家的佛龕。

「那就等一下在墓地見了。」

住持說完，就先一步離開了。

「我們也沒時間磨蹭。」

婆婆把骨灰罈交給滿喜子，自己拿著供花和蠟燭，催著大家出門。

剛才一直跪坐的公公盤腿而坐，放鬆發麻的雙腿後緩緩起身。他打開和室的窗戶，瞥向前方道路的方向，立刻關上窗戶。俊郎從頭到尾都盤腿坐在那裡，腿完全沒有發麻，在客廳裡走來走去。公公叫住他。

「喂……你去向隔壁借車子。」

「……啊！？」俊郎瞪大眼，似乎不知道公公為什麼突然提出這種要求。

「別問了。」公公沒有正眼看俊郎，有點難以啟齒地繼續說道，「你就說你的車子有問題，去借一下車子。」

「幹嘛？」

「老公……」婆婆插嘴說，「住持已經先走了，時間會來不及。」

「妳也一起去。」

公公很堅持，婆婆一臉為難的表情。滿喜子他們也一臉困惑，不知道發生了什麼狀況。

「媽媽，我和妳一起去。」

雪見覺得即使是父親的命令，俊郎難以接受時可能不會聽從，所以催促著婆婆。

婆婆雖然感到不解，但因為時間緊迫，似乎覺得只能照辦。

婆媳兩人走出玄關。

「這是怎麼回事？」

婆婆小聲地問，雪見不置可否地偏著頭，沒有說任何話。

那輛賓士停在車庫，公公剛才應該從窗戶確認過了。

「最好先問他晚一點是否有事要出門。」

如果一開口就向武內借車子，他可能說有事要出門而拒絕，所以雪見不經意地提醒婆婆，不讓武內有理由拒絕。

婆婆按了對講機，武內很快就出來應門。雖然他和昨天一樣，頭上包著繃帶，看起來很慘，但雪見的眼神很冷靜。

「呃……武內先生，你下午會有事要出門嗎？」婆婆用淡淡的親切語氣問。

「不會……有什麼事嗎？」

「我們要去納骨，俊郎的車子好像出了點問題……雖然很突然，但可不可以向你借一下車子。」

武內臉上露出了心虛的表情……雪見覺得是這樣，而且似乎停頓一下才開口。他瞥了雪見一眼，才緩緩開口說：

「沒問題，可以借你們啊。」

「不好意思，謝謝你幫忙。呃……因為結束之後還要去吃飯，可能要三點多才會回來。」

「你們慢慢來沒關係。」

武內說完，回去家裡拿車鑰匙。當武內走回家時，婆婆臉上露出一絲疲憊，嘆了一口氣。之前婆婆還請武內幫忙照顧奶奶，不知道為什麼，現在似乎對找武內幫忙感到憂鬱。一方面當然是因為不明就裡的關係，但婆婆的心境似乎也產生變化……雪見有這種感覺。

俊郎負責駕駛賓士，雪見、圓華和登夫婦一起坐上車。武內站在車庫旁，面無表情地看著他們。

公公用自己的車子載著婆婆和滿喜子夫妻先出發，俊郎向武內輕輕按了一聲喇叭，也立刻跟上去。

「好車就是不一樣。」

俊郎得意地握著方向盤，難以想像他前一刻還不願意去借車。

轉過十字路口，來到公園前時，公公的車子打了雙閃燈停下。

「停車，停車。」

雪見要求俊郎停在公公的車子後方，然後下車。公公也從前面那輛車走了下來。

「怎麼了？怎麼了？」俊郎打開車窗問。

雪見和公公交換眼神，然後看著俊郎說：

「可不可以打開後車廂？」

「喔……為什麼？」

雪見懶得回答他這個完全沒有緊張感的問題，快步繞到車後。

「趕快打開。」

公公催促著俊郎。

幾秒鐘後，隨著一聲輕微的聲音，後車廂的鎖打開了。

公公伸手把後車廂的門緩緩抬起來。

雪見倒吸了一口氣，凝視著曝露在光天化日之下的後車廂。

裡面……

空無一物。

像空洞的洞穴般空間內什麼都沒有。

雪見茫然地注視著後車廂。

晚了一步嗎？

挫敗感再度湧上心頭。那是遺憾，也是懊惱，竟然錯失了把武內逼入絕境的機會，錯過了讓池本回到杏子身邊的機會。

「怎麼了？」

雪見回過神時，發現婆婆站在身邊，俊郎也站在婆婆身旁，滿臉訝異地看著她。

「沒事。」

公公用壓抑著內心情緒的聲音說完，關上後車廂。

納骨順利結束，去事先預約的日本餐廳包廂內用完餐，雪見和家人在快三點時回到了家。

將賓士駛入武內家車庫後，俊郎按了一下喇叭。雪見抱著熟睡的圓華下車時，武內已經走了出來。

「下次再借我。」

俊郎像朋友一樣對武內說話，然後把車鑰匙交還到他手上。

「隨時都沒問題。」武內笑著回答。

雪見小聲道謝。

然後跟著俊郎一起走出了武內家的車庫。

就在這時——

她聽到身後傳來砰的一聲。

雪見驚訝地轉過頭。

武內正打開後車廂。

而且，他的雙眼看向雪見。

雪見和他對上了眼，慌忙移開視線，但覺得武內已經有足夠的時間解讀到自己內心的想法。

武內顯然已經察覺到雪見的想法。

極其可疑……

只不過沒有證據。

滿喜子和登夫婦在傍晚前離開，完成了一件大事的家中瀰漫著慵懶的寧靜。

雪見和婆婆一起收拾著硬紙板祭壇，把奶奶的遺像掛在牆上，花籃放在神桌旁，和室幾乎恢復了奶奶離世前的樣子，似乎也預示著四十九天前的哀傷將消失在遺忘的彼岸。

公公和俊郎換了衣服，正坐在客廳休息。雪見剛好有空，就為所有人準備咖啡，也為圓華倒了一杯果汁。

「對了……雪見，也為妳留了奶奶的遺物。」

婆婆喝了半杯咖啡後起身，向雪見招手，找她去自己的房間。

「是喔……有什麼？」

雖然雪見並沒有太大的期待，但還是假裝興奮。

婆婆帶雪見走進自己的房間後關上門。

「這些……如果有什麼中意的，妳可以留下來。」

婆婆大方地說，但放在床上的箱子內，只有一些扇子、零錢包這些雪見絕對不會使用的東西，原來留下來的都是滿喜子他們挑剩的東西。

「我問妳……」

婆婆看著雪見不知道該挑什麼的樣子，一臉嚴肅地問她：

「剛才說要看武內先生的汽車後車廂，到底是怎麼回事？」

雪見這才知道婆婆找自己的真正原因。

「也沒有……」

「別隱瞞了，老實告訴我。」

既然婆婆特地關門問話，恐怕沒辦法繼續隱瞞下去。雪見決定不再堅持。中午的舉動太可疑了，婆婆當然會在意，而且也無法輕易隱瞞過去。

「不要告訴俊郎。」

雪見說，婆婆甚至懶得一笑置之，只是輕輕嘆了一口氣，似乎藉此表示她怎麼可能做影響他們夫妻關係的事。

雪見字斟句酌地說明了池本前一天離家，但直到昨天才犯案很不自然，很可能是武內故布疑陣，池本很可能反而慘遭武內的毒手，而且圓華看到武內把池本的屍體裝到車上。

「但後車廂裡什麼都沒有……」

雪見說到這裡，把可能已經棄屍這句話吞了下去。可能想太多了……即使讓婆婆這麼認為也無所謂。因為婆婆和武內關係很好，所以她完全不指望婆婆會相信這件事，即使婆婆認為自己又輕舉妄動也無所謂，如果能夠因此讓婆婆對武內產生質疑，那等於是意外賺到了。

果然不出所料，婆婆一臉為難，皺著眉頭看著雪見。

雪見只能默默祈禱婆婆不會像之前一樣喝斥自己。

「所以爸爸也和妳一起懷疑武內先生嗎？」

「我不知道爸爸的想法……但他可能覺得事情不單純……」

婆婆沒有吭氣，雪見不知道該怎麼結束這個話題。

「車子……」婆婆露出凝望遠方的眼神，終於開了口，「未必是武內先生的車子啊。」

「啊？」雪見完全沒有想到婆婆會說這種話，思考停頓了片刻。

「啊，不是啦……」婆婆立刻結巴起來，她似乎對自己內心萌生的懷疑感到不知所措。

「媽媽，我開的那輛車的車鑰匙在哪裡？」

「在哪裡？我每次開完之後，都放回二樓衣櫃的抽屜裡。」

雪見衝出婆婆的房間，直奔二樓，打開放在和室的衣櫃抽屜。

鑰匙就在那裡。

不，即使車鑰匙在那裡也很正常……只要用完之後放回去就好……各種可能性在她的腦海中交錯。

她拿著車鑰匙衝去一樓，婆婆已經等在玄關，婆媳兩人一起走去門外。為了以防萬一，她們向隔壁院子張望了一下，沒有看到武見的身影。

雖然覺得不太可能藏在自家汽車的後車廂內，但無論俊郎、婆婆還是雪見，平時出門採買向來沒有使用後車廂的習慣。對武內來說，那無疑是最安全，而且是最令人意想不到的藏屍空間。圓華看到的「車子」也可能是自家的汽車。

雪見繞到Corona後方，拿著車鑰匙的手明顯發著抖。她雙手把鑰匙插進了鑰匙孔，打開了後車廂的鎖。

打開後車廂的門。

一看後車廂，她說不出話。

裡面沒有任何東西。

雪見並不覺得在意料之中，原本有強烈的預感，以為會看到什麼。她在發現沒有之後，才意識到自己的這種想法。

雪見把婆婆留在原地，自己走回家中，從公公和婆婆的房間內拿了公公的車鑰匙。她覺得自己根本沒資格嘲笑池本的奇怪行為，現在根本已經豁出去了。

她走到門外，打開了Cedric的後車廂。

沒有……

這也是理所當然的事……

這就是現實。因為如果後車廂有屍體才是異常……雪見發現自己追求的根本是幻影，心情急速冷靜下來。

婆婆也露出既不是鬆了一口氣，也不是失望的複雜表情。

雪見有點悵然地走回家中，帶著圓華去二樓準備換衣服。

在脫下圓華的洋裝時，她不抱希望地問她：

「圓華……妳不是說，隔壁的叔叔把不知道哪裡的叔叔裝在車子上嗎？那是哪一輛車？隔壁叔叔的白色車子嗎？」

「院子裡的車車啊。」

只穿了一件內褲的圓華一臉嚴肅地回答。

「院子裡的車車！？」

那是什麼……雪見驚訝得渾身無力。

「嗯！」圓華用力點頭，然後蹦跳起來。

「叔叔躺在院子的車車上，啊，包好保鮮膜，封得密實實，解凍解凍快解凍，放進微波爐！」

圓華學著雪見之前在做菜時哼唱的廣告歌曲，配上奇怪的舞蹈唱了起來。

「媽媽，媽媽，妳也一起唱嘛！」

這孩子怎麼回事……雪見忍不住在內心流淚。雖然小孩子經常會說一些莫名其妙的話，沒想到竟然在這種時候……自己不該把小孩子的話當真……

圓華並沒有察覺雪見的失望，不停地唱著歌。雪見漸漸覺得好笑，在為圓華穿衣服時，也和她一起唱了起來。

法事結束後吃的午餐還沒有完全消化，於是晚餐只吃了清淡的素麵。洗好碗之後，雪見把行李收進行李袋。

「圓華就交給你了。」

她對俊郎說，但俊郎對她置之不理。她和公公眼神交會，但已經沒有早上那種交流的感覺。

婆婆和圓華送她到玄關。

「妳和俊郎好好談一談。」婆婆壓低聲音說。

「嗯……但我還有事情沒有處理完，所以圓華還要繼續麻煩媽媽照顧了。」

雪見笑了笑，示意婆婆不必為她擔心，然後帶著笑容看向圓華。

「媽媽很快就會來看妳，妳要乖喔。」

「媽媽，妳不去別墅嗎？」

「別墅？」

「明天俊郎要帶我們去他朋友的別墅住幾天。」

「要玩煙火，買了很多喔。」圓華說。

「是嗎？那太好了。」雪見現在根本沒有心情去旅行，所以回答都一樣，「媽媽不能去，記得要多拍點照片給媽媽看喔。」

圓華雖然神情有點落寞，但還是勇敢地點點頭。

「媽媽，妳也剛好可以去散散心，俊郎難得這麼孝順。」

雪見和婆婆相視而笑。

「天黑了，圓華，妳趕快去找爸爸。」

婆婆對圓華說完，陪著雪見走出去。

「媽媽，妳也不用送我了。」

雖然雪見這麼說，但婆婆還是陪著她走去車站。走在熱風中，身體好像快融化了。

「武內先生……」走了一段路，婆婆似乎下定了決心，開口說：「他在昨天的事件之前，眼睛下面就有瘀青，而且腫了起來。」

「啊？」雪見驚訝得停下腳步。

婆婆向後張望，似乎擔心被別人看到。雪見也跟著回頭看，寧靜的住宅區內沒有人影。

婆婆嘆了一口氣後繼續說：

「前天傍晚，我聽到隔壁傳來奇怪的聲音……雖然很快就安靜下來了。」

「這樣啊……」

路燈下，婆婆臉上露出欲言又止的表情，但雪見等了片刻，仍然沒有等到下文。

但光是這件事，就足以加深武內的嫌疑。池本果然已經慘遭毒手，圓華應該看到武內把屍體搬到賓士車上。雖然圓華說什麼院子裡的車車，有點聽不太懂她的意思，但如果她沒有親眼目睹，應該不會想到這種話。

之前對武內的懷疑還有點搖擺不定，如今變得很明確，不會再有絲毫的猶豫了。

雪見的內心同時湧現強烈的警覺。

「媽媽，現在還無法確定他幹了什麼……所以絕對不要突然避著他，和他相處時，努力保持和以前一樣。」

婆婆神色緊張，用僵硬的動作點點頭。

雖然情況漸漸好轉，家人開始發現武內的異常，但同時也陷入危機，目前的狀況已經比池本和武內在梶間家相互指責時有了更進一步的發展，因為婆婆和俊郎相信武內的話，導致他對梶間家更產生了親近感。

同時，又出現了新的被害人，武內內心跨越那一道防線的自制力比想像中更脆弱。

這個時候，正是全家人去旅行的好時機。不管是不是別墅都沒問題，只要暫時離開那個家就好。這段期間會暫時離開武內，這是最令人安心的事。

雪見希望在大家去旅行期間採取行動。

但是……

到底該做什麼呢？

20 阻止

星期一上午，雪見去了池本家。她一直很擔心池本家的狀況，而且發現杏子臉上的表情比之前更加恍惚，雪見一見到杏子，心情就很沉重。

「池本先生還沒有回家嗎？」

雪見跟著杏子走進客廳後問，杏子只是搖搖頭。

「也沒有和妳聯絡嗎？」

似乎也沒有打電話回家。

雪見和她一起陷入沉默，然後語氣沉重地開了口。

「杏子太太，我要向妳道歉……因為之前我內心一直無法完全相信妳和池本先生說的話。」

「沒、沒關係，這沒關係。」杏子誠惶誠恐地垂下雙眼。

「杏子太太，妳能夠平心靜氣地聽我說接下來的話嗎？」

杏子驚訝地抬起了頭，立刻露出堅強的表情掩飾不安，輕輕點點頭。

雪見語帶遲疑地把婆婆在池本離家的星期五傍晚，聽到隔壁傳來的動靜和爭執聲，以及圓華看到武內把陌生叔叔裝上車的事告訴她。

杏子顯然很受打擊，張著嘴愣在那裡，不停地眨著眼睛，露出了無法用喜怒哀樂形容的表情。

「我就知道……我就知道……」

杏子表達了果然不出自己所料的感想，但雪見覺得那只是為了隔絕自己真正感情的逞強，所以有點於心不忍。

杏子用力嘆著氣，看著空蕩蕩的牆壁說：

「這下子完了，雖然很遺憾，但既然我老公不在了，我也無能為力了……」

杏子說話的語氣很乾脆，完全不像平時的她。

「但目前還沒有任何證據……」雪見雖然覺得說這種話有點不負責任，但還是無法不這麼安慰她。

「是、是啊，我知道，目前還無法確定。」

她也用違心話迎合雪見。

她們相互點頭，激勵對方。

但是，雪見覺得她的樣子太可憐了，無法再繼續自我欺騙。

「我真的……太愚蠢了……完全無法幫上忙。」

她忍著嗚咽說道。

「妳千萬別這麼說，」杏子反過來安慰她，「妳不是和我們並肩作戰嗎？我先生很感激妳。」

雪見努力克制內心湧現的感情，杏子露出沉思的表情。她沉思片刻後，突然抿著嘴，看著雪見問：

「我先生……應該還在武內那裡。」

「啊？」

「我認為他還來不及棄屍。武內一個人很難當晚就棄屍，如果不事先想好地點，賓士車很容易引人注目，如果去山上，車子會弄髒，他的車子有弄髒的痕跡嗎？」

「不，並沒有髒……」

「對不對？你們還車子給他時，他不是故意打開後車廂嗎？妳當時轉過頭，我相信他知道你們曾經檢查過後車廂，既然這樣，武內現在就會覺得後車廂才是最安全的地方。」

「妳的意思是說，他把屍體藏在哪裡嗎？我們是突然去向他借車子，他根本沒有時間轉移到其他地方，星期六的時候，警察又去了他家……」

「如果沒有必要，警察不會去看壁櫥之類的地方。」

「嗯……如果是這樣，圓華看到的又是什麼？因為圓華說武內沒有給她養樂多，所以這代表是在院子看到他。」

「啊啊，」杏子就像是池本上身般撥著頭髮，「那、那就是在院子。武內不是經常在院子裡給圓華養樂多嗎？所以關鍵字不是『車車』，而是『院子』。」

「喔喔……」

雪見覺得完全有可能。聽杏子這麼說，才發現這樣解釋才更自然。

但是，武內家的院子並沒有儲藏空間。

還是再回家一趟，仔細察看隔壁院子？

「那我先回家一趟，如果有什麼狀況，我再和妳聯絡。」

雪見再也坐不住了，對杏子說完後，立刻離開。

盛夏的太陽高掛在天空，柏油路也熱了起來。

當她走向車站的方向時，一個人影突然從前方的十字路口消失。因為那個人好像轉頭走向相反方向，舉止很詭異，所以雪見很難不發現。

她來到路口，發現一個兩手空空、身穿白襯衫的男人坐在不遠處的公車站長椅上。雪見猜想應該是在監視池本家的刑警，那個像是刑警的人在雪見從他身後走過後，就跟了上來。但是他很年輕，看起來很沒有經驗，雪見懶得甩掉他，就讓他繼續跟著自己。

雪見在上午十點之前回到了多摩野台。她經過公園前，轉過十字路口，走進了新興住宅區。看向梶間家的方向，發現公公的車和俊郎的車並排停在車庫內。

「媽媽！」

身後傳來叫聲，雪見回頭一看，婆婆和圓華正沿著旁邊的石階走上來。那個跟在雪見身後的年輕刑警嚇了一跳，慌忙往後退。

雪見等圓華走過來後，把她抱起來。

「你們還沒有出門嗎？」

她問拎著超商塑膠袋的婆婆。

「嗯，俊郎說不必急著出門，只要預留在路上吃午餐的時間就好，爸爸也說臨時有事要出門……我去買了防蚊液。」

昨天才剛辦完法事，所以可能不想把行程安排得太倉促。

圓華滲著汗，雪見用手帕為她的脖子擦著汗，和婆婆一起走到家門口，準備打開院子門時，不經意地看向隔壁車庫。她把圓華放下，走向賓士，蹲下來仔細觀察著保險桿。

果然沒有曾經駛過山路的髒污或是附著了昆蟲，而且上面積了灰塵，看起來這兩三天並沒有洗過車子。

「院子裡的車車。」

圓華伸手一指。

「啊……」

雪見起身，走向繞去武內家院子門前的圓華身旁。

「喔喔……」

玄關旁有一輛建築工地常見的單輪手推車。

「真的欸。」

雪見壓低了聲音，在圓華還來不及唱「包好保鮮膜，封得密實實」之前，就把她帶回家裡，然後自己繞去院子。

武內用那輛手推車把池本搬到院子……

然後呢？

她打量著隔壁院子，但還是看不到可以藏屍的地方。

埋在地下？

這個可能性浮現在腦海的瞬間，雪見立刻覺得很有可能。

所以……

蘭花花架移去的地方之前是建到一半的花圃，那裡的泥土應該很鬆軟。只要挖一個洞，迅速把池本放進洞內埋起來，然後再把蘭花花架移過去……完全有可能。原本花架在靠木柵欄那一側，即使婆婆站在露台的位置，也會被紗罩擋住，看不到武內在隔壁院子做什麼。雖然從二樓的陽台可以看到，但武內一定很小心，只不過他沒有發現圓華從柵欄的縫隙在觀察他。

是這樣嗎？

雪見屏住呼吸，越過了木柵欄。

武內家的露台落地窗前拉著遮光窗簾，即使被武內看到，她也不打算退縮了。

雪見掀起了蓋在蘭花花盆上的遮光紗罩。

地面有曾經翻動的凌亂痕跡。

好像曾經挖過什麼大型物體。

這時，玄關那裡突然傳來武內的聲音。

她慌忙回到了梶間家的院子。

當她走回玄關，發現武內正在和婆婆聊天。

「……幸好今天的天氣很不錯，路上請小心。」

武內語帶親切地說，婆婆一臉不置可否的表情附和。

「發生了那種事，我獨自在家也很不安，正打算等一下出門走走。」

頭上還包著繃帶的人要出門小旅行嗎？

「你要去哪裡？」

雪見不顧唐突，插嘴問道。

武內大吃一驚看著雪見，立刻移開視線，顯然有點慌張。

「那就先這樣……」

武內和婆婆才聊到一半，就突然不再聊了。

太可疑了……雪見的直覺無法平靜。

「武內先生……給我看一下你的後車廂！」

武內無視雪見的聲音坐上了車子。

雪見衝到路上試圖制止，同時和站在不遠處看著這裡的刑警視線交會。

「刑警先生！」

雪見跑到年輕刑警面前，不由分說地拉住他的手臂，然後轉身伸出雙手，擋在正準備駛出車庫的賓士前。

「雪見！」

武內忍無可忍地叫了一聲，從車上跳下。

「刑警先生，請你檢查一下他的後車廂！」

「啊……」年輕刑警驚慌失措，不知如何是好。

「裡面可能有人！」

「有人！？」

「就是池本先生，失蹤的池本亨先生可能就在後車廂。」

「太可笑了！」

武內用力搖頭，握起拳頭捶著自己的腿。武內第一次表現出前所未有的慌亂。

「那你為什麼不能打開後車廂看一下？」雪見緊咬不放。

「我是受害者！妳說這種話太令人意外了。尋惠太太，請妳叫俊郎出來。」

「不必叫他！」雪見制止婆婆。

武內見婆婆不知所措，自己伸手按了梶間家對講機的門鈴。雪見繞去賓士的駕駛座，想要打開後車廂，她伸手試圖打開車門……但車門鎖著。

「我是武內，俊郎，你出來一下。」

雪見忍不住咂著嘴。俊郎是全家人中唯一對武內完全沒有起疑心的人。形勢對自己很不利。

「怎麼了？」

俊郎走出玄關，似乎察覺到詭異的氣氛，皺起眉頭。

「俊郎，請你救我。」武內帶著哭腔說，「雪見帶了刑警上門，要我打開後車廂，說攻擊我的池本先生就在後車廂裡。我必須聽從這種毫無理由的挑釁嗎？」

俊郎遇到這種場面時格外鎮定，他聽了武內的話後點點頭，巡視了周圍，似乎想要掌握眼前的局面，最後用力瞪了雪見一眼。

「不，完全沒這個必要。」

他用清晰的語氣回答武內，然後將視線移向年輕的刑警問：

「冒昧請教一下，你是哪一個分局的？」

「沒有，我並沒有……」

「不，我現在正在問你的身分。」

雖然俊郎原本並不是說話這麼讓人討厭的人，但因為以律師為目標，所以漸漸有了這種感覺。

刑警無可奈何地出示證件，俊郎仔細打量後，冷冷地道謝後說：

「我是正在參加司法考試的考生，平時經常和律師交流。」

俊郎煞有介事地介紹了自己根本沒什麼了不起的身分。

「奧野先生，」他叫著刑警的名字，「我相信你也知道，這位先生之前曾經遭到不當偵查，嚴重損害了他身為一個人的尊嚴。如果你再度對他不當行使公權力，後果會很嚴重，也絕對不允許這種粗暴行為。」

「不，我只是剛好在場，被她叫過來而已……」

年輕刑警不想惹麻煩。

「原來是這樣，那真是不好意思。她是我太太，最近的言行有點不正常，昨天也借了武內先生的車子，擅自打開後車廂，裡面什麼也沒有，沒想到今天還在說這種話。你不必理會她，打擾你了。」

刑警點頭附和著，帶著狐疑的眼神看著雪見。

「現在就在後車廂，他打算把原本埋在院子裡的屍體載去棄屍。」

雖然雪見竭盡全力說明，但事到如今，刑警的反應很冷淡。這個刑警似乎沒有所謂刑警的直覺，現實生活中的警察都這樣嗎？真是太不中用了。他的任務應該只是監視池本家，無法應付這些意想不到的狀況。

但是，雪見仍然沒有輕言放棄。

「如果你無法判斷，請聯絡你的上司。」

「妳給我閉嘴！」

俊郎大喝一聲。

「那我差不多該出門了……」武內客氣地說。

「喔，請便、請便，路上小心。」俊郎向他揮手道別。

「等一下！你幹嘛這麼著急？等一下！等一下！」

武內坐上車，發動引擎後，立刻駛出了車庫。要上前攔住他，還是要去追他……雪見正在猶豫，俊郎拉住了她。

賓士悠然地從雪見的眼前駛過。

啊……

被他逃走了……

雪見感到渾身無力。

她越想越覺得池本就在那輛車子的後車廂，觀察武內的反應，幾乎可以說不需要懷疑。

但是……明知如此，而且就在眼前，最後還是讓他逃脫了。

雖然自己堅持到最後，但區區家庭主婦在孤立無援中能夠做的事有限，當她回過神時，發現自己剛才的行為就和池本夫婦那些可疑到幾乎有點可笑的行為沒什麼兩樣。

「接下來就是我們家庭內部問題了。」

俊郎這麼說，要求刑警離開。

「這位太太，我想請教一下，妳去池本先生家有什麼事？」

那位刑警似乎覺得被捲入紛爭很沒面子，所以趁亂問雪見。

「我只是去看看而已。」雪見冷冷地回答，立刻轉身背對著刑警。

婆婆一臉不知道該怎麼安慰雪見的表情看著她。

「妳來幹嘛？我有言在先，不會帶妳去喔。」

俊郎毫不客氣地對走進家裡的雪見說，雪見不理會他。

婆婆把雪見叫去自己的房間。

「雪見，妳一個人留在家裡很危險，妳就和我們一起去。到那裡之後，大家再一起討論接下來該怎麼辦。」

雪見覺得婆婆說的沒錯，自己和武內的關係已經水火不容。下次見到他時，他一定會採取行動，而且會比剛才的衝突更加激烈，獨自留在家裡的確很危險。

但是，她認為即使和家人一起去旅行，也無法解決目前的狀況。只要全家人無法團結一心，就會讓武內有可乘之機。

「必須掌握某些證據……俊郎很頑固，他很可能認為要聽武內先生的意見。」

「讓爸爸去說服他。」

的確，公公是當初對武內做出無罪判決的人，只要他明確說出武內的危險性，比雪見說破嘴更有效果，只不過雪見目前仍然搞不清楚公公到底懷疑武內到什麼程度。

「爸爸去了哪裡？」

「不知道……」婆婆壓低了聲音，「我把昨天告訴妳的事也告訴了爸爸。」

就是星期五傍晚，婆婆聽到隔壁的動靜和衝突聲，以及武內臉上有瘀青的事。

「還有……」婆婆似乎更加難以啟齒地說，「上次不是有一位律師遭到殺害嗎？那天傍晚，我雖然在院子裡見到了武內先生，但他事後拜託我，可不可以對警察說，和他見面的時間比實際提早一個小時……這樣一來，他就有了不在場證明……警察上門時，我真的這麼說了。」

「原來還曾經有這種事……」

「剛才發生那種事，我很猶豫要不要告訴刑警……」

「不行，他一定會辯駁，妳已經和他走得太近了，所以不能輕舉妄動。」

「嗯……爸爸也說，先不要告訴別人……」

原來婆婆已經告訴了公公……雪見發現婆婆最信任的人還是公公。雖然公公在日常瑣事上看起來很不可靠，但在關鍵時刻，他還是最有判斷能力的一家之主。既然錯過了把武內逼入絕境的機會，接下來的首要任務就是全家人要團結一心，只有公公能夠發號施令。

問題是公公到底去了哪裡？

公公聽婆婆說了那些事，應該產生強烈的危機感，但是，他不可能去報警。因為他被自己做出的判決困住了，在擺脫這種束縛之前，無論家人變成什麼樣，他都無法出手。

但是，如果公公想要擺脫這種束縛……

對喔，他也許會去那裡。

雪見從皮包裡拿出手機。公公向來不是會隨身帶手機的人，她打電話給杏子。

「啊，雪見，我跟妳說，妳公公，審判長……」

「在妳家嗎？」

「對，現在人在隔壁。」

果然在那裡……

「妳請他聽電話。」

一陣慌亂的動靜之後，電話中傳來公公淡淡的聲音。

「雪見……不好意思，我可能沒辦法和他們一起去，可不可以請妳告訴俊郎，讓他們先出發？」

「嗯……我會告訴他們。」

簡短對話後，雪見收起手機。

「爸說他在忙，要你們先去。」

「那倒是沒問題……」

「我去爸那裡，媽，妳不用為我擔心，圓華就麻煩妳照顧了。」

雪見看著婆婆點頭後衝出家門。

她決定把希望寄託在公公身上。

自己種下的因，必須自己收拾那個果。

21 別墅

「那……如果有什麼事，再麻煩你叫我。」

池本杏子從勳手上接過手機後，戰戰兢兢地說完，回到了隔壁自己家中。

勳向她行了一禮，目送她離去後，再度沉浸在一片寂靜中。

雖然從事法官工作多年，經手多起慘絕人寰的事件，但這是他第一次踏進命案現場。原本擔心池本杏子是否願意毫無芥蒂地接受自己，但她誠懇的態度讓勳感到有點誠惶誠恐。她看起來極度疲憊，勳不願意太驚擾她，所以獨自留在的場家。

他觀察了所有的房間，寂靜的空氣讓他幾乎在走路時也不太敢發出聲音。有三個靈魂橫死在這棟房子內……想到這裡，就覺得靈魂實在很安靜。無論問什麼，他們都不會回答，勳只能默默等待自己找到答案。

起初他試著在屋內尋找機械類的東西。他完全無法想像怎樣的機械，以怎樣的方式造成武內後背的傷勢，只能猜想是某種有瞬間爆發力的東西，如果使用不當，就會導致自己受傷……武內用在自己的背上。球棒只是造成那些傷勢的輔助工具，其他機械才發揮了很大的作用……

但是，他找遍整棟房子，連壁櫥也沒放過，完全沒有看到符合想像的東西，只看到電風扇、吸塵器、吹風機、刮鬍刀和果汁機之類的東西，無論怎麼使用，都不可能造成在證據照片上看到的那些傷痕。

既然這樣，就真的只是用球棒……問題在於如何用球棒造成那些傷痕？

動緩緩走在L形的客廳內思考著。客廳內有桌子和沙發，沒有可以充分活動的空間，但這就是命案現場。在整棟房子內最細長的空間……在這裡能夠做什麼？

動打開了和室的紙拉門後走進去，這裡差不多有三坪，雖然和其他房間相比，沒有放太多東西，但中央放了一張暖爐桌，角落放了一個大衣櫃，也不可能在這裡做什麼。

和室與客廳L形相鄰部分的紙拉門可以打開，警方趕到時，兩扇紙拉門都關著。實際站在這裡後，感覺像是刻意將和室排除在命案的舞台之外，但是和室內並沒有血跡或其他看起來像是犯案現場的痕跡。

雖然是在客廳犯案，但事後在和室故布疑陣……不能排除這種可能，但是，為什麼要在和室？想到這裡，思考就鑽進了死巷。

這時，突然玄關傳來開門的聲音，雪見靜靜地走進來。

「怎麼是妳？妳沒有和他們一起去嗎？」

「現在哪有這種閒情逸致。」

雪見唇邊露出苦笑，似乎表示她並不是想笑而笑，然後無力地坐在沙發上。

「被武內逃走了，看他慌張的樣子，池本先生應該真的就在他車上，我剛才已經告訴了杏子太太……看到她的樣子，有點於心不忍……」

雪見的表情逐漸嚴肅，最後露出沉思的表情嘆了一口氣。

「這樣啊……」動不知道該說什麼。

動覺得野見山說的沒錯。燒毀的場家的那把火也燒向了池本、闕和梶間家，而且無法阻止繼續延燒。雖然曾經有滅火的機會，但自己錯失了這樣的機會，如今所做的一切只是在痛苦掙扎，努力掙脫不知道究竟是否存在的腳鐐。

「情況怎麼樣？」雪見問他，她似乎知道勳來這裡的目的。

「聽說他在小時候後背也經常受傷。」

「啊？」

「他好像有自戕癖，喜歡弄傷自己的身體，而且也有球棒……」

「所以他在這裡也使用了小時候用過的方法？」

「有這種可能。」

「既然這樣，可能並不是什麼太困難的事。」

「對……也許知道之後，會覺得原來這麼簡單。」

「如果只是在後背留下傷，可以把金屬球棒放在地上，然後整個人倒向後方。」

雪見可能只是隨口說說，所以說話的語氣聽起來很沒自信。

「這樣會有問題，如果打到腰部，可能就不只是瘀傷而已。」

「也對……」

「而且也不像是有自戕癖的人經常使用的方法，應該是其他該怎麼說……真的會讓人一用再用的方法……」

「是喔……這麼一想，就真的有點難。」

動雖然否定雪見的意見，但自己也完全沒有任何想法。

兩個人都陷入沉默，只有時間空虛地流逝。

❖

尋惠他們在中央高速公路的談合坂休息區提前吃完午餐，圓華拉著他們去逛了商店，十二點半就回到車上。

「這樣會比原本預計的時間更早到，早知道就不走高速公路了。」俊郎坐在駕駛座上看著地圖說。

「不能提早到嗎？」尋惠讓圓華坐在後車座的兒童座椅上問。

「不，也不是不行，只是對方也要做準備工作。」

俊郎的朋友是別墅的主人，似乎在那裡等他們，而且要招待他們吃晚餐。

「我打電話問一下。」

俊郎拿出手機和對方聯絡，說可能比原來計畫的時間更早抵達，對方回答說沒問題。

「好，沒問題，走吧、走吧。」

俊郎哼著歌，把車子開出去，回到高速公路上。沿途都沒有遇到塞車，在高速公路上一路疾馳，圓華很快就睡著了。

隨著漸漸遠離住家，也遠離了日常生活。這一陣子持續發生許多讓精神不得安寧的怪事，和這樣的生活保持距離的確讓人鬆一口氣。

但想到還留在家裡的雪見和勳不知道在幹什麼，尋惠就無法完全放鬆心情。尤其雪見幾乎像是被趕出家門，卻仍然擔心家人的安危，積極採取行動。雖然有時候會說一些意想不到的話令人大驚失色，但事實似乎和她所指的方向相近。

無論雪見再怎麼衝動，自己至少要讓她能夠隨時回到這個家，必須努力做到這一點。

「你聽我說，關於雪見——」

出發之後，尋惠多次提起這件事，但俊郎始終不予理會。

「好了，這個話題到此為止，別說了、別說了。」俊郎的聲音聽起來明顯很不耐煩，「我知道妳很同情雪見，但即使妳現在和我討論，我也無法冷靜聽妳說。」他甚至不願多談，單方面打斷尋惠的話。

俊郎似乎已經認為自己比母親對世事更有判斷力，無論尋惠說什麼，他都不願順從地聽取意見。圓華出生之後，他的內心漸漸獨立，在認真投入司法考試之後，這種傾向更加明顯。同時，也許是因為深刻體會到法律之路的艱難，所以他比以前更加尊敬父親。

既然這樣，就需要勳助一臂之力。只要他們父子齊心協力，家人就可以團結一心，也可以提出面對武內的明確方法……

尋惠內心對這件事隱約的不安，導致她最近都睡不好，此刻一路聽著汽車行駛在路上的單調聲音，不知不覺睡著。在半夢半醒中聽到了俊郎和高速公路收費員的對話，猛然睜開眼睛，看到右側是一片波光粼粼的湖面。

「啊！」

眼前的美景令人雀躍。她尋找富士山，卻沒有立刻看到，當她微微轉頭時，從後車窗看到了富士山的身影。

「圓華，妳看，是富士山。」

圓華也醒了，尋惠立刻告訴她，但坐在兒童座椅上的圓華根本看不到。

「我們來欣賞一下。」

俊郎把車子停在湖岸旁的觀光客用停車場，抱著圓華下車。

「妳看，是不是很大？」

圓華拚命眨著眼睛，不知道是太驚訝，還是沒有完全睡醒。

湖的後方是一片樹林，再後方是白色帶狀的山野，山野上方是純粹的藍色富士山，比天空更深的藍色有一種夢幻的感覺。

尋惠看著眼前的風景出了神。

「啊！有鴨鴨！」圓華指著湖面說。

「那不是鴨鴨，是天鵝。」俊郎笑了起來。

天鵝外形的遊覽船在湖面悠然行駛。

太祥和了。尋惠不禁想。看著這樣的美景，更覺得遠離了日常生活。

拍了一張紀念照後，他們回到了車上，沿著湖岸道路行駛時，從樹影中灑下的斑駁陽光忽暗忽明地照在擋風玻璃上。穿越湖岸道路後，來到有許多旅館和飯店的道路，車子轉頭離開了湖，駛向山路。綠意越來越濃，樹木之間不時出現一棟棟像是別墅的建築物。

「呃，好像是這條路……」

俊郎拿著便條紙，放慢車速，然後轉動方向盤，駛入沒有鋪柏油的林間道路。

穿越鬱鬱蒼蒼的綠色隧道，駛過小溪上一座看起來不怎麼牢固的小橋，時左時右的道路有許多不規則的彎道，車子緩慢行駛，不斷發出輾過的碎石子濺起的聲音。這條林道兩側也有零星的別墅，但許多房子都被草木遮住，感覺完全沒有人靠近。尋惠很希望他們去的地方不是這種別墅。

繼續往前行駛一段路，終於駛出樹林，視野像高原般開闊。

「啊，就是這一棟。」

俊郎叫了起來，手指的方向有一棟很大的木屋，木屋後有一條小溪，向林間道路延伸，後方就是一大片樹林。漂亮的別墅前方整了地，是一片空曠的空間。

和緩的山丘呈S形緩緩上升，俊郎把車子停在木屋前，用力按了兩次喇叭。

木屋雖然是平房，但巨大的空間絲毫不輸給普通的住宅，後方不知道是廚房還是浴室的煙囪冒著煙。房子的外觀是黯沉的原木顏色，一眼就可以看出屋齡老舊，但種在周圍的山茶花修剪得很漂亮，散發出清潔感。

木屋旁有一個可以輕鬆停兩輛車的大車庫……

車庫內停了一輛白色賓士。

俊郎又按了一次喇叭。

一個男人從木屋走了出來。

是武內。

尋惠目瞪口呆，俊郎回頭瞥了她一眼，得意地拍著手說：

「哈哈哈，看妳驚訝的樣子。」

武內走了過來，俊郎按下車窗。

「尋惠太太！妳是不是沒想到是我的別墅！」

他露出滿面笑容，張開雙手歡迎尋惠，就像是惡作劇成功的小孩。

22 疑陣

中午過後，的場家客廳內悶熱不已，即使坐在那裡，汗水也不停地滴落。雪見打開兩三扇窗戶保持通風，路上的雜音和鳥啼聲傳入屋內，打破了前一刻難以侵犯的寂靜。

公公仍然持續沉思，他時而踱步，時而在地毯上盤腿而坐，時而坐在沙發上，顯得坐立難安，嘴裡小聲地唸唸有詞。

「請問……」玄關傳來杏子的聲音，「我做了飯團……這裡很熱，請去我家休息一下。」

雪見慌忙走去玄關說：

「杏子太太，請妳不必這麼費心。」

「嗯，沒關係，沒關係。」

她表現得很堅強，看起來更顯悲壯。

「我妹妹來幫我了，來吧，你們休息一下。」

「是嗎？那……」

雪見走回客廳去叫公公，他沉吟了幾聲，遲遲沒有點頭，雪見多次催促，他才終於起身。

他們閃過戶外的陽光走進池本家，一進門，發現杏子的妹妹也在。

「謝謝你們對姊姊的照顧。」

「不，是我們承蒙妳姊姊的照顧。」

杏子的妹妹三十多歲，目光很鎮定。她的個子比杏子更高，看起來也更能幹。

「午安。」

客廳內傳來和人的聲音。他正在地毯上玩自己帶來的玩具。

「你好，今天也很有活力啊。」

雪見面帶笑容地回答……內心有一種不自在的感覺。之前也曾經看過他和圓華一起玩時的樣子，但現在好像咬到了沙子般，有一種不太對勁的感覺。

「圓華呢？」和人問。

「對不起，今天沒有帶圓華一起來。下次會帶她來找你玩。」

和人有點失望地低頭玩著鼓。

「聽說和人也受你們的照顧。」杏子的妹妹露出淡淡的苦笑。

「不不，我才該向妳道謝，和人真的很乖，真羨慕妳。」

雪見看著和人輕鬆地回答，將視線移向杏子的妹妹時，發現她臉上露出微妙的表情。

「嗯……我姊姊雖然有點怪怪的，但她很善良，所以希望你們助她一臂之力。」

「喂，真是的，」杏子有點慌亂，「馬上要吃飯了，妳別亂說話。」她一口氣數落著妹妹，對著雪見笑了笑，試圖掩飾尷尬，「來，雪見，妳先坐下。」

雪見在餐桌旁坐下。

「我們家裡的人最近也覺得我很古怪……所以說起來是杏子太太幫我比較多。」

雪見露出親切的笑容對杏子的妹妹說。

雖然眼前的現實很沉重，但雪見覺得杏子有妹妹的陪伴，應該能夠撐下去。

公公也在她們姊妹的催促下，在雪見對面坐下。餐桌的大盤子內有許多用大片海苔包的飯團。

「這是梅子口味，這是昆布，這是鮭魚，兩位多吃點。」

公公沒有動手，雪見覺得自己不能推托，於是拿起了昆布飯團。

「我開動——」

這時，有人從後方拍她的手臂，回頭一看，和人站在那裡。

「嗯？」雪見偏頭看著和人。

「我想把撥浪鼓送給圓華。」

和人說完，把撥浪鼓遞給雪見。

「啊！這是你心愛的玩具，不用送她沒關係。」

原來和人記得圓華很愛這個撥浪鼓，雪見感到高興的同時，決定只接受他的心意。

「謝謝你，下次再借圓華玩就好。」雪見說完，撫摸著他的頭，「和人，你也一起來吃飯團。」

雪見在說話時，又有一種不對勁的感覺。

「圓華不會喜歡這種東西吧。」杏子的妹妹笑著對雪見說，「這些都是我老公出差時去禮品店買回來的玩具，他真的很不會買玩具。」

「不，圓華很喜歡這種玩具，她似乎覺得這樣轉來轉去，會發出聲音的玩具很好玩……」

雪見在說話的同時，思考著自己到底覺得哪裡怪怪的。

「轉來轉去……」

公公突然嘀咕著，然後看著和人手上的撥浪鼓出神。

公公似乎想到什麼。他想到了什麼？

雪見努力在記憶中翻找。的確有哪裡不對勁，不是這個，也不是那個……

最後，她終於想到了。

之前圓華學撥浪鼓的樣子。她左右甩著手，像撥浪鼓一樣……

她在想像的世界伸出手，然後伸向背後。

雪見靈機一動。

用繩子綁住金屬球棒的握把……領帶……用領帶綁住球棒。

握住領帶，像撥浪鼓一樣……

不，光是這樣，無法剛好打到背上。

「爸爸，你知道他後背的傷是從哪一側打的？」

「是左側，鑑識報告上這麼寫著。」

所以是用右手正手揮棒，或是用左手反手揮棒。如果是右手揮棒，球棒太長了，無法重重打到後背，握把會在左手臂附近，只有球棒的根部會打到後背。如果是左手反手揮棒，握把離身體比較遠，就可以擊中後背，問題是這樣的威力到底有多大。

「他的慣用手是？」

「右手。」

雪見試著用左手做出反手揮棒的動作，杏子和她妹妹看得目瞪口呆。

力道不夠。雪見試了一下後發現幅度太小，而且搞不好會先打到左手的手臂。

所以還是正手揮棒嗎？雖然她覺得答案就在眼前，但仍然缺少某些關鍵。

地點也是一個問題。雖然是在客廳，但用力揮動球棒很危險，更何況要加上領帶數十公分的長度，如果用力揮棒，不可能不打破東西。

如果也要解決這個問題……

公公突然起身，不發一語地走出去。

雪見也跟了出去。

他們回到的場家。

「啊，那個，鑰匙、鑰匙。」杏子追出來，為他們打開門鎖。

走進屋內，只聽到腳步聲。

公公在客廳入口停了一下，然後緩緩走進客廳，站在和室前。

和室與L形客廳兩邊相鄰，有兩扇紙拉門隔開……

公公把靠廚房的那扇紙拉門拉向廚房那一側。

然後把靠露台的那扇紙拉門拉向露台那一側。

只剩下角落的柱子。

公公好像無力般跪下，輕輕摸著柱子。

「一棵杉樹……」他嘀咕道。

雖然雪見聽不懂那是什麼意思，但雪見已經瞭解武內如何故布疑陣。

只要拆下和室所有的紙拉門，客廳與和室就可以形成很大的空間，能夠盡情地揮動球棒，只有柱子會造成妨礙，但武內把那根柱子當成了支點。用領帶緊緊綁住球棒的握把，然後握住領帶正手揮棒。當領帶碰到柱子時，會以柱子為基點進行圓周運動，球棒會命中揮棒者的後背。

太簡單了，完全沒有驚人之處，只是和日常的動作相比，稍微轉了一點彎，很符合有自戕癖少年的古怪個性。正因為是建立在這種獨特癖性基礎上的方法，所以沒有人想到這種稍微轉了點彎的方法。

「啊……」

公公發出茫然的聲音，全身似乎變得虛脫無力。

他今天來到這個家絞盡腦汁，就是為了承認自己的挫敗。

此時此刻，他終於承認了。

公公在承擔起審判長這個重責大任之前辛苦累積鑽研，如果換成像雪見這種普通人，應該很快就會放棄，但公公腳踏實地，持續努力，磨練自己的見識，卻被一個男人建立在奇妙癖性基礎上的犯罪手法迷惑，最後做出了無可挽回的錯誤判決。

此時此刻，他承認自己大半人生變成了空虛。

公公坐在那裡，緩緩地轉過頭，看著雪見，看著杏子，用從來沒有見過的空洞表情看著杏子。

「我……我……」

他顫抖的嘴唇擠出這個字，然後靜靜地低下了頭。

❖

「為什麼隔壁的叔叔在這裡？」

圓華抬頭問尋惠，尋惠沒有回答，只是牽著她的手，跟在俊郎的身後。

走進玄關後脫了鞋子，打開厚重的木頭拉門，那裡是至少有十坪大的客廳兼飯廳，還有一個小型開放式廚房，前方有一張鋪著很有品味桌巾的餐桌，位在和車庫相反方向的深處放著皮革沙發，後方是壁爐，地上和牆上都鋪了木板，牆上還掛了好幾盞提燈，不知道是裝飾品還是真的作為燈具使用。

武內心情十分愉悅。

「我和俊郎安排了這場驚喜，希望為妳加油打氣。因為是在喝酒時聊到的，所以就增加了點玩笑的成分。」

尋惠記得兩三天前，武內曾經對她說，可以帶她去走一走，無論去哪裡都沒有關係，尋惠當時回答，因為已經安排了旅行，所以婉拒他的好意。當時他故意這麼問，然後看自己的反應樂在其中嗎？自己的震驚已經超越被開玩笑的程度，簡直就像是中了圈套，所以完全說不出話。

「我爸臨時有事，」俊郎用力坐在沙發上，伸直了腿，「不知道會不會來這裡。」

「是嗎？」武內淡淡地回答，「雪見呢？」

「我才不會帶她來這裡呢。」

尋惠看不到武內臉上的表情，他走向俊郎背後的壁爐。仔細一看，壁爐內堆放著木柴，火燒得正旺。剛才在外面看到的似乎就是壁爐冒的煙。

「怎麼？你在燒火嗎？」

俊郎的視線追隨著武內，也發現了這件事。

「我剛才打開了冷氣，」武內說，「今天想多用點心，要來做年輪蛋糕。」

「是喔，要在那裡烤蛋糕嗎？」

「沒錯。」

武內拿著黃銅撥火棒撥動著壁爐，把還沒有完全燒完的東西推向火中央。

雖然只有一眨眼的工夫，但尋惠似乎看到那是一塊布。

衣服？

她直覺地這麼認為。

「圓華，叔叔要烤年輪蛋糕，很好吃喔。」

俊郎一派輕鬆地說，似乎什麼都沒看到。

「但現在才要開始做準備工作，所以你們要稍等一下。」

武內鎮定自若，淡淡地把木柴放進壁爐。

「不好意思，我們太早來了。有什麼需要我幫忙的？」

「不用不用，你喝葡萄酒休息一下，晚餐去露台烤肉，烤肉的時候再讓你好好發揮。」

「烤肉好啊！」俊郎開心地指著武內，「來這種地方，當然要烤肉。」

「尋惠太太，妳可以把行李隨便放，坐下來休息啊。圓華，叔叔拿果汁給妳。」

武內精神抖擻地走來走去，為俊郎和尋惠倒了葡萄酒，還為圓華準備了柳橙汁。他把飲料倒進杯子的樣子，看起來發自內心享受主人的角色。

雖然葡萄酒看起來很昂貴，但尋惠覺得難以入喉。

「妳暈車了嗎？」

俊郎看著尋惠的臉，問了不必要的問題。

「嗯？」尋惠不想正面回答，不由自主地想要看向壁爐的方向，但察覺到武內正盯著自己，所以好不容易才克制住。

「我不習慣大白天就喝酒。」尋惠說完，硬是擠出笑容。

「那我來泡咖啡。」武內又輕快地走去泡咖啡。

為他們準備完飲料後，武內開始在餐桌上揉年輪蛋糕的麵團。他接連把三盒雞蛋都打進容器內。

「關鍵在於把蛋白分離出來打到發泡。」武內得意地向他們解說。

他把用壁爐融化的奶油和雞蛋混合，加入了砂糖。

「不過可以等一下再繼續備料，先用這些就好。」

武內分了少許在較小的容器內，加入低筋麵粉，然後端去壁爐前。

壁爐架上放了一個長度大約六尺左右的竹筒，他拿起竹筒，放在壁爐的火上開始烤。

「啊，要捲在這個上面嗎？原來是這樣，太有趣了。」俊郎拿著杯子，滿臉好奇地看著。

壁爐中已經看不到任何異物。

那到底是什麼……尋惠忍不住思考。

雪見認為武內出門時，後車廂內載著池本的屍體。

武內此刻正在這裡。

壁爐內剛才在燒像是衣服的東西。

如果是池本的衣服……

池本在哪裡？

只要一看就知道，屍體並沒有和衣服一起燒掉。

所以屍體還留在後車廂內嗎？

但是，俊郎因為顧慮到武內，所以才沒有叫雪見一起來，但武內並沒有把握雪見絕對不會來。既然這樣，應該會先把屍體從後車廂移去其他地方。

只不過尋惠他們提早抵達，武內可能還來不及把屍體埋去山裡。

他接到俊郎的電話後慌了……

屍體會藏在哪裡呢？

尋惠光思考這個問題，就覺得渾身不舒服。

武內的態度中完全看不出曾經搬運和隱藏屍體的內疚。

他用抹布擦拭著放在火上烤的竹子上冒出來的油，然後把年輪蛋糕的麵團抹在竹筒外，然後繼續放在火上烤。他轉動著竹筒，均勻加熱。

仔細烤了超過三分鐘後，他把竹筒拉出來，在烤得金黃色的麵團外又抹上新的麵團。

「原來是這樣形成年輪，要這樣抹幾次？」

「如果低於二十次，不會有理想的厚度。」

「那不就要超過一個小時嗎？還真費工夫啊。」

俊郎驚訝地笑了，不由得感到佩服。

「嗯，交給我來處理。」

武內用毛巾擦拭著脖子上的汗水，像烘焙師一樣持續轉動竹筒。

俊郎不再看他烤蛋糕，躺在沙發上看旅遊書。

「傍晚的時候要不要去湖邊走走？」

「好啊……吃完蛋糕再去。」武內小聲地回答。

「是不是要搭遊覽船比較好？」

「還可以看到富士山……我可以幫你們拍照。」

「還要去圓華可能會喜歡的地方。明天去也沒關係……像是泰迪熊博物館，或是聖誕老人博物館。」

「這就……由你決定了。」

「我還想去參觀忍野八海。」

「好主意……」

俊郎看著旅遊書，想到什麼就說什麼，武內的反應很冷淡。

他正在專心做年輪蛋糕，滿頭大汗的他轉動著竹筒，然後仔細地把麵團抹上去。

尋惠看著他的樣子，感到不寒而慄。

他的身體除了不停地冒汗，更散發出異常的熱情。

尋惠感到窒息，問俊郎說：

「手機可不可以借我一下？爸爸可能已經回到家了。」

但俊郎只是躺在那裡，皺皺眉頭而已。

「今天就別管這種事了，媽，妳每次都這樣。我已經留了字條，上面也寫了要怎麼走。他想來就會來，不想來就不來，這樣就好。」

俊郎冷冷地說，尋惠無所事事，剛好和圓華對上眼。

「我想去外面……」

雖然圓華應該不是猜到了尋惠的想法，但她看著尋惠的臉這麼說。

「那要不要去散步？」

武內聽到尋惠這麼說，脖子動了一下，但並沒有轉頭看過來，繼續默默轉動著竹筒。

尋惠認為這就是默許，並沒有再徵求武內的同意。她為圓華戴上了草帽，噴了防蚊液，牽著她的手。

來到戶外，雖然陽光很烈，但並不至於熱到冒汗。木屋前能感受到從小溪吹來的風。

「啊，可惜被擋到了。」

俊郎拿著葡萄酒杯走了出來。

站在玄關時，東側的富士山被前方的樹林擋住了，只能看到一部分。

「差不多在這個位置，等一下在這裡拍張照。」

俊郎走到車庫前蹲下來，用雙手比著取景框取景。

「不要走太遠了。」

圓華鬆開尋惠的手，尋惠走向車庫右側。

那裡種了五、六棵山茶花樹，木屋左側也種了相同的樹，但被砍掉不少樹枝，看起來光禿禿的。

是不是剛才砍掉的……看起來似乎是這樣。砍下的樹枝堆放在車庫的牆邊，茂密的綠葉還很鮮潤。

尋惠想起車庫旁放著高枝剪……她想起這件事時，視線仍然盯著那堆枝葉。

乍看之下就可以發現，木屋周圍拔了草，也修剪了樹枝，整理得很乾淨。武內和俊郎討論決定之後，應該曾經來這裡，除了打掃室內，也整理了戶外的空間。

但為什麼今天又修剪這麼多枝葉？還是之前來不及修剪？如果是這樣，似乎修剪過度了，就連花苞也一起剪掉了。

她覺得應該不太可能。

從某種意義上來說未免太明顯了。只要有一絲懷疑，就一定會注意到。

但是，那堆剪下的樹枝剛好可以藏一個人。

尋惠忍不住走了過去。

應該不可能……

她蹲下，把手伸向交錯在一起的枝葉。

應該不可能……

她好像掀開蓋子般抬起一半的枝葉。

「！」

沒有。

全都是樹枝。

既然這樣，為什麼要做這麼不自然的事？

這是陷阱嗎？

武內設下陷阱，想要知道誰在懷疑他嗎？

尋惠感覺到有人在看自己，猛然抬起了頭。

「妳在幹嘛？」

俊郎對她翻著白眼。

「沒事……」

尋惠搖搖頭起身。她沒有隨便發表意見，以免讓事情變得更複雜。

「話說回來，這裡真的什麼都沒有啊。」

俊郎看著小溪片刻，似乎很快就覺得膩了，立刻轉過身。

「什麼都沒有，什麼都沒有，完全什麼都沒有。」

他唱著亂編的歌，走回了木屋。

的確什麼都沒有……尋惠稍微放鬆了原本緊張的心情，覺得那堆枝葉好像在嘲笑自己，全都是自己的胡思亂想……

真的是這樣嗎？

但如果不是這樣呢？

是不是他原本打算藏在這裡？但在砍下樹枝之後，覺得這裡很容易被人發現，或是想到了其他更好的地方，總之，因為這個緣故，他放棄了藏在這裡。

如果是這樣，他把屍體藏去了哪裡？

木屋後方是草叢，那裡沒有留下拖東西的痕跡，也沒有走過的痕跡。

溪邊也一樣。

車庫內只見木柴和園藝用品，並沒有任何可疑的東西。

接下來只剩下木屋內。難道武內藏在自己的臥室內？或是有閣樓之類的秘密空間？

「奶奶！」

圓華帶著哭腔叫起來。尋惠轉頭一看，圓華在那裡跺著腳，不敢靠近草叢邊緣。

「誰叫妳跑去那裡。」

尋惠走過去一看，發現是蚱蜢。

「不用怕，妳看，抓到了。」

尋惠用雙手抓住小蚱蜢，丟進了草叢中。

「妳不要靠近那裡，小心被蚊子咬。」

她把手放在圓華的肩上這麼說的時候……

聽到附近的樹枝發出擠壓的聲音。

尋惠面對著草叢和後方的樹林，茫然地站在那裡。

樹木的枝葉在風中搖曳。

只是這樣的景色而已。

而且只有剛才短暫地聽到擠壓的聲音，現在只聽到鳥啼聲。

但是，她的視線慢慢收回，最後看向自己的腳下時，她又發現了另一件事。

這附近的雜草似乎倒了下來。

而且有些地方明顯是壓過的痕跡，草叢邊緣的一部分……有一道……兩道。

車子？

尋惠發現到，完全被壓倒的草叢應該是被輪胎輾過，車子曾經開進了草叢內。

這裡離車庫大約十五公尺左右，中間還隔了山茶花樹，車子沒有理由開來這裡……

啊啊……

她仔細向草叢內張望，發現有些地方的芒草凌亂。曾經有人進入。

前方有一棵杉樹，這棵杉樹從雜木林中突了出來。杉樹在充足的陽光照射下，在尋惠眼睛的高度長滿了茂密的深綠色葉子，往十幾公尺上方形成細長形的輪廓。

尋惠走進草叢，雜亂的芒草輕撫著她的腳。

她走了七步，來到杉樹樹傘下。

抬起頭，最先看到繩子綁在伸手可及的樹枝上，繩子繼續向上延伸。

啊啊……尋惠想像到一個景象。

繩子的一端掛在更上方的樹枝上，垂下來的另一端綁在車子上，然後用車子拉扯……

如果自己的想像是現實，綁在繩子另一端的東西就會被拉到樹木上方……

她害怕地慢慢將視線往上移。

她看到有兩三根樹枝折斷了。

然後更上方……

她看到了。

編得很粗的網狀東西包了一個透明的袋子，不知道是不是吊床……宛如去骨火腿般的巨大物體掛在頭頂上方。

她並沒有定睛細看袋子裡是什麼東西。因為隔著網子看到露出的牙齒，和看著尋惠以外方向的混濁雙眼。

尋惠彎著身體走出了樹傘。

她腳步蹣跚，走出草叢。

尋惠推著圓華的背，離開那裡。

反胃的感覺湧到喉嚨，她走到小溪旁蹲下來，把胃裡的東西吐在草叢中。在調整呼吸時，又感受到一陣反胃，她又再次嘔吐起來。

不一會兒，有人……

有人從後方撫摸著她的背。

那不是圓華，而是一隻發燙的異樣大手。

尋惠擦了擦嘴角轉過頭。

是武內。

他的腋下抱著木柴，單腿跪在地上。

一雙沒有感情的眼睛看著尋惠。

「妳怎麼了？」

他語帶溫柔地問。

尋惠因為痛苦導致呼吸過度，她用雙手捂著嘴。

「妳怎麼了？」

武內在問話的同時，探頭看著尋惠的臉，好像要看透尋惠的內心。

「妳看到了什麼嗎？」

他緩緩撫摸著尋惠的後背，好像在訴說般問。

「沒關係，妳告訴我，妳看到了什麼？嗯？嗯？」

尋惠搖搖頭。

武內越是撫摸自己的背，她越感到不寒而慄，但她拚命忍住了。

風吹了過來，吹起尋惠的頭髮。

杉樹傳來擠壓的聲音。

尋惠的肩膀微微抖了一下，武內撫摸她後背的手幾乎同時停下來。

武內目不轉睛地看著她，尋惠覺得被他看得臉都痛了。

「尋惠太太……沒事。」

他撫摸尋惠後背的手再度動了起來。

「請相信我。」

他像是在輕聲細語，但說話的語氣充滿異常的熱忱。

「妳完全不必擔心，沒事，我會搞定一切。我相信妳，所以也請妳相信我，好不好？」

要相信他什麼？

武內抓住尋惠的肩膀，尋惠被他拉得起身。

「沒事，和之前一樣，請妳相信我，好不好？」

武內搖晃著尋惠的肩膀，似乎在為她加油。

「來，圓華也一起進屋吧。」

武內對一臉擔心地看著尋惠的圓華說著，用幾近瘋狂的平靜態度催著尋惠他們走回木屋。

客廳內，俊郎正代替武內在壁爐前烤年輪蛋糕。

「武內先生，差不多了，換手、換手，有點變形了，而且快烤焦了，還是得由高手出馬，做這個太辛苦了，簡直熱死我了。」

武內面帶笑容接過抹了麵團的竹筒。

「尋惠太太不太舒服，所以讓她去床上休息一下。」

「喔，是嗎？她果然暈車了，躺一下休息比較好。」俊郎很乾脆地說，絲毫沒有起疑心。

武內打開位在後方的房間門，四坪大的房間內有兩張床。

「妳稍微休息一下就好了，完全不必擔心。」

武內小聲說完，向她使了一個眼色，僵硬的微笑消失在門外。

23 異常

「不，現在不能坐在這裡耗時間。」

公公回到池本家後，在杏子的催促下，咬了一口飯團，嘀咕道。

但他似乎遲遲想不到可以採取什麼比較好的行動，所以舉棋不定低吟著。

「爸爸，希望你先和俊郎談一談。」雪見主動提出建議，「他對武內先生沒有絲毫的懷疑，如果不先解決這個問題，就會讓武內先生有可乘之機。」

「是啊。」公公鄭重地點點頭，「就讓他們暫時在俊郎朋友的別墅住幾天，先不要回家比較好，然後透過關係去找警察……」

「啊、啊、啊啊、啊啊。」杏子突然匆忙地揮著手，舉止很詭異，然後猛然露出恢復清醒的表情，語帶激動地說：「聽你們說到別墅，我想起來了。」她看著雪見說：「武內有一棟別墅，在那起命案發生的一年前，我們曾經和的場一家去過，那是在山上，我先生可能被帶去那裡了。」

雪見認為完全有可能。她問杏子是否記得地點，杏子說，去了那裡應該就知道。

「爸爸，那我和杏子太太一起去，其他事就拜託你了。」

「只有妳們兩個人沒問題嗎？」

公公擔心地問，但雪見只能回答沒問題。

雪見他們匆匆吃完飯，留下杏子的妹妹與和人看家，然後就出發了。杏子開車先送公公回家，公公發現家裡的桌子上留了字條，上面寫了去別墅的路線，雪見決定交給公公處理，自己再度坐上杏子的車。

接下來才是問題。她們並不知道武內有沒有去自己的別墅，假設他在那裡的話該怎麼辦。雖然目前打算只是前往察看，但沒有人能夠預料會發生什麼狀況。池本報仇不成反被殺害，雪見真心考慮是否應該先去買武器。

「雪見，有車子跟蹤我們，沒問題嗎？」

「啊？」雪見回頭張望，看到了那輛車。

「從我家一路跟蹤過來。」

「喔，那是警察。」

警察是否以為杏子要去池本躲藏的地方？那簡直是意想不到的幸運，那就讓他們跟蹤吧，等到關鍵時刻，就可以讓他們發揮作用。

杏子的車子從國立府中交流道上了中央高速公路，一路在快車道上奔馳。武內的別墅似乎在山中湖那裡，所以在富士吉田交流道下了高速公路後，從普通道路駛向山中湖的方向。

經過山中湖的湖畔，穿越飯店街時都很順暢，但在遠離湖畔，進入山區後，車速慢了下來。

「咦……奇怪了……」

杏子東張西望地嘀咕著。

「怎麼了？」

「應該就是這附近……我記得從一條小路進去。」

「這附近有好幾條小路。」

「嗯……但我不太記得周圍的風景了。」

唉。冷靜思考之後，就應該預料到會有這種狀況發生……雪見不禁想要抱住頭。因為杏子只在四年前來過一次，不能對她抱太大的希望。只是在意識到這件事時，已經來到這裡，顯然為時太晚了。

杏子閃著雙黃燈，放慢車速，後方的車子持續超車。

「對不起，我要開回去。」

車子行駛了一段路後，她把車子往回開。

即使往回開，她也找不到路。每次看到岔路，她就納悶地偏著頭。

雖然幫不上任何忙，但雪見也跟著一起凝視著岔路。

就在這時，她在對向車道上看到一輛白色Cedric駛過去。她情不自禁看向駕駛座，發現是公公。

「杏子太太，趕快掉頭！我公公剛才開車經過了！」

「啊？啊？」

杏子感到不知所措，但還是把車子掉了頭。警察的車子也來來回回，有點無所適從。

「趕快按喇叭！」

杏子的車子追上去，不停地按喇叭，Cedric終於停在路肩，杏子把車子停在後面。

雪見下了車，跑向公公的車子。

「怎麼了？」公公露出驚訝的表情問。

「我還想問爸爸怎麼會在這裡，他們去的別墅就在這附近嗎？」

公公瞥了一眼便條紙後點點頭。

「對啊。」

這是巧合嗎？完全不像是巧合。

「我們會跟在你後面。」

雖然腦袋還沒有理出頭緒，但雪見內心感到很不安。她急忙跑回杏子的車上。

❖

尋惠帶著圓華走出臥室，正在壁爐前的武內滿頭大汗，笑著對她說：

「很快就好了。」

將近一個小時過去，年輪蛋糕已經有了相當的厚度。

但是，蛋糕發出的甜甜香氣讓尋惠反胃想吐。

俊郎悠閒地在沙發上打瞌睡。

尋惠找到廁所，陪著圓華上完廁所，又匆匆回到臥室。雖然武內並沒有限制她的行動，但她在心理上，感覺自己被關在這棟別墅內。

她坐在床上嘆著氣，覺得快撐不下去了，繼續留在這裡，精神會崩潰。她沒辦法假裝什麼也沒看到，繼續在這裡烤肉、放煙火，然後在這裡睡覺。

雖然她很猶豫，但最後認為是在浪費時間。

「妳去把爸爸叫醒。」

尋惠說著，派圓華去客廳。

不一會兒，門打開了，圓華先走了進來，俊郎睡眼惺忪地探頭進來。

「有什麼事嗎？」

尋惠拉著他的手，然後自己關上門，呼吸了一下後開口。

「我們回去吧，不要告訴他。」

「啊？」

俊郎發出搞不清楚狀況的驚叫聲，尋惠只是搖搖頭。

「反正就是先離開這裡，然後我再告訴你詳細情況。」

「等一下，不告而別是什麼意思？發生什麼事了？」

尋惠猶豫了一下，用比剛才更小聲的聲音說：

「我看到了屍體。」

俊郎伸出脖子，單側的臉擠成一團，整張臉做出了驚訝的表情。

「池本先生的屍體就在這裡。」

「怎麼連妳也鬼話連篇。」俊郎在說話時皺起眉頭，「在哪裡？」

「吊在車庫對面的杉樹上，有一棵突出來的樹。」

俊郎看著尋惠，似乎在確認她的神志是否正常，然後嘀咕說「我去看看」，走出了房間。

「我們要回家嗎？」

圓華抬頭看著尋惠，尋惠把她抱起來。

「對不起，妳今天要乖乖聽話。」

圓華動動嘴巴，看起來欲言又止，似乎在猶豫要不要吵鬧。

「我想放煙火。」

最後，她用幾乎聽不到的聲音說。

「媽媽在家裡等我們，我們回家和媽媽一起放煙火，好不好？」

「真的嗎？」

「嗯，媽媽今天就會回家了，她說以後也不會離開，要一直陪在妳身邊。」

尋惠並不覺得自己是在信口開河，因為雪見已經沒有任何理由不能回家。

尋惠做好隨時可以離開的準備，俊郎走回來，關上房門，瞪著尋惠，重重地嘆了一口氣說：

「妳別鬧了，竟然把雪見的話當真。」

尋惠懷疑自己聽錯了。「怎麼會沒有？」

「沒有啊，什麼都沒有，妳看到了什麼，才會說那種話？」

俊郎的表情看起來很正常。

難道是我的腦筋出了問題嗎？尋惠陷入混亂。

走出臥室時，武內看了她一眼，但她沒有理會武內，穿越了客廳。她不放心把圓華留在屋內，於是抱著圓華走出木屋。
她經過車庫，踩著雜草來到杉樹前。
抬頭一看。
不見了。真的什麼都沒有。
剛才是怎麼回事？
尋惠茫然地站在那裡。
然後立刻發現。
那些折斷的樹枝還在那裡。
也就是說……屍體被藏去其他地方了。
尋惠衝出草叢。這附近只有那裡可以藏屍體。
她來到車庫旁堆起的那些枝葉堆。
那堆枝葉看起來和剛才沒什麼兩樣……
尋惠單手掀開上方的枝葉。
在這裡。
她凝視著屍體說不出話，慌忙遮住圓華的眼睛。圓華快哭出來了，她撫摸著圓華的背。
「沒事，沒事，沒問題。」
尋惠在對圓華說話時，自己渾身顫抖不已。
簡直太異常了。

他竟然把屍體轉移到這裡，然後若無其事地繼續烤年輪蛋糕。

尋惠已經忍無可忍。

尋惠轉過車庫的角落，想要去叫俊郎。

這時——

她看到武內站在那裡。

他把尋惠的肩膀往後推，然後瞥了一眼那堆枝葉，用佈滿血絲的眼睛看著尋惠說：

「尋惠太太，我已經說了，妳完全不必擔心，全都交給我來處理就好。」

他滿臉堆笑，搖著尋惠的肩膀。

「尋惠太太，妳不是和我站在一起的嗎？闗律師那件事，妳不是也幫了我的忙嗎？我知道了，我不會再移動了，我相信妳，所以請不要背叛我。請妳相信我，沒事，我做的一切都很順利，交給我吧。」

尋惠在他無神的雙眼注視下感到渾身無力，她看到了眼前的瘋狂。

武內點點頭，似乎感到滿意，然後俐落地整理了那堆枝葉。「來吧，蛋糕已經烤好了，大家一起吃。」他用和剛才完全不同的口吻說道，彷彿這才是現實。

尋惠失去了自我意志，像行屍走肉般回到木屋。俊郎在玄關附近觀察，武內向他聳聳肩，俊郎似乎認為問題已經解決了，轉頭回屋。

「來，烤好了，你們第一次吃熱騰騰的年輪蛋糕吧？」武內用不自然的開朗聲音說道。

「等好久了。」俊郎拍著手回應。

尋惠把圓華放下，和俊郎一起坐在沙發上。

「我看到了，他換了地方。」

尋惠在俊郎耳邊小聲地說，他露骨地皺著眉頭說「別再說了」，似乎不想再討論這個問題。

「啊呀呀，不知道合不合你們的口味。」

武內把從竹筒上拿下來的年輪蛋糕切開後，分裝在餐盤內端了過來。

「哇，好大啊。」

俊郎說的沒錯，餐盤內裝了很大一塊蛋糕，光是看到就想嘔吐。

「如果吃不夠，還可以再續喔。」

武內開玩笑說，俊郎無憂無慮地笑了。

「請享用、請享用，不要客氣。」

武內把果汁和紅茶等飲料放在他們面前，在對面的沙發上坐下。

「嗯，好吃！」俊郎吃了一大口後讚嘆著說，「簡直就是絕品，我可以全都吃完。」

武內開心地瞇起眼睛，自己也吃了一口，嘴角露出了滿意的笑容。

「吃吧、吃吧，怎麼了？不必客氣，雖然像在自誇，今天真的做得很成功。」

他攤開雙手催促著尋惠。

「圓華，很好吃喔。」

俊郎又吃了兩三口，津津有味。圓華和尋惠一樣，一動也不動地坐在那裡。

「尋惠太太，請趕快吃啊。」武內的笑容漸漸僵硬。

尋惠看著年輪蛋糕，喉嚨深處好像卡住了，再次感到反胃。這是用燒池本衣服的火所做的蛋糕。一想到這件事，根本不會想吃。

「尋惠太太，」武內用沙啞的聲音逼迫尋惠，「請妳快吃啊，這是我費心做的。」

「啊啊……我媽一定又不舒服了。」

俊郎被武內異樣的態度嚇到，帶著苦笑解圍道，然後將話題轉移到圓華身上。

「圓華，快吃吧，我幫妳切成小塊，趕快吃吧。」

俊郎越過尋惠，把一小塊年輪蛋糕遞給圓華。

圓華搖頭拒絕了。

「怎麼了？別忸忸怩怩，趕快吃吧。」

圓華用力搖著頭。

「為什麼不吃？」

「我想回家。」圓華小聲地說。

俊郎瞥了尋惠一眼，用鼻孔哼了一聲：

「我們才剛到，還沒有要回去。」

「我要回家。」圓華這次明確地說。

「為什麼要回家？回家也沒有人啊。」

「媽媽在家啊。」

俊郎為難地露出苦笑看向武內，但武內臉上完全沒有笑容。

他仍然看著尋惠。

「尋惠太太，妳應該可以吃得下，拜託妳，請妳趕快吃吧。」他執拗地逼著尋惠。

「武內先生，你就別逼我媽了，剩下的我全都包了。」

「我要回家！」圓華大叫起來。

「我們回家吧。」尋惠終於忍不住說道。

「別這樣。」俊郎不耐煩地說。

「尋惠太太，妳不要讓我失望。」武內用迫切的聲音懇求著。

「因為……我吃不下。」尋惠忍著反胃，眼中含著淚水，「我什麼也不會說，讓我走吧。」

「我希望妳吃！」

「武內先生，你……」

「我要回家！我要回家！」

「這是我辛苦做的！」

「武內先生！」

「尋惠太太！」

「我要回家！我要回家！我要回家！」

圓華大叫著，下一剎那，武內抓起手邊的年輪蛋糕，用力丟過去。

圓華大聲哭起來。

「你幹嘛！？」

俊郎站了起來，尋惠立刻抱住圓華。

「啊！這是我的錯嗎！？」

武內情緒激動，視線左右飄忽著，鼻孔喘著粗氣。

「怎麼可以這樣對小孩！」

「我做得很辛苦！請你們瞭解！」

武內瞪大眼睛對著俊郎說，他的樣子明顯已經失控。

「你在說什麼啊……」俊郎的神情轉為嚴肅。

「我們回家吧。」

尋惠察覺到危險，抱著圓華離開沙發。

「幹嘛？莫名其妙！」

俊郎自言自語地說道，拿起放在沙發後方的行李袋。

武內也起身。

「請你們瞭解！」

武內語帶哀求地說，但他用拳頭拚命捶著自己的大腿。尋惠覺得太可怕了。

「總之，我們今天就先回去了。」俊郎冷冷地對他說。

「別說了，快走吧。」尋惠走到門口，催促著俊郎。

「……要這樣嗎？」

武內遺憾地搖著頭，走向壁爐的方向。

「快走！」

尋惠又叫了一聲，俊郎才終於轉身背對武內。

武內似乎放棄理會他們，在壁爐前彎下腰。

尋惠見狀，緊張的心情稍微鬆懈了。

但是，武內立刻站直身體。他握著原本放在壁爐內的黃銅撥火棒，高舉在手上，臉上的表情宛如夜叉。

他殺氣騰騰地大步走過來。

「哼嗯嗯嗯！」

尋惠尖叫起來，俊郎轉過頭，武內用撥火棒朝著他的頭打下去。

「啊！」俊郎發出短促的叫聲，身體向後搖晃了一下，後背著地，倒在地上。武內追過來，來到俊郎面前，又連續揮棒打了兩三次。

「哼嗯嗯嗯！哼嗯嗯嗯！」

武內咬牙切齒，喉嚨深處發出異樣的聲音。

「啊啊啊啊！」

俊郎抱著頭，在地上打滾，武內停了手。

他眼神渙散的雙眼看向尋惠。

「尋惠太太，妳等一下。」

尋惠還來不及防備，武內就走了過來，俊郎伸手絆住了他的腳。武內重心不穩，向前倒在地上。

「快逃……快！」

俊郎在痛苦中擠出聲音，從口袋裡拿出鑰匙，丟在尋惠的腳下。

「尋惠太太，尋惠太太。」

武內抬著頭叫著尋惠，嘴裡吐著血絲。

「快逃！」

尋惠聽到俊郎的聲音，緊緊抱著放聲大哭的圓華衝出去。她的腳步踉蹌，差一點跌倒。整串鑰匙掉了，又慌忙撿起來，不顧一切地跑向Corona，打開了後車門，讓圓華坐在兒童座椅上。

「尋惠太太！」她聽到武內的叫聲。

她來不及繫好兒童座椅的安全帶，關上後車門，然後打開駕駛座的車門。

「尋惠太太！」

武內出現在車庫前。

尋惠一屁股坐在駕駛座的座椅上，武內猛然衝過來，他的手抓向車門，尋惠不理會他，關上車門。

武內聲嘶力竭地叫著，尋惠把車門一推，他栽了跟斗倒在地上。尋惠立刻關上車門，然後鎖住。

武內抓著車門起身。

「尋惠太太，請妳開門！尋惠太太，求求妳了！」

武內整張臉皺成一團，用拳頭敲打著車窗。尋惠隔著一片玻璃看著他的瘋狂，忍不住感到戰慄。

俊郎怎麼樣了？尋惠無法丟下俊郎只顧著自己逃命。

不一會兒，武內開始用頭撞向車窗。他面目猙獰地不停地撞著，頭上的繃帶也染紅了。整個車內都是可怕的聲音，圓華好像在呼應他的撞擊聲般哭得更大聲了。

不行，必須趕快逃命。尋惠這麼想著，正準備發動引擎，發現車鑰匙不見了。

鑰匙又掉了嗎？到底掉去哪裡了？

尋惠發瘋似地在周圍尋找。武內察覺了她的樣子，如果車鑰匙掉在車外……雖然她的腦海閃過這樣的不安，但還是得努力找。

武內突然不再用頭撞車窗，他繞到車子左側，在裝了園藝工具和日常工具的箱子裡翻找起來。

要不要趁現在打開車門去外面找一下……尋惠閃過這個念頭時，在放聲大哭的圓華身旁發現了鑰匙串。她努力克制著想要咒罵自己的心情，把座椅倒向後方，探出身體。

在尋惠抓到鑰匙串的同時，武內用像是鐵鎚般的東西打向後方座椅旁的車窗，車窗中央立刻出現了裂痕。

尋惠攤開放在後車座中央的毛巾被蓋住圓華，把她的頭壓低，讓她彎下身體。

「趕快躲起來！不能出來喔！」

就在這時，隨著玻璃碎裂的聲音，玻璃碎片掉落下來，緊接著鐵鎚丟了過來，擦過尋惠的手，把毛巾被掀了起來。

圓華的哭聲突然停止。

「圓華！？」

尋惠根本無暇發動引擎，因為武內不停地把木柴丟進車內，接連丟到座椅後彈起來，打到尋惠的手和頭，有些打中了毛巾被。

「不要再丟了！我下車，不要再丟了！」

尋惠不禁大叫著。她離開駕駛座，在車子的另一側面對武內，舉起雙手。

「不要再丟了！」她語帶顫抖地說。

武內停止攻擊，但眼神仍然失去理智。

「妳這個人……」

尋惠的投降反而導致他的瘋狂更加扭曲，更變本加厲。

「非要我做到這種程度，妳才會瞭解嗎！？」

武內用手上的木柴用力敲打著Corona的車頂。

「妳這個人！妳這個人！妳這個人！」

武內發了瘋似地叫罵之後，用木柴指著尋惠說：

「妳踐踏了我的心意！妳背叛了我！」

尋惠面對武內這種難以承受的憤怒，只感到不寒而慄。

「對不起。」她嚇得哭起來，忙不迭地道歉。

「我不原諒妳。」武內喃喃道。

「對不起，真的很對不起。」

無論尋惠怎麼道歉，也只是導致武內的情緒更加激動。

「為什麼妳一開始搞不懂！現在已經來不及了！妳這個叛徒！」

他突然跑了過來，繞到尋惠的面前。

他會殺了我……尋惠明確感受到這一點。她從車子後方繞到車子左側，逃到武內原本站著的位置。

但是，武內似乎早就猜到了，他又轉身往回跑。

尋惠被擋住去路，只能蹲下。

武內丟過來的木柴掉落下來，但尋惠甚至放棄阻擋，只能閉上眼睛。

在她閉上眼睛之前，看到武內舉著木柴的身影撲過來。

❖

杏子跟著動的車子來到一棟巨大的木屋前，雪見聽到了男人可怕的怒罵聲。

她沒等車子停穩就衝了出去。

聲音從車庫的方向傳來。一個頭上綁著繃帶的男人從駕駛座旁繞過車頭，跑向副駕駛座那一側。

是武內。他手上拿著像是木柴的棒子，雪見看到尋惠的臉在後方一閃，接著不知道是跌倒還是蹲下，消失在車子後方。雖然她搞不清楚發生什麼狀況，但立刻發現不對勁。

「媽媽！」

雪見跑過去的同時大聲叫著，武內轉過頭，瞪大眼睛的他把木柴丟了過來。木柴發出呼嘯聲，從雪見的耳邊飛過。

武內又拿起了原本豎在牆邊的高枝剪。

「哼嗯嗯嗯嗯！」

他毫不猶豫地用高枝剪刺向雪見的胸口。因為事出突然，雪見來不及驚訝。高枝剪刺中她的鎖骨，但她已經感覺不到疼痛，幸好前端的剪頭沒有打開。她不顧一切地抓住高枝剪，和武內互搶著。

尋惠從武內身後起身，用木柴打中武內的後腦勺。武內愣了一下，雪見趁機把高枝剪搶過來。

「叛徒！！」

武內對著尋惠怒吼著。他搶走尋惠手上的木柴，用木柴打向她。尋惠尖叫著倒下。

雪見把高枝剪換方向，鬆開安全開關，打開前端的剪頭。

她把剪頭刺向武內的膝蓋後方，然後緊握住握把。

武內慘叫著跌倒在車庫深處。

「媽媽，妳趕快出來！」

「圓華、圓華！」尋惠指著汽車的後車座。

圓華也在這裡嗎？她在哪裡？後方車窗的玻璃都打碎了，但沒有聽到她的哭聲。

雪見打開了後方的車門。

「圓華！？」

雪見大叫一聲，只聽到像呻吟般輕微的聲音。

兒童座椅被毛巾被蓋住了，她伸手掀開毛巾被。

圓華不在。在哪裡？

她想把整條毛巾被拉出來，但下面卡住了。

是圓華。她縮在座椅下方。因為前方的座椅向後倒，所以她卡在狹小的空間內。

圓華一見到雪見，吐出了緊緊咬在嘴裡的毛巾被。

「媽媽！」

她立刻哭喪著臉，向雪見伸出手。

雪見緊緊抱住她。

太好了，她活得好好的。

可憐的孩子滿身都是汗。

她一定嚇壞了。

我再也不會離開她。

我要保護她。

雪見抱著圓華走出車庫。

勳一臉搞不清楚狀況的表情站在車前，一路跟蹤而來的刑警在勳身後，他走下車，正在察看到底發生什麼事。

「刑警先生，趕快抓住他！」

「老公，俊郎在裡面！」

聽到叫聲，刑警臉色大變衝進車庫，勳也跟著衝進木屋。

尋惠無力地癱坐在空地中央。

「媽媽，妳還好嗎？」

雪見關心問道，但婆婆一臉茫然，當她看到杏子時，緩緩起身。

「呃……妳先生在車庫旁。」

尋惠捂著嘴，眼眶濕潤，向杏子鞠躬。

杏子神情緊張，但似乎做好了心理準備，點點頭說好。

「老公！」

她叫著跑了過去。

雪見看著她的背影，感到一陣心酸。

在杏子消失在車庫內的同時……

武內從賓士和牆壁之間走出車庫。

他一瘸一拐地走進木屋。

刑警緊跟著從車庫跑出來，但晚了一步。

木屋的門關上了。

❖

俊郎趴倒在客廳中央的沙發前。

一動也不動。

勳看到俊郎頭部周圍的那灘血，覺得渾身發冷，好像被澆了一盆冷水。

「俊郎……醒醒，你醒醒。」

他在一旁叫著俊郎，但俊郎完全沒有反應。

他帶著祈禱的心情舉起他的手腕。

還有脈搏，而且脈搏很有力。勳重重吐出了無意識中憋住的氣，鬆了口氣。

就在這時——

他聽到背後傳來鎖門的聲音。

頭上包著繃帶的男人站在門口。是武內。但是，他完全不是勳認識的紳士，即使不看腫起的眼睛和嘴邊的血，他的臉也完全失去了正常人的樣子。

「我是警察！趕快開門！」

門外傳來叫聲。

武內露出心虛的表情看了勳一眼，瘸著腿走進客廳。

「我、我也受了傷，你看，我的腿都受傷了。」

他用快哭出來的聲音說著，露出了膝蓋以下流著血的右腿。

勳不知道他想說什麼，但現在沒時間聽他說分明，眼下必須先救俊郎。

勳走回玄關的方向，想叫尋惠或是雪見叫救護車。

沒想到武內採取行動。他撿起掉在地上的黃銅撥火棒撲了過來，打向俊郎的脖子。

「你在幹嘛！？」勳按住武內的手臂，搶走他手上的撥火棒。

武內重心不穩，跌倒在地上，然後爬了起來，一臉哀傷地看著勳。

「都是他的錯，請你明察。」

「滾開！」

「我的腳……腳很痛。」

武內用帶著哭腔的聲音摸著腳。

他是怎麼回事？勳感到憤怒，握住的拳頭漸漸用力。

動作勢要去玄關，武內伸手想要拿旁邊茶几上的大理石菸灰缸，勳舉起撥火棒威嚇他。

「不要動！」

武內無力地搖搖頭，把手縮回去。

「請你明察，我是受害者，教授，至少希望你能夠明察秋毫。」

他在說什麼鬼話……勳冷眼瞪著他。

如果現在對這個男人出手，算是正當防衛嗎？這個念頭閃過腦海。他舉起撥火棒並不是為了打他，勳吐了一口氣，吐出了內心的憤怒，克制衝動。

「趕快開門！」門外的刑警敲著門。

勳從茶几上拿走了大理石菸灰缸，用眼神制止武內，然後慢慢後退，確認武內沒有動靜後，猛然轉身，打開玄關的鎖。

當他回頭看向客廳時，發現武內正用餐盤打俊郎的頭。

勳怒火攻心，整個人因為憤怒而發抖，腦海中浮現一句話，讓他吐出這種憤怒。

他丟下撥火棒，雙手握住大理石菸灰缸。

武內和勳四目相對，停下手，然後又用餐盤打向俊郎的頭之後，才放下餐盤。

「請你明察……」他舉起雙手哀求著。

「我是警察！」走進屋內的刑警在勳背後叫了起來。

勳不由自主地走向武內，舉起菸灰缸。

「去死！」

勳發自內心深處大叫著。

在大叫的瞬間，勳覺得有什麼東西離開他的身體。

24 判決

「……被告叫著『去死』，撲向被害人，將手上的大理石菸灰缸高舉到頭頂，然後打向被害者的頭部，而且被告不顧警察的制止，連續叫著『去死、去死』，重複了相同的行為十次左右，導致被害人頭顱骨折等致命傷而死亡……」

大約半年後，勳在小法庭內聽取對自己犯下的命案判決。

前法官的家人被自己判決無罪的男子糾纏，最後前法官親手殺害了該男子……這起事件令世人震驚不已，而自己正是這起事件的當事人。

他抬起頭，三名法官坐在那裡。勳不認識這三名法官。

朗讀判決的審判長一直低頭看著判決書，完全沒有看勳一眼。

還真淡漠啊……勳靜靜地聽著判決，忍不住這麼想。

「……在場的警察作證，被告在下手之前，被害人已經舉起雙手，表達投降的意志，和被告的供詞一致，足以採信。由此可見，被告奪走被害人生命的行為已經遠遠脫離了正當防衛的範圍，屬報復意味濃厚的行為……」

的確不屬於防衛的行為……應該說，自己太晚採取防衛行動了。野見山說的沒錯，自己在緊要關頭無法做出決斷，至今仍然為此感到後悔不已，只是無法苟同這是報復行為。

如果硬要說的話，應該算是負起責任……都怪自己太糊塗，只是說出來別人也無法理解。

「……被告擔任法官三十五年，在退休之後，也以法學家的身分，將充實司法制度作為研究課題，身處必須率先尊重法律的立場，被告所犯下的罪行背棄了法律，背棄了建立在法律基礎上的社會，責任相當重大，是法律人中的害群之馬……」

審判長說到這裡時稍微提高了音量，不知道是否為了表達毅然的態度，竟然還用了「害群之馬」這四個字。

勳也很認同，只不過世道隨時都在改變。

「……但是，在被告趕到之前，被告的家屬遭到了被害人的殘暴行為，身處極其危險的處境，而且被告在犯案時，被害人尚未被警察制服，被告的家屬並非完全沒有再度遭受暴行的可能。因此，被告的行為雖然是執拗而過度的暴力行為，但暴力行為的動機也是為了保護家人生命，具有防衛的性質，很難認定具有明確的殺機。被告在犯案時所說的『去死、去死』，也並非出於殺機，而是可以視為一種憤怒的表現而脫口罵人的話，無法因此認為被告有殺機……」

嘴裡叫著「去死」，而且也殺了對方，竟然還說沒有殺機……勳不禁在內心苦笑。一旦輕判，就會被輿論揶揄為縱放自己人，怎麼可以縱放殺人凶手呢？

自己當初叫著「去死」的確不是因為有殺機，但也不是隨口說的話。如果當時不那麼叫，自己恐怕就無法下手。遵守法律的精神已經滲透到自己骨子裡，即使看到兒子倒在眼前，還在思考這是否屬於正當防衛。只有刺激自己的殺機，才能讓自己擺脫這些大道理採取行動。所以並不是因為產生了殺機而叫，而是為了喚起殺機而叫。

勳認為即使自己這麼說，別人也無法理解。

「……被告身為法律人，多年來對社會的貢獻甚大，周遭的人也都認為他為人溫厚，只要能夠重回法律精神的原點，就可邁向更生之路，且考慮到本案的特殊性，也沒有再犯的疑慮……」

雖然審判長長篇大論地朗讀著判決內容，歸根究柢，就是本案屬於防衛過當造成的傷害致死，具有大幅斟情考量的餘地。

「現在針對本案進行宣判，請被告上前。」

動聽從審判長的指示，起身走向前。

「主文，判處被告一年六個月有期徒刑。」

審判長淡淡地宣判，同時接著說，拘留期間也列入計算。

動只有在聽判決主文時有點緊張，但並沒有太多感慨。

審判長在說完「如對判決不服，可在兩週內提起上訴」的制式用語後，冷冷地宣布閉庭。

動向審判長鞠了一躬，他覺得這樣做似乎比較自然，但審判長視若無睹地轉身走出法庭。

動覺得那是離自己很遙遠的世界，想到自己不久之前，就身處那個世界，就有一種奇妙的感覺。

他失去了在那個世界累積的一切，這種不自在的輕鬆讓他有點不知所措。

不可思議的是，他並不感到失落。

他因此勉強抓住了差點從指間溜走的某些東西。

在被戴上手銬，繫上腰繩時，動回頭看向旁聽席。

家人都坐在最前排。

俊郎和勳眼神交會時，聳聳肩，似乎表示並不意外。

俊郎不時會感到頭暈，所以旁邊放了一根拐杖。勳對他感到滿滿的歉意，全家人中，只有自己能夠保護他，如果當時沒有讓武內繼續動手，俊郎或許不會留下這麼嚴重的後遺症，而且現在口齒有點不清也令人感到擔心，希望在延期到今年進行的口試之前，他的狀況可以稍微改善。幸好他並沒有因此失去天生的開朗，勳不在家的這段期間，他似乎已經認為自己是一家之長了。

雪見坐在俊郎身旁，握著坐在腿上的圓華的手向勳揮動著。她找回了自己臉上的笑容，勳覺得她很堅強。

尋惠坐在雪見身旁。雖然自己造成了她很大的困擾，但在她身上完全感覺不到這一點。

總算沒有失去他們。

雖然自己做了傻事……

但勳並沒有陷入自我厭惡。

尋惠和勳眼神交會時，雙手握在胸前。

加油。

她動了動嘴，嫣然一笑。

勳點點頭。

他內心感慨萬千，轉身背對著家人。

退庭。

他抬起了頭。

完

91

鄰居

火の粉

鄰居 / 雫井脩介作 ; 王蘊潔譯. -- 初版. -- 臺北市 : 春天出版國際, 2020.12

面； 公分. -- (春日文庫 ; 91)

譯自 : 火の粉

ISBN 978-957-741-300-0(平裝)

861.57　　109015156

ISBN 978-957-741-300-0

Printed in Taiwan

作　　者　雫井脩介
譯　　者　王蘊潔
總 編 輯　莊宜勳
主　　編　鍾靈

出 版 者　春天出版國際文化有限公司
地　　址　台北市大安區忠孝東路四段303號4樓之1
電　　話　02-7733-4070
傳　　眞　02-7733-4069
E－mail　story@bookspring.com.tw
網　　址　http://www.bookspring.com.tw
部 落 格　http://blog.pixnet.net/bookspring
郵政帳號　19705538
戶　　名　春天出版國際文化有限公司
法律顧問　蕭顯忠律師事務所
出版日期　二〇二〇年十二月初版
　　　　　二〇二一年四月初版十一刷

定　　價　499元

總 經 銷　楨德圖書事業有限公司
地　　址　新北市新店區中興路二段196號8樓
電　　話　02-8919-3186
傳　　眞　02-8914-5524
香港總代理　一代匯集
地　　址　九龍旺角塘尾道64號 龍駒企業大廈10 B&D室
電　　話　852-2783-8102
傳　　眞　852-2396-0050